이고운 수필집

백번째 그리움

국립중앙도서관 출판시도서목록(CIP)

백 번째 그리움 : 이고운 수필집 / 이고운 지음. -- 서울 : 한누리미디어,
2010
  p. ; cm

ISBN 978-89-7969-364-5 03810 : ₩14000

한국 현대 수필[韓國現代隨筆]

814.7-KDC5
895.745-DDC21   CIP2010001464

백번째 그리움

이 고 은 지음

한누리미디어

생명과 자유를 쫓는 〈5학년 소녀〉

許世旭 | 수필가. 수필 문우회 회장. 계간수필 발행인. 고려대 명예교수

고운이 7년 전 〈길베〉로 우리들 『계간수필』 그 까다로운 관문을 통과할 때, 그 곱고 슬픈 마지막 구절이 나를 목 메이게 했었다.

'영혼에 색깔이 있다면 저 고운 노을 색이 아닐까? 붉은 길베 한 자락 펼쳐놓고 묵향 푸는 여인이여! 아리아리.'

고운은 그 외할머니를 저승으로 보낼 때 '다시 태어나도 어머니의 딸이고 싶다' 는 어머니마저 건강악화로 입원 중, 그 겹친 불행 속에 저자는 외할머니와, 어머니의 가슴앓이를 회상하면서 그 슬픔을 노을로 그렸고 그 노을을 슬프도록 미화했다.

그러니까 〈길베〉에 군살을 붙이면 단편이요, 설명 몇 대목을 빼면 시가 된다. 〈길베〉의 색깔은 복사물이나 연홍사의 붉은 노을이요, 〈길베〉의 주인공은 외할머니와 어머니, 그리고 저자까지 세 사람, 그 줄거리는 3대에 걸친 삶의 애련한 이야기. 그 아름답

고 슬픈 이야기를 한 액자에 모아서 저녁노을을 그렸다. 이 때 〈길베〉는 겨우 저녁노을을 풀어놓은 화선지의 대용품일 뿐이다.

이고운의 수필은 이토록 신축伸縮의 가능이 크다. 그러나 단편이라기보다 시에 가까운 언어의 절제를 보이면서 군데군데 싯적인 암시나 상징이 깜찍했다. 그리고 제목이라는 거창한 용도조차 아무렇지 않게 무용화 시키는 능청을 부렸다.

슬프디 슬픈 가족사, 그 중에도 한 많은 규방을 풀어놓으면서도 아름다운 풍경과 아름다운 순간을 적시에 포착하였다. 그 예는 많다. 노을을 〈길베〉로 표현했고, 길베는 '여인이 붓을 푼다' 하였는데 그 빛깔은 열두 폭 옥색 치마자락에 복사물이 번진, 채색, 얼마나 우아한 색깔에 고전적인 정서로 번져오는지? 다시 삼십 년 전에 지어놓은 수의를 '바늘 갓 뺀 새 옷' 이라 미화했고, 어렸을 적 할머니 집에 갔을 때를 추억하면서 그 아름다운 노을에 '붉은 댕기로 내 머리꽁지를 묶어주시는 할머니의 옆 얼굴에 연지물이 들었다' 함은 일몰과 일출을 함께 한 환상의 삽화 같지만 이 고운이 들고 나온 채색의 배합은 다만 실제의 묘사가 아니었다. 이윽고 이고운은 할머니의 부활을 믿는다. '저 산허리 돌아 마침내 여릿여릿 동터오는 새벽놀을 타고 다시 오시리라' 고. '옹달샘에 목 축이고, 강냉이 고랑 지나서, 실타래의 끈을 잡고, 다시 오시리라' 고. 그 심미적인 색채구조에 동화적인 상상력을 길베처럼 아름답게 엮어 놓았다.

다시 말하지만 이고운이 엮은 그림과 그런 표현은 〈길베〉에 그치지 않았다. 사실상 《백 번째 그리움》에 보편적인 구도였다. 곧 서사성과 서정성, 그리고 지성 등 세가지 수필의 기본요건을 융합하되 그것들이 회화적인 색채의 바탕에 절제된 언어로 엮어짐으로써 언뜻 산문시를 읽는 느낌이다. 심지어 고운은 바위에 정을 쪼는 듯한 고공苦工을 마다하지 않았다. 이것이 고운 수필의 전체적인 스타일이다.

두 번째, 고운 수필의 많은 제목이나 소재를 볼 때 기행수필이나 영물詠物수필의 인상을 주지만 그것들은 하나같이 생동한 묘사와 함께 의인화를 시도했을 뿐 아니라 그 속에는 사람과 사람의 지知·정情·사事가 혼연일체 했었다.

제1부에서 〈적비기의 달〉, 〈별〉, 〈눈 오는 날〉, 〈육각 에스트로겐〉, 〈검은 물방울〉, 〈종에 구름무늬가〉, 〈자굴산 바람은〉, 〈느릅나무 그늘에서〉 등이, 제3부에서 〈메꽃〉, 〈수평선〉, 〈소나기〉, 〈X의 띠〉, 〈길베〉, 〈보리밭〉, 〈십리 길〉, 〈문〉, 〈푸새〉 등이, 제4부에서 〈버섯 꽃〉, 〈겨울새〉, 〈1231〉, 〈그 어느 날 남강풍경〉, 〈억새〉, 〈앉은뱅이 꽃〉, 〈우수〉, 〈풀잎바람〉, 〈찔레꽃〉, 〈벼〉, 〈물에 뜨는 별〉 등이, 제5부에서 〈하얀 리트머스〉, 〈천지 네의 돌〉, 〈역사라는 것〉, 〈초원이 하늘을 닮아〉, 〈탁룡의 비늘〉, 〈불춤 추는 물구나무〉, 〈먼지〉 등이 그렇다. 다만 제목으로 볼 때, 기행 영물수필이 거의 3분의 2를 점유한다. 그만치 저자는 자기가 뜻하는 주제를 위해 차경차물借景借物하고 있다는 말이다.

세 번째, 저자는 부드럽고 조용한 여류작가이면서도 강인한 생명이나 절대의 자유 같은 치열한 주제를 정면으로 대결하고 있었다. 그 당당한 자세로 볼 때 결코 규방의 문학일 수 없었다.

고운은 작고 부드럽지만 억세고 장대했다. 〈상추씨를 뿌리며〉에서 '내 콧김으로도 구름의 환영처럼 흩어져버릴 것 같은' 씨눈이 '허공을 가르며 다이빙선수의 곡예처럼' 흙고랑에 떨어져서 '바람에 날아갈 만큼 자유를 갖는' 그 작은 생명 씨의 찬미를 비롯해 지는 해와 눈 덮인 숲을 보면서 '새 좁쌀 뿌리면서 백년 가지에 앉아 해바라기 하고 있는' 〈겨울새〉 그 강인한 생명과 혼자 마주하고 있다. 그의 생명찬미는 하늘과 땅 사이 모든 것을 망라했다. 〈자굴산 바람은〉이 바로 그것이다. 자굴산 —이고운의 고향— 건너편에 보이는 너덜겅을 '앞 단추 덜 여며져 들여다보이는 남자의 가슴골' 같다고 관능적으로 비유했고, 생성과 소멸을 무시로 반복하고 있는 자연의 그 복판에서 '나뭇잎 한장인들 무량의 삶이 아니겠는가? 사월의 산을 가면서 신이 죽었다는 말이 얼마나 턱없는 낭설인가?'고 눌함하고 항변하고 있다. 그러나 생명의 찬미는 〈소나기〉만큼 소나기 소리가 요란한 것도 없다. 그는 소나기를 '하늘을 둘둘 말아 붙이면서 쿠르릉 쿵 몰고 오는 전차부대'나 '상큼한 비누 냄새 나는 청년의 건각', '시들거리는 일상을 심기일전 살아나게 하는 시원한 생맥주', '깜짝 와서 키스만 주고 가는 애인' 같다고 상큼하게 비유했는데 소나기를 약동하는 생명의 광란으로, 오죽해야 그 아버지가 저자의 손에 쥐어주시던 '색동 머리 띠'로 보았을까?

생명의 광란을 〈소나기〉란 자연 속에 찾았다면 생명의 활극을 집안으로 끌어들였다. 고운은 매우 신선하게도 돼지의 난동을 그 예로 삼았다. 비록 그 뼈는 드러내지 않았지만 제2부 연작 (11)에선 구유를 뒤엎고 우리를 뛰쳐나와 마당을 휘젓는 돼지의 난동과 이에 질세라 작대기로 밤이 이슥토록 그 난동을 막았던 일대 활극, 곧 돼지와 여근댁의 공방, 그 속에는 생생한 생명이 불근거렸다.

모든 생명은 아름답다. 그 생명이 묶이거나 갇히지 않고 철저한 자유와 해방을 누릴 때 그것은 더욱 고귀하다. 그 생명과 자유가 고운 수필의 중심적 주제일지 모른다.

그는 〈눈 오는 날〉 목적지가 없는 여행을 시도해 본다. 그는 눈 오는 날 억새꽃의 넋으로 자칭한다. 도시를 도망쳐서 영원의 시간 선상에서 자유를 만끽하고 싶었다. 자유를 제한하는 그 어떤 제도에 저항하고 싶었다. 그러나 무한으로 가지 않았다. 밀양에서 되돌아오는 차표 한 장에 운명을 걸 수밖에. 그리고 제2부 연작 (6), 중국 여행길에선 보다 자유 앞에 용감해진다. 그는 장가계 천하제일교의 자물통을 만났다. 사랑하는 사람끼리 영원히 헤어지지 말자는 맹세로 두 사람 이름을 자물통에 새겨 잠근 뒤 열쇠를 던져버리는 절차를 말하는데 고운은 이를 두고 '그것은 저승에서도 함께 한다는 진저리가 아닌가? 자유를 구금하는 영원한 상실' 이라고. 그 자물통을 '오지의 덕장에 유폐된 자신일 뿐' 이라고. 아니면 '바다를 잃어버린 저 북어' 라고, 대단한 풍자요 독설이다.

역시 제2부의 연작 (10)에선 한 여인의 고난을 말 조심에 두었고 말 조심을 마을의 모퉁이나 집안 보퉁이로 비유하면서 벙어리 삼년, 귀머거리 삼년, 눈멀어 삼년으로 살아가는 여인에게는 누구나 '아무리 애를 써도 풀리지 않는 보퉁이, 그 (나는) 보퉁이를 풀어보고 싶다' 고. 다시 제3부의 〈문〉 에선 그 문이 사람의 통로며 영혼의 출구임에도 '열지 않으면 자꾸만 닫히는 문, 하늘의 문을 나와서 땅의 문을 열기까지, 이제 열어야 할 내 가슴의 문은 몇 개나 남았을까?' 고. 원초적인 현황의 세계를 저주하거나 그것들이 풀리고 열려라고 절규했다.

이 밖에도 고운 수필의 자유 신앙은 고운의 기행수필에 흥건했다. 몽골기행인 〈초원이 하늘을 닮아〉 에선 몽골의 게르를 찬미하면서 '우리가 사는 집이 성안에 갇힌 감옥과 같은 것이라면 그들의 게르는 방목된 자유인 셈이다' 라고. 또 강화기행인 〈역사라는 것〉 에선 강화의 많은 역사 유적을 답사하곤 '(강화가) 섬이 아니었다면 행복했을지도 모를 일' 이라고. 또 지리산 등반기 〈탁룡의 비늘〉 에선 등반에 지쳐 기다가 '끝내는 땅에 누워버린다. 포기란 얼마나 편한가?' 라고. 역사를 돌아보며 인류의 신앙 자유를 낮은 목소리로 이고운은 절규했다.

어찌 보면 고운은 완벽하리만큼 문장에 온 몸을 던졌다. 그 절제된 언어를 읽느라 몹시 긴장했다. 더러는 알 수 없는 말을 더듬느라 두리번거리기도 했다. 《백 번째 그리움》 구구절절 그 순수무구한 '5학년 소녀'의 시선이 밟힐까 두려워 나를 채찍하기도 했다. 한 마디로 치열한 주제를 두고 절제된 언어와 소녀적 상상으로 꾸미는 수필가임에 틀림없다.

　그러나 나는 고운 더러 이제 숨을 돌려라고 싶다. 수필은 행운유수行雲流水라고. 가다가 쉬고, 가다가 해찰도 나쁘지 않은 글임을 알기 바란다. 오죽해야 흩어진 글, 헤성한 글, 심지어 쓸모 없는 나무 같은 글이라서 산문散文이라 하지 않았는가? 그러나 무엇이 꼭 있어야 하지 않겠는가. 그것을 강조하는 것은 고운에게 잔소릴 것이다.

프랙탈 그리기

처음, 그것은 기체 같은 것이었다. 물질이라 할 수도 없는, 현미경으로도 보이지 않았다. 행복이 무엇인지도 모르면서 행복해 하는 어둠이었다. 보얀 김이었다가 겨우 보이는 까마득한 점이었다가, 빛도 어둠도 모르는 느낌세포로 존재하다가 차츰 원형이 되는 개체가 되었다. 그 첫 점에서 기억의 실마리가 생기기 시작했다. 완성을 기다리는 막연한 기다림, 어둠에서 눈을 갖고자 하는 본능의 발로, 그것은 하나의 알이었다. 생명에의 그리움으로 자전하는.

어느 날, 대폭발이 있었다. 우주에 떠돌던 작은 행성 하나가 휴식을 그리다가 일어난 빅뱅이었다. 정지된 자전과 타원을 공전하는 두 고독이 막연한 끌림으로 충돌하였던 것이다. 불이 번쩍거리고, 홍수가 나고, 굉음에 먼지가 혼돈하고, 암흑물질, 암흑에너지가 금강의 방패를 뚫고 쏠려 들어왔다. 마치 뱀의 눈동자에 씨를 뿌려 바람을 부화시키는 부엉이같이, 샘이 솟아 둘이 하나 되는 달이 잉태되었다. 해자를 두르고 식품과 언행을 금기하면서 산소를 수유하였다. 수많은 변신을 숙성하면서 어쩌다 우주의 음파를 수신하였다. 그것은 알 수 없는 호기심이었다.

마침내 가득히 설레었다. 한 번 올라가면 다시는 내려오지 않는 점화스위치가 엉덩이를 쳤다. 푸른 손이 반점을 찍는 순간에 문이 열렸다. 희미한 바람냄새가 났다. 미지의 늪으로 형성된, 운명을 저당 잡은 머나먼 길은 쉼 없이 회전하는 블랙홀이었다. 웅덩이의 수초처럼 혀를 날름거리는 유령의 촉수들이 몸을 비틀며 음산한 웃음을 웃고 있었다. 천년 두려움이 망설였다. 그러나 문이 닫힐 시각은 외뿔소의 눈알처럼 다가오고 있었다.

귀만 열려 있었다. 두 눈을 감았다. 달을 보자기 쓰고 무조건 머리를 들이밀었다. 숨이 막혔다. 목이 조여 왔다. 한 굽이씩 분홍 층계를 틀 때마다 목숨이 아득했다. 그러면 어디서 힘주는 소리 들리고, 온몸을 용틀임으로 머리를 들이밀어야 했다. 안락의 시간에 턱없이 커져버린 머리를 후회하면서. 두 귀에 안테나를 세우고 아흔 아홉 마리의 낙타가 차례로 걸어갔다는 사막의 늪을 그렇게 기어갔다.

여긴 어디쯤인가? 들어갈 수도 나갈 수도 없었다. 한 방울의 이슬이 가물거리는 의식의 어깨를 틀어주었다. 소리였다. 머리에 쓴 보자기에 안개가 서리면서 낭떠러지로 떨어졌다. 아픔, 살을 에는 아픔, 소리가 떨어져 나갔다.

여신이 '보'를 벗겨주었다. 한꺼번에 밀어닥치는 빛부심으로
눈을 뜰 수가 없었다. 따뜻한 호수에 몸을 담가주었을 때, 처음으
로 김처럼 서려오는 바람을 보았다. 그리움이었다. 여신의 젖꼭
지를 더듬어 젖줄을 빨기 시작했을 때, 따뜻한 허리를 더듬어 감
쌀 때, 한 손으론 달 같은 우주를 만지작거릴 때, 먼 그림이 해조
음으로 밀려왔다.

다시 그것은 기체 같은 것이었다. 기억이란, 과거의 어느 지점
에 닿아 자라는 푸르름, 그 빛을 바래기하면서 그리움은 어두운
사막의 늪을 건넌다. 그 어느 지점에다 수화手話를 송신하면서. 그
첫 점은 모든 것이 생략될 수 있는 순수의 공간이기에.

나의 백 번째 낙타는 어디쯤에 가고 있을까.

2010년 사월에

이고운

갈피찾기

1부

2부

1부

별

♦♦♦♦♦ 산길로 접어들었다. 가로등이 없다. 이리 구불 저리 구불, 점점 어두워진다. 길가에 서서, 나무들이 무성히도 먹물을 풀어놓는다. 깜깜한 터널을 헤드라이트가 더듬는다. 어디쯤 가고 있는지 알 수가 없다. 땅딸보 노란 채송화가 길가에 나와서는 눈짓을 던지면서 쪼르르 달려간다. 몸이 외로 쏠리다가 드러누울 듯이 기울다가, 의자 등받이가 끙끙 앓는다. 버스가 용을 쓰면서 줄방귀를 뀌더니 한숨을 쉬며 멈춘다. 산마루였다.

인공의 빛을 떨치고 초연이 선 별마로 천문대. 우묵한 거울은 별들의 우물이었다. 그리움으로 고여서, 깊이를 알 수 없는, 억만 겁 고요로 쌓여서 마침내 무변광대를 길어 올리는 두레박 소리가 청아하게 울린다. 크고 작은 별들이 눈을 깜박이며 지상의 이방인을 신기한 듯이 바라본다. 나와는 무연한 듯한 먼 세상, 하늘의 지도는 복잡하고 어렵다.

어린 날, 엄마를 따라갔다가 들여다본 우물도 이랬다. 낮엔 파란 하늘과 둥실 뜬 흰구름이 손에 잡힐 듯이 내려와 있고, 밤엔 별들이 도란도란 꿈을 수소문하고 있었다. 어느 날은 은하수가 흐르고 유성이 멀리 날아갔다. 그 별들을 보면서 그 중에 어느 하나는 내 별이거니 여겼다. 저거는 아니고, 저거는 아니고, 아무래도 또렷한 건 아니지 싶었다. 푸르스름한 물빛을 머금고 저만치 외로워 보이는 별이 자꾸 눈에 젖었다. 그도 어느 계절엔 보이지 않았지만.

'내 별은 어느 게요?'

아, 북두칠성. 반갑다. 그가 마중해 주지 않았다면 나는 얼마나 머쓱하게 서 있어야 했을까? 그의 안내를 받으며 하늘을 더듬더듬 기어간다. 선연, 천문을 읽기라도 하는 듯이.

북극성을 돌아 북반부로 댓 뼘 가다가 한쪽 가슴이 갑자기 불규칙하게 뛰었다. 저어기, 별이 보였다. 정한 백자그릇에 떨어진 물방울 하나, 어릴 때 우물에서 보았던 그 별이 오롯이 다가왔다. 그제나 이제나, 투명한 눈에 어린 우수는 여전한데, 무슨 말을 하는가? 오늘은 유달리 파르스름 밝다.

내가 지상에 떨어질 때 천상에 떠오른 별. 저는 밤에 뜨고, 지상의 별이 된 나는 하얀 반달처럼 낮에 뜨고. 애간장 밑에 연蓮씨 하나 묻어놓고 우리는 그렇게 살지 않았던가. 아무 언약도 주지 못한 채.

온갖 불빛과 소음이 울어대는 지상에서 세상의 서치라이트에 쫓기며 나는 늘 숨이 가빴다. 그래 맞아. 난 잊고 살았지. 어디에 있는지, 궁금증마저 깜박깜박 손 놓으면서. 산다는 이름 때문에 그랬노라고. 중얼중얼, 미안해본다. 곁눈질에, 허리를 비틀며 배꼽 잡는 미리내가 보인다. 안 그래도 무안한데.

저는 잊은 적 없이 우묵한 가슴에 늘 안고 있었나 보다. 식어가는 숯불처럼 가뭇해지다가 가뭇해지다가 하는 나를 보면서 차마, 눈감고 그믐밤을 견뎠으리라. 그 인고가 처연히도 아름답다.

정말 한 번은 만나고 싶었다. 낮에는 그리움의 올을 짜고 밤에는 소망의 베를 감으면서, 가녀린 어깨가 간절히 흔들린다. 너무 길어서 감감할지라도 운명의 날은 끊어지지 않아, 우리는 오늘 이렇게 소리 나지 않은 빛으로 만났다. 멀어서 더 그리운 내 별. 자새로 연실을 감아 들이듯이 운명의 실을 감아 그 어느 날 천상에서 우리는 다시, 하나가 되려니.

세상의 모든 우물은 하늘로 열려 있다. 우주의 한 끝이 세상의 한 끝을 물고 도는 세월을 마주하면서 이제는 밤마다 푸른 별 하나 가직이 뜨고 있다. 내 가슴마로에, 더 가직이. *

검은 물방울

♠♠♠♠♠ 세상의 모든 물질은 자신의 완성을 향해 간다. 신이 인간에게 생명을 불어넣듯이 한 방울의 물은 사라지면서 창조되고 존재하면서 해체된다. 영원한 순환. 생명의 길은 그렇게 순간이면서 더디고, 수고로우면서도 쉽다.

중국의 장가계에 있는 황룡동굴에는 일 년에 0.1밀리미터씩 돌로 자란다는 물방울이 있었다. 애태우며 만남을 기다리는 돌과 물방울을 위해 벽은 끝없이 소리를 실어 나르고 있었다. 이름 지어 '회음벽'이다.

하늘과 땅 사이는 가뭇하여 아득하고, 저편엔 새 한 마리 날지 않는다. 종유는 수직으로 떨어진다. 날카로운 바늘처럼 하늘에서 미끄러지며 내려온다. 이 광막한 우주의 끝 어디에서 잃어버린 꽃을 피울 것인가. 날마다 생명을 톺아 삶의 피안을 향해 타임캡슐을 보내고 있다. 검은 물방울이 억겁의 세월을 날고 있다.

제 몸을 덜어내지 않는다면 종유는 보다 빨리 순이가 사는 세상에 닿을 것이다. 하지만 물이 되어 떨어지지 않는다면 그가 먼 길을 오고 있다는 사실을 순이가 어찌 알랴. 뿐인가. 어디에 있는지, 이 무한공간의 어디를 헤매며 목 메일 것인가. 종유는 망각이 무섭다. 그는 순이 얼굴을 기억하고자 끝없이 몸을 녹여낸다.

물방울이 떨어진다. 순이가 희열하며 하늘로 솟아간다. 우주의 공간을 저어오는 종유의 탯줄을 물고 생명을 기른다. 그들은 간절하기에 살아 있다. 만나기 위해 혼신의 힘을 쏟아 서로에게 다가간다. 일 년에 0.1밀리미터라는 막막한 접근이지만 그것은 희망이요 영원한 꿈이다.

얼마나 많은 시간을 먹어야 물은 돌이 되는가. 돌은 얼마나 가슴 조이며 울어야 한 방울의 물이 되는가. 태초에 시작된 생명의 몸짓이 찰나에 영원을 담고 있다. 도도한 강물도 한 방울씩 거르면 끝내는 한줌의 돌로 남아, 이 돌이 풀어지면 물은 역사의 강이 된다.

순이가 물방울을 받아먹는다. 물방울 받는 소리가 동굴을 돌아 다시 겹의 순례를 가고 있다. 종유를 부르며 순이의 맥박이 '회음벽'을 뛰고 있다. 너와 나의 만남. 지금도 우린 신비의 숨결을 잇고 있다. *

육각 에스트로겐

♠♠♠♠♠ 초록이 꿀처럼 흐르는 여름 한낮입니다. 장독대 옆에 석류꽃이 참 화사합니다. 빨강이 아닌 연지색 소곳한 꽃이지요. 녹의홍상 새색시의 숫접한 미소로 핀 석류꽃. 그 맑은 물에 실실이 풀려나던 유월 어느 날, 내 첫사랑도 이런 고운 색이었습니다.

꽃잎 하나 따서 양미간에 붙여봅니다. 두 장 따서 볼연지를 찍습니다. 잘근잘근 고운 입술 물들이고 육모화관 머리에 이고 담장너머 멀리 지평선을 바라봅니다.

봄꽃들이 피다 지고 막막하게 푸르기만 한 여름에, 트는 동처럼 나를 찾아왔습니다. 얼마나 에돌던 이슬이었는지 모릅니다. 오랫동안 나는 높은 하늘만 그렸습니다. 무논에 백학 한 마리 모가지 깃대처럼 높던 한낮에 내 곁 가까이 서 있는 그림자를 보았습니다. 그 그늘에 묻혀 있으면서도 나는 미처 알지 못했습니다.

잎사귀로 몸을 가리고 뜨거운 태양과 천둥번개에 조바심하면

서, 불 같은 신열로 뒹굴었습니다. 꿈은 시나브로 피었다가 무서
리처럼 떨어졌습니다. 그걸 가만가만 거두어 목에 걸어 보면서
한동안 시름을 앓았습니다.

오월도 가고 유월이 기우는 아침에 머언 뇌성이 울고 비밀한 나
의 태반은 단단히 영글기 시작했습니다. 별을 입에 물고 사랑은
하루가 다르게 탱탱히 부풀어 올라 달빛으로 정갈하게 몸을 닦으
며 한 철을 평생인 듯 키웠습니다. 배가 트고 딱지가 앉았습니다.

치마끈을 더 조여 맬 수 없는 가을 붉은 아침에, 진통이 왔습니
다. 샘물이 솟고 새들이 소리내어 지저귀고 안개가 숲의 휘장을
걷었습니다. 마침내 혼돈과 황홀이 천지를 열어주었습니다. 그것
은 축복입니다.

맑고 순수한 생이기를. 지는 듯 끊임없이 다시 피는 꽃, 알알이
기도합니다.＊

눈 오는 날

♠♠♠♠♠ 눈을 털며 대합실로 들어섰다. 매표구 앞에서 머뭇머뭇하자 역무원 아가씨가 물었다. 눈이 그치는 곳까지 가겠다고 했다. 어둡기까지는 돌아와야 하지 않겠느냐며 세 시간 가량 걸리는 밀양까지 왕복표를 내 주었다. 표를 받아 쥐자 허공으로 울렁거리던 마음이 좀 가라앉았다.

목적지가 있는 사람들은 모두 앉아 있는가. 나 혼자 서성거리고 있었다. 서서 눈 오는 바깥을 한참 보았다. 한기가 오소소 들면서 머리가 띵—했다. 객귀에 썬 사람처럼. 아침밥을 먹다 말고 집을 나왔던 것이다.

창가에 앉았다. 손님이 띄엄띄엄하다. 바람 세찬 겨울밤에 시골집 마당가 어디에 부딪히는 세숫대야보다 둔탁한 소리가 난다. 객차들은 악수도 요란하다. 삐걱 덜컹, 쿵쾅, 맨 뒤칸이라 더 그런가 보다.

갈바람에 바스라지며 어디로 날아갔던 억새꽃들의 넋인가. 어미 잃은 새끼 새의 부둥깃 같은 송이들이 휘휘, 제 앉을 곳을 찾아 푸닥거리를 한다. 성질 마른 것들은 달리는 차창을 쥐어박으며 눈물을 흘린다. 그래도 열차는 달린다. 도시를 도망쳐 나와 산모롱이를 돌고 들을 질러간다.

하얗게 표백된 풍경들이 졸고 있다. 하늘의 이치를 숙연히 깨닫는지 나무들이 목덜미에 쌓이는 무거운 눈을 푸르르 털어낸다. 푸근푸근한 쌀밥을 고봉으로 올려 담은 지붕 밑에 사는 사람들은 다 무얼 하는지, 빈집처럼 고요하다. 들길 여기저기에 망연히 서서 차들도 순백의 꿈을 꾸고 있다. 연못 푸른 물에는 살얼음이 반쯤 깔렸고, 뜬 오리 서너 마리도 물질을 그쳐 미동이 없다. 먼 산봉우리는 구름모자를 덮어 썼다. 목을 하늘로 디밀어 푸른 물을 마음껏 들이키는지도 모른다.

반성역에서 몇 사람이 탔다. 저마다 자기 자리를 찾는다. 내 뒤쪽 건너편에는 중년 부부가 앉았다. 그 남자는 목소리에서 쉰 소리가 난다. 여자의 목소리는 초롱같다. 쉰 막걸리와 생쌀이 주고받고 세상을 엮고 있다. 함안, 군복에서도 열 서너 명이 눈을 털며 올라왔다. 내 옆자리에 놓아둔 핸드백과 우산을 치워달라는 사람이 없다. 마산역에서는 손님이 제법 많이 탔다. 이번에야, 했지만 역시 내 옆엔 아무도 들지 않았다.

내 시선이 차창으로 빠져나간다. 객차가 속력을 내면 눈보라 되어 옆으로 날쌔게 날아가다 차가 멈추면 저도 다소곳이 아래로 내려앉는다. 눈송이는 더 굵어지고 세상 풍경은 일상을 떠나 어디론가로 가고 있다. 경계가 없어져 버린 벌판에 줄을 잇는 전봇대도 부지런히 가고 있다. 검은 전선이 운명의 미로 같은 목숨을 구걸하며 달아난다.

차는 밀양에 도착했다. 나는 쫓겨나왔다. 햇살이 내려와 은색 모이를 금색 부리로 부지런히 쪼고 있다. 여기서 눈이 그칠 줄을 역무원은 어찌 알았을까.

식당에 들어갔다. 때가 늦은 탓이라선지 손님이 없다. 속을 데울 양으로 국밥을 시켰다. 접시에 담긴 식은 깍두기 여섯 조각은 손을 대지 않았다. 입맛이 그걸 원치 않았다. 옆집의 비빔밥을 먹을 걸 그랬다고 후회를 늦짚으며 나왔다.

'밀양에 오신 것을 환영합니다.' 밀양종합 관광안내소가 건너편에서 나를 바라보았다. 나는 밀양에 온 게 아닌데, 환영인사가 멋쩍다. 눈이 그친 지금 무슨 재미로 어딜 간단 말인가. 되돌아 대합실로 들어갔다. 검은 꼬리를 느슨히 흔들며 가물치 같은 물체가 들어온다. 그 많은 사람들은 부산행 열차에 다 타버리고 달랑 나 혼자 승강장 나무의자에 남았다. 박속 같은 벌판에 좌우로 뻗어나간 검은 철길 가운데 혼자 남겨진 여인. 이건 꽤나 센티멘털이 코맹맹하게 고독한 그림이다. 그러나 그 그림은 자유를 지닌 자기존재를 깨닫는 감동을 전율하게 하지 않는가. 영원의 시간선상에 이 그림이 걸려 버린다면 ….

객차가 들어왔다. 차표를 꺼냈다. 눈이 그치는 곳, 밀양까지 왕복표를 내주던 역무원의 웃음이 떠올랐다. 묻지도 않고 내 길을 결정해버린 이 축축한 차표 한 장, 이건 이미 내정되어 있었던 내 여정일지도 모른다는 생각이 들었다. 걸핏하면 운명이라고 뱉어대는 쓰레기가 이런 데에 쓰이는가?

객차는 제 멋대로 간다. 내가 바라는 방향은 아랑곳하지 않는다. 이번에도 내 옆자리는 비었다. 누구도 오지 않았다. 타는 사람은 적고 갈수록 내리는 사람은 많다. 기어이 객실엔 나만 남았다. 나는 고개를 측면으로 꼬고 앉아서 차창 밖 멀리 들녘을 바라본다. 흰 캔버스에 어둑한 눈동자가 아슴하다.

남루한 바가지에 물밥을 말아놓고 태을경太乙經 외며 저만치 무쇠칼을 내던지고는 왕소금 한 줌 뿌리며 돌아서는, 좌석번호를 못 읽는 허리 굽은 할머니랑 종착역을 모르는 여인이 차창에 덜컹덜컹 가고 있다. 어둠이 끼어드는 거기 애달픈 손으로 그리운 이의 지문을 찍고 있다. 다시 눈이 온다. 바람이 인다. ＊

 이고운 수필집
백번째 그리움

느릅나무 그늘에서

♠♠♠♠♠ 급히 부칠 원고를 들고 나가다 섰다. 그의 수필집이 우편함에 꽂혀 있었다. 책을 뽑아들고는 나도 모르게 밭가 숲으로 간다.

이른 봄, 이곳 산기슭에 손바닥만한 채마밭을 만들었다. 상추 쑥갓 고추 호박 가지들을 갖갖추 심었다. 크는 양이 신기하고 살이가 심심찮고 든든하다.

자리를 깔고 앉는다. 숲이 맥을 놓고 있다. 푸르른 논은 다랑이 다랑이 느릅나무 그늘을 베고 지긋이 눈을 감고 있다.

책을 폈다. 행복의 숲으로 쏠려 들어간다. 바람에 흔들리는 크고 작은 반점들이 거울에 어룽거린다.

무당벌레 한 마리가 글자들을 따라 다닌다. 뻐꾹 소리가 산등성 먼당 쪽에서 수다를 떨며 내려온다. 남의 둥지에 알을 맡길 밖에 없는 고뇌와 변명, 하소연이 처량하다. 호로록 삐삐, 찌악찌악, 푸

드득 꿩꿩, 멀리 가까이에서 생을 읊고 있다. 따다다닥, 딱따구리
가 나무를 쪼아댄다. 키 큰 아카시아나무가 간지러워 퉁퉁퉁 웃
는다. 하얀 나비 한 마리가 연자색 감자꽃을 탐탐하여 날고 개망
초꽃 향내와 덥덥한 밤꽃 향이 앞서거니 뒤서거니 지나간다. 나
도 모르게 그들 속으로 스스르 감긴다.

그늘이 몇 번 자리를 돌아앉는다. 서녁하늘에 가파르게 걸린 해
가 딸꾹질을 하고 내 책장도 서 너 장 자투리로 남았다.

나무들이 손잡아 숲에 엷은 커튼을 친다. 땅으로 내려온 서늘음
이 풀잎을 쓸며 이슬자리를 엿본다. 새소리들이 숲으로 들어가
버렸다. 다들 보금자리로 들았나 보다. 고단한 몸들을 누이는가.
나도 상추 한줌 솎아들고 어둑살이 묻은 치마를 털며 집으로 온
다.

개밥바라기 하나가 천장에 달린 모빌처럼 가깝고, 깨꽃이 한층
하얬다. *

상추씨를 뿌리며

♠♠♠♠♠♠ 쥐었다는 느낌이 없다. 더 이상 가벼워질 수 없는 중량감, 내 손톱 안으로 보일 듯 말듯 숨어 있는 반달의 해뜩한 끄트머리, 티끌 같은 존재다. 쭉정이 같은 이 공간 안에 가까스로 스며 있는 생명의 물기, 날숨 쉬는 내 콧김으로도 구름의 환영처럼 흩어져버릴 것 같은, 아무리 궁글려 봐도 씨눈이 안 보인다. 서글퍼서 피식 웃음이 난다.

나풀나풀 씻어 담아 한 소쿠리 밥상 가운데 놓고 각자 손바닥만큼 취향대로 쌈을 싸먹었다. 늘 밥이 모자라던 시절, 밥의 공간을 채워주던 상추다. 점심밥 때가 되면 어머니께서는 혼자 사는 앞집의 키 낮은 할머니를 간간이 부르셨다. 허리띠가 홑쳐져 가늘대로 가늘어진 허리로 도래 소쿠리 하나를 비우고야 일어서면 고추장과 어우러진 된장보시기도 식은 보리밥 한 덩이 담겼던 사발도 하얗게 웃었다. 배부르게 잘 먹었다고 돌아가는 할머니 뒤로 우리는 놀란 눈을 주고받으며, 상추소쿠리를 만류하지 못한 후회와 혹시라도 탈이 날까를 저어하곤 했다. 그러나 그 다음날도 할머니는 상추 잎 같은 나풀걸음으로 골목길을 걸어가는 모습이 비친다.

청치마일지 적치마일지? 다시 꼬옥, 쥐어본다. 광막한 허공에서 땅을 내려다보며 의무와 의미를 갈등하는가. 감정이 들어가야 에너지가 생긴다고 한다. 최면을 걸듯이 온기를 불어넣는다. 내 간절한 당부이다. 먼 길 떠나는 여린 생명체에게 이 온기는 엄청난 위로가 되리라. 접혀 있는 제 몸 속의 지도를 몇 번이나 펴보고 꿈의 나침반을 놓아볼 때, 내 체온이 강한 자성이 되어 그를 새로운 경계로 이끌기를…. 오래 전의 땅을 기억해 내면서 고통을 극복하고 희열을 누리기를 희망한다. 기억을 부르는 온기가 의무를 짐 지우고자 함이 아님을 이 여린 씨앗에게 다시 당부한다.

뿌린다. 내 엄지와 검지에서 뛰어내려 천길 허공을 내려가 흙에 닿는다. 내 의지가 곧 씨앗의 의지일 수만은 없었다. 내 중력, 씨앗의 중력, 지구의 중력, 우리는 늘 삼각관계였지 않은가. 씨앗은 허공을 가르며 다이빙선수의 곡예처럼 몇 번이나 몸을 뒤척였다. 중심을 잡느라, 씨눈의 방향을 찾느라고 안간힘을 쓰면서 떨어진다. 그 결사의 의지에는 막막함을 극복하고자 하는 번민이 들어 있다. 내 손금에 운명을 걸고 안 떨어지려고 떼쓰기도 한다. 저만큼 날아가는 것도 있다. 다행히 기류의 낙하를 잘 타면 폭신한 의미의 골에 안착할 것이다. 쭉정한 씨앗이 고운 흙에 앉고, 여문 것이 돌멩이에 엎히고, 돌 틈에 흙덩이에 깊은 곳에, 포개진 것, 이랑 밖으로도 앉는다. 내일이라는 것이 그렇거늘, 어찌 한결같기를 바라겠는가. 낯선 흙고랑에서 허옇게 숨을 고른다.

흙을 덮는다. 씨앗은 원래 제 몸피의 3배 정도를 덮어야 한다. 흙을 쓸어준다. 깊게, 얕게 적당히, 나의 의지와는 상관없이 타고난 복대로 덮일 것이다. 고루고루 편편하라고 또 표면의 흙을 쓸어준다. "칠일 밤" 보르헤스처럼 '실명'의 어둠에서 멀리 있는 생의 기억을 당겨오기를.

날이 가물지 비가 올지는 모른다. 비바람 불고 천둥번개가 치면 흙속의 씨앗들은 또 한 번 소용돌이치면서, 더 깊이 묻히고, 알몸으로 드러나고, 바람에 날려가기도, 뒤지기(두더지)가 뒤지고 가는 지진을 당하기도 할 것이다. 그들에게는 사소한 봄비도 폭격이 되고, 가슴에 얹힌 작은 콩돌도 짓누르는 태산일 것이다. 그보다는 매정한 태양의 불 지짐을 걱정한다. 얼마만큼 볕을 받아야 축복이 되는지 모르는 나는 흙을 덮을 때 설레임보다 약간의 암담한 슬픔 같은 것을 느낀다.

씨앗이 흙에 안착하는 자리는 숭고한 생의 지점이다. 흙은 며칠 내로 씨앗의 눈금에 정교한 메스를 댈 것이다. 늘 피동태이던 흙은 씨앗을 포옹하는 그 순간부터 능동이 된다. 생명탄생이라는 그늘의 두께를 가늠하며 빛으로 나오게 하는 흙의 프로젝트, 태아에게 산도를 열어주는 어머니와 같다. 껍질이 썩어야 하리. 그러면 싹은 온 힘을 다하여 흙을 헤치는 여정에 오른다. 배아가 상하지 않게 적당히 썩는다는 것, 그것은 비밀이어야 한다. 쭉정이가 먼저 싹트기도 하겠고 여문 씨알이 늦게 길을 나서고, 아예 포기하는 것도 있을 것이다. 더러는 제 키의 열 배도 넘는 흙을 헤치다 지쳐서 끝내는 정선아리리가 돼 버리기도 할 것이다. 신은 늘 그늘에 있는 신비이기에, 나는 지푸라기로 살짝 흙을 가려준다.

촉이 트고 자라고, 한 낱의 씨가 지표에서 차지할 공간을 가늠하기는 어렵다. 착지한 생의 공간과 누려야 할 삶의 공간이 다르다는 것은 지상에 몸을 디밀고서야 깨닫게 되는 것이다. 잡초와 땅을 다투면서, 그러면서도 상추씨는 풍요를 제공한다. 따가운 볕 아래 땀 흘리다 점심준비를 위해 상추를 솎을 때, 농부의 아낙은 대가족의 시름을 잠시 잊는다. 보들보들 빽빽이 선 융단 같은 상추를 하나씩 솎을 때 그 시름도 솎인다. 속아낸 자리를 내일이면 또 흔적 없이 메워버리는, 부드러움에 흐르는 윤기가 가느다란 삶을 출렁이게 하는 것이다. 그러면서도 상추씨는 결구를 꿈꾸지 않는다.

후루룩, 바람이 불었다. 얼른 비닐조각을 붙잡았다. 남아 있던 상추씨가 반나마 식은 재처럼 땅에 흩어져 버렸다. 주워 담을 수가 없다. 정말, 너무 작다. 씨가 땅에 떨어져 풍성하게 자란다는 것은 작아지는 작업일까. 석양을 걸어가는 사막의 낙타처럼 새로운 경계를 찾아가는 여정일까.

존재는 하되 보이지 않을 때까지 줄어드는 작업, 세월은 모래알처럼 작아지는 작업일지 모른다. 가벼운 존재감으로 결핍을 결속

시키면서 씨는 진정으로 고독해진다. 바람에 날아갈 만큼 자유를 갖는 것. 가볍게 더 가볍게 씨는 작아진다. 진정 위대한 것, 생명은 이렇게 작다.

남은 상추 씨, 봉지에 잘 싸서 꼭 쥐어본다. *

실종을 찾습니다

♠♠♠♠♠ 청개구리들이 사는 호수마을엔 촛대산이 있다. 그 산마루에서 시선을 이마 위로 멀리 그으면, 남으로 가는 길이 보인다. 구불구불한 고개턱으로 홍단풍이 줄 서서 타박타박, 스카프 팔랑거리며 새재로 넘어간다. 아침햇살이 용추폭포에 삼각 프리즘으로 분광되면 그 황톳길엔 자색 실비단이 펼쳐졌다. 그러면 연보라 안개가 피어오르면서 멀리 구름어깨 저 너머로 산이 나타났다. 자하산.

자하산에는 빛안개가 서리는 때가 있었다. 보는 사람에 따라 색깔이 달랐다. 그것은 무지개에 휘감긴 감나무 때문이라고 했다. 그 나무에는 몇 십 년에나 한 번 빛안개를 뿜어내는 황금감 하나가 열리고, 그 감을 먹으면 천운을 볼 수 있는 눈을 얻는다고 했다. 하지만 그건 절로 되는 일이 아니었다. 가까이 다가가면 무지개가 사람을 회오리로 감아버려 순식간에 길을 잃던가, 아니면 무슨 까닭인지 신비한 색깔이 사라지면서 나무도 감도 찾을 수 없게 된다는 잠언도 붙어 있었다.

언젠가, 현재라는 청년이 황금감을 따러 갔지만 끝내 돌아오지 않았다. 그 이유에 대하여는 종잡을 수 없는 말들이 오고 갔다. 그는 아직도 자하산을 헤매고 있을지도 모른다고 했다. 하긴, 여기서 보기보다 가서 보면 산이 워낙 높고 골이 깊지 않겠냐는 주장이었다. 한편에서는 길을 잃어버려 돌아오고 싶어도 올 수 없을 거라고, 무지개 회오리를 들먹였다. 보다 환상을 가진 사람들은 그가 이미 구름사다리를 오르고 있을지도 모른다는 막연한 희망에 부풀었다. 그런 꿈 같은 설레임이 아직도 그 호수마을엔 산맥처럼 전해 오고 있는 것이다.

그 마을에 먼산이라는 청개구리가 있었다. 할아버지가 지어준 이름은 '청구靑丘'였다. '먼산이.' 툭 불거진 눈에 그는 도수 높은 안경을 걸치고 다녔는데, 검은 뿔테에 동그란 알이 박힌, 아마도 그건 할아버지가 쓰던 안경일 것이다. 하지만 그에게 안경은 가당치가 않았다. 시선도 언제나 먼 산 너머로 올라가 있어서 (그게 그를 먼산이로 부르게 한 요인이기도 하다) 코걸이 하는 수수깡 안경에 불과했다. 왼쪽 눈이 약간 찌그덩하고, 걸어가면서도 혼자 중얼거리는, 동네사람들 보기에 그는 지능이 약간 모자랐다.

그 먼산이가 빠뜨리지 않는 일이 있었다. 새벽마다 촛대산에 올라가 멀리 남쪽을 향해 활개를 높이 벌리고 얼굴을 사십 오도로 든 채 코를 벌름거리며 눈을 감고 서 있었다. 아침햇살을 온 몸으로 받으며 서 있는 그는, 보는 이가 옷깃이라도 여며야 할 만큼 경건해 보였다. 아직 그늘인 마을에서 쳐다보면 그는 지금 막 날아오르려는 '디스커버리호' 같았다.

곡우가 내리고 망종이 왔다. 그날 먼산이가 마을로 뛰어오면서 고함을 질렀다. '자하산을 보았다아~.' 대번에 온 마을이 술렁거렸다. 그건 예삿일이 아니었다. 동네 어른들은 그를 불러놓고 진짜로 보았느냐고 두 번 세 번 다그쳤다. 그러면서 그들은 긴가민가 믿지 못하였다. 한편에서는 콧방귀를 뀌었다. 정신 나간 녀석의 말을 누가 믿겠냐는 것이었다. 그런 그들이 먼산이가 보이지 않는다는 것을 자각한 것은 이레도 더 지나서였다. 어딜 갔을까. 그 행방을 아는 이가 없었다. 가당찮아 하면서도 호기심은 상상을 불렀다. 혹시, 자하산에 가지 않았을까?

먼산이는 개망초가 중얼거리는 늪가를 지나 낯선 길로 올라섰다. 팔딱거리는 뜀박질도 힘든 줄 모르고, 한참 우쭐우쭐 가다가 가슴이 철렁했다. 자하산이 보이지 않았다. 그러나 그는 곧 낮은 골짜기로 들어선 자신을 발견하였다. 울퉁불퉁한 너덜겅을 한걸음 두 걸음 오른다. 팔월 한낮 농익은 화염에 목덜미가 벗겨지듯 따갑다. 입이 마르고 호흡이 가쁘다. 발바닥의 빨판을 세우고 심호흡을 한다. 그늘에서 배를 북치고 노는 황금 달팽이를 만났다. "풀잎이나 먹지" 달팽이가 픽 웃었다. 먼산이가 중얼중얼 웃어준다. 오죽 못났으면 집을 등에 지고 다닐까? 하기사 껍데기가 체통이 되는 세상이지.

원숭이가 먹다 버린 사과쪽 같은 달이 떴다. 절벽 끝에서 승냥이가 허공을 울부짖고 여우가 아홉 번이나 벅수를 넘고 있었다. 반딧불이가 눈앞에 날며 졸음을 깜빡거린다. 복어알을 먹었을 때처럼 비칠걸음이라도 걸어야 한다. 눈꺼풀에 팅개를 준다. 산 허릿길에 희멀금해지는 달을 보며 촛대산에서의 금빛 아침햇살을 떠올린다. 그 황금감을 먹고 하늘로 오르는 꿈에 젖는다.

휘져서 불거졌던 눈이 퀭, 더 불거졌다. 말벌 한 마리가 눈앞에서 웅웅 부아를 질러댄다. 털북숭이 사이로 난 기다란 독침에 소름이 돋는다. 옹이구멍에 몸을 숨기고 공포에 떨었다. 사거리가 나오고 육거리가 나왔다. 신호등, 건널목도 없다. 곧은길이 지름길일 것이다. 곧은길로 간다. 가노라니 그도 굽었는지 곧은 건지 헷갈렸다. 갈수록 뒷다리가 자꾸 처진다. 뛰어야 하는 시간에 긴다는 것도 스스로에게 참을 수 없는 모독이 아닌가. 힘을 내자. 우듬지로 휘어 도는 길이 보였다.

나무가 불타고 있었다. 들불이다가, 숲을 빙글빙글 돌면서 하늘에 닿을 듯했다. 연기도 나지 않고 뜨겁지도 않았다. 꽃불 가운데로 들어서는데 하늘에서 수직으로 떨어져 내리는 황금기둥이 눈앞을 막아섰다. 그것은 하늘을 받치고 있는 지구의 기둥 같았다. 천년 묵은 둥치, 한없이 높아 보이는 잎사귀마다 빛이 웃음치고 있었다.

샛바람이 왔다. 이 조마조마한 길에서 만나는 샛바람, 다리가 후들거렸다. 한발을 옮기면 한발 뒷걸음치고 두발을 떼면 다시 한발이 미끄러졌다. 발바닥이 부르트고 피가 났다. 어금니를 악물고 촛대가지로 올라섰다.

어? 감이 보이질 않았다. 잎사귀들을 이리 저리 젖히며 앞으로 옆으로 찾아본다. 없다. 어디 있단 말인가. 부르튼 발바닥이 아파왔다. 주먹 만한 눈물이 발등에 떨어졌다. 코가 시큰거렸다. 비 냄새, 예고도 없이 창대비가 쏟아졌다. 좀 전까지는 거친 황야던 길이 물에 젖으면서 태양도 미끄러지는 빙판이 되었다. 번쩍, 비수가 눈앞을 스치면서 꽝, 길바닥이 흔들리고 하늘이 어그러지는 것 같았다. 옆걸음을 친다. 바람 그시로 돌아간다.

빛이 사라졌다. 아무것도 보이지 않았다. 어둠, 골수까지 파고드는 고독, 등이 튼다. 턱밑에서 울음이 볼록거렸다. 노랑나비 떼, 눈앞이 어찔거렸다. 아— 뚝, 촛대가지가 부러졌다. 거뭇한 잎새 하나가 몇 번 팔랑거렸다. 그리고…….

그날, 성수 드뭇한 새벽이었다. 자하산에서 커다란 열기구 같은 것이 하나 떴다. 혼불처럼 푸르스름한 빛을 흘리며 뭉실뭉실, 그 불 둥우리는 멀리 촛대산을 바라보면서 하늘 가운데로 높이 날아올랐다. 중복을 넘어선 여름 내내 호수마을엔 이런 펼침막이 걸려 있었다.

—청구를 찾습니다. 사팔뜨기처럼 먼 산만 보고 다니는 사람을 보신 분은 연락 주시면 후사하겠습니다.— *

고사리

♠♠♠♠♠♠ 올라온다, 모든 잡념은 다 떨쳐버리고, 오직 한가지에 목숨을 걸고 일어선다. 열매 맺는 나무이기를 거부하고 꽃을 다는 풀잎이기를 거부한다. 하늘을 나는 홀씨의 삶이기를 갈망한다.

봄비의 전령이 문 두드릴 때까지, 긴 겨울을 나면서도 눈 하나 깜짝하지 않았다. 간밤에 내린 빗줄기에 안개가 스머서야 여린 주먹으로 검은 벽을 두드리면서 벼린 섬유질을 세로로 세로로 일으켜 땅을 절개하며 솟았다.

낙천주의자, 그는 참을 수 없는 허기가 포자로 날았을 때부터 포기를 몰랐다. 생의 굴곡을 거절하느라 통통하고 길게 올라가기를 소원했다. 솜털 끝 하나 다치지 않고 지표의 심성을 건드리는 일 없이. 중력의 법칙을 웃음으로 사양하면서 무거운 주먹으로 흙을 밀어 올릴 때, 문이 열리는 흙의 입자들은 얼마나 수줍어하는가. 더딤은 성급한 세상을 향하여 울리는 경종이다.

풀꽃들이 어우러져 길섶을 물고 들어온다. 여기저기 핀다고 피느라 사바가 수선스럽다. 그러면 긴장에 가쁜 숨을 두근거리며 홍조를 띤다. 지난날의 갈색 터전에 곧게 서서 마른 갈잎 이슬거울에 사방을 비춰본다.

고고한 의지의 표상. 출렁이지 않으려고 흔들리지 않으려고, 무게의 중심을 머리에 모았다. 천성이 곧은 까닭에, 주먹이 펴져 신분이 격하되어도 밥이라 칭하는 것. 그는 독을 뿜지 않는다. 스스로를 지키려는 수용성의 향취를 지녔을 뿐 체취를 무기로 쓰지 않는다.

언제나 사색에 잠겨 있다. 산세에 눌려 단풍 들거나 열매를 자랑으로 하여 꽃의 유혹을 받지 않는다. 본래의 민꽃을 기억하는 낭으로 돌아가는 그는 순정의 소유자다. 발 달린 짐승처럼 멋대로 옮겨가는 일은 하지 않는다. 실어다 준 바람도 모르게 안착한 골짜기에서 생의 천리를 생각한다.

처음 한번 섰으면 죽을지언정 그 자리에 서서 사명을 완수하려는, 그는 완벽한 에고이스트다. 도망, 포기, 굴복, 와신상담 따위의 언어를 모르는. 하늘의 명을 받들 듯 제 본래의 향취로 뼈대 있는 자손임을 증명한다. 흙과 함께 태어났어도 변종도 변태도 하지 않은 순혈의 족속임을 긍지로 여긴다. 지신地神의 피가 흘러 그는 언제나 중용의 빛깔을 띠고 있다. 그 고동색 앞에 서면 나는 왜 가슴이 아릿한가.

　오로지 청춘이기를 갈망하면서 굴종을 모르는 무저항주의자. 연하디 연한 허리가 위태롭다. 그 서슬에 장끼가 산을 운다. 분질러질 때는 구차하게 목숨을 구걸하지 않는다. 깨끗하게 아주 담백한 심정으로 최후를 맞는다. 잔등이 동강나면서도 댁! 하고 한마디만 한다. 원망이 아니다. 모순을 우수憂愁하는 것이다. 의지는 하늘을 찌르지만 가슴은 청포묵처럼 모질지 못하여 눈물을 참는 허세를 부리지 않는다. 허리가 절단되는 고통을 눈물 한 방울로 맺고 내일을 예비한다.

　수난의 세월이 언제 종료될지는 기약이 없다. 그래도 고사리는 제 땅을 지킨다. 함묵의 언어, 죽비를 맞으면서 빛이 쌓이는 언덕을 기다린다. 그리고 마침내 다시 솟아 긴 직립의 의지 끝에 환호하는 일광산으로, 활짝 펼친다. *

자굴산 바람은

♠♠♠♠♠ 산은 신비다. 사월의 산은 더 신비롭다.

여러 날 전에 개나리 진달래, 벚꽃이 지나간 길, 살구나무 길을 걸어 '이의정二宜亭' 지나가면 허미수 선생님이 인사를 받는다. 허허, 자네들 자굴산 가는가? 그러면서 먼산 바라본다.

나무들이 하나같이 고운 손을 흔든다. 이 찬란한 것들은 아마도 사나흘 밤비가 소리 없이 내려, 꽃 진 자리에 하나씩 피어나 금관의 편린으로 자랑거리게 했으리라. 화사롭지 못한 내 걸음자태가 보기에 우습고 민망한가. 앙증스런 손이 입을 살짝 가리고 또래끼리 킥킥킥 웃고 있다. 갑옷 입고 경계를 서고 있는 소나무들이 낯선 나그네를 보고는 오히려 싱긋한 표정들이다. 저 높은 곳을 향해 기분 좋게 수신호를 보내준다.

길이 용틀임을 한다. 굽이를 돌수록 가팔라진다. 색스혼 길, 그

누가 처음 이름했는지, 그도 이 길 가다가 나처럼 숨이 가빴나 보다. 난생 처음 불어보는 색스혼처럼 소리는 나지 않고 숨이 먼저 막히는, 나는 돌아서서 후우― 바람을 마셨다.

건너편에 너덜경이 보였다. 앞단추 덜 여며져 들여다보이는 남자의 가슴골 같은, 군대의 야영지 같았다. 크고 작은 돌들이 군집한 너덜경, 어느 산엔들 너덜경이 없던가. 하지만, 자굴산 너덜경은 말을 한다고 했다. 싱겁기는. 별 시답잖은 말을 한다 싶어서 나는 남편에게 웃어주었다.

"가보면 알 거 아닌가."

………….

"뭐? 아무 소리도 안 들리는구만."

"돌에 귀를 대 보라모."

어쩌면, 문이 열리는 소리 같았다. 구중궁궐의 열두 대문이 차례로 열리는가. 저 밑 깊은 곳에서 바람소리가 울려왔다. 난생 처음 읍내 장에 따라 갔던 다섯 살, 내 손을 송편처럼 쥐어주던 아버지의 손길, 그 울림인지도 모른다. 쿵쿵 뛰는 가슴을 누르며 귀를 더 바싹 대어본다.

밭 매는 호미질소리. 무논갈이하는 쟁기보습에 흙 넘어가는 소리, 말이 우는가? 천강天降의 깃발 들고 병사들이 능선으로 달려간다. 산을 넘고 강을 건너간다. 북소리 발굽소리, 백리 밖을 울리는 함성이다. 한참을 그러다가 유월 어느 날은, 콩 볶듯이 쏘아대는 따발총소리 소나기로 내리고 산허리가 자지러진다. 멀리서 달리는 자갈소리 점점 가까워 오다가 제트기처럼 내 앞을 지나간다. 다시 바람소리 비 오는 소리, 나무 움트는 소리. 그때, '백련암' 처마에 우는 풍경소리 나고, 아이들 글 읽는 소리 메아리로 돌아 '명경대'에 어려 온다. 그 소리들을 따라 솔바람이 쏴아~ 가슴을 씻는다.

잠시 내 넋이 어디를 다녀 온 듯하다. 어쩌면 이곳은 비밀 문서고의 문일지도 모른다. 역사의 현장을 기록한 거대한 CD롬 같은 것을 자굴산은 너덜겅 아래에 깊이 감추고 있는 게 틀림없다. 유구하지 못한 사람이 그걸 모를 뿐이다.

한우산이 목덜미를 길게 늘이고 누웠다. 소가 고개를 흔들어 워낭을 울린다. 쇠목재에 섰다. 걸어온 길을 돌아본다. 나무들이 올라온다. 무도舞蹈로 하는 도보道步처럼 몸을 흔들며 위로 위로 올라온다. 골짜기마다 햇솜처럼 구름을 풀어내며 비를 지우느라 향을 피우고 있다. 저 멀리 들을 안고 도는 남강의 물이 칠석날 은하처럼 보인다. 그것은 그냥 강이 아니라 먹먹한 물빛으로 피는 그리움의 지평선이다.

이태 전 가을에도 남편을 친림해서, 그땐 차로 시부모님 모시고 여기 왔었다. 바람듬 아래 억새 병풍 펼쳐놓고, 머루 다래, 으름덩굴들이 얼크러져 흥거웠다. 이 정자에 서서 가을 빛 풍성한 저 가레들녘 너머로 파릇한 물빛을 굽어보았다. 관절을 앓아 오랜만에 나오신 어머님이 젊은 시절 나물 뜯으러 왔던 기억을 떠올리시며 그렇게나 좋아하셨다. '야아아 저것 봐라. 참 좋다. 길 잘 닦은 덕에 이리 좋은 구경을 하는구나.' 선연, 팔순 넘은 어머님이 곁에 계신 것 같다.

이 세상 누가 맹자의 삼락을 다 누리랴마는 어느새 나는 그 일락—樂조차 놓쳐버린 세월에 섰다. 아는지 모르는지, 바람이 내 귀 싸대기를 치면서 휘 휙 지나간다. 바람도 자굴산 바람은 정수리를 향해 분다.

그를 따라 정상으로 간다. 좁은 길이 방긋방긋하는 이파리 사이로 걸어간다. 목덜미 옆구리가 간지럽다. 초대 받지 못한 나그네에게 이 무슨 행운인가. 진달래꽃이 화전을 굽고 있다. 생강나무 내음이 생광스럽다. 이슬 머금은 나뭇가지가 손을 가리고 연서를 쓰고 있다. 참나무 잎은 카누를 타고, 망개 잎은 만돌린을 켜면서 천수천음을 읊고 있다. 길 잃어 헤매던 어느 봄날, 울며 잡았던 그 손마저 잊게 하는 망각의 계곡을 돌아 내 굴광성 치마폭에 내리는 엄마의 눈빛. 눈이 흐려졌다. 잠시 싸리나무를 잡고 서서 가슴을 진정시킨다. 이끼 산초 도토리, 생성과 소멸을 두두물물頭頭物物의 겁으로 셈한다면, 이 나뭇잎 한장인들 무량의 삶이 아니겠는가. 사월의 산을 가면서 신이 죽었다는 말이 얼마나 턱없는 낭설인가를 생각한다.

어느 산인들 제단이 아니랴. 금 동곳으로 상투 튼 이 산마루는 그냥 제단이다. 들고 간 매실물 한잔 부어 올리고 세 번 절했다. 자욱이, 누가 향을 피우고 있다. 안개구름이 몰려와서 봉우리를 에워싸며 내 시계視界를 가려버린다. 산이 하늘에 올리는 제향을,

그걸 사바사람이 알아 무엇 하리.

바람이 떡갈나무의 G음을 살짝 건드렸다. 날아갈 듯 덮여있던 흰 베일이 스르르 흘러내리고 찬란한 봄의 제례악이 서막을 울린다. 이파리마다 일일이 이름을 적어서 땅에 사는 사람들 행복하게 점지해 달라고, 산이 소지를 올린다. 겨드랑이 속살비치는 무희가 바람을 안고 돌면서 비단 사紗 흘러내린 고운 손으로 허공에 술을 뿌린다. 오래 전에 떠돌던 영험한 말씀을 오늘 만나는가. 나도 두 손 높이 들어 바람을 안아본다.

이것은 단순한 기도가 아니라 하늘과 소통하는 의식이거니. 자굴산 정수리에 부는 바람은 저 높은 곳에서 영성의 새가 날아 내리는 것이리라. '마땅히 그대 강녕하리라.' 하늘의 말씀을 수신하며 산이 환호하는 것이다.

소통은 입으로 말하고 귀로 듣는 것이 아니다. 하늘과 땅의 정령이 드나드는 영혼의 통로, 산은 정수리로 제단을 삼고 숨골로 소통한다.

숨쉴 때마다 볼록거리던 곳. 세상에 바람 아닌 것이 없었던 시원의 그때, 산을 닮아 인간의 귀 또한 숨골이었을 것이다. 두 귀를 막고 머리칼을 가만히 젖혀본다. 애닯다. 이젠 뛰지도 않는다. 많이 들어야 한다고 귀를 욕심내다가 숨골을 잃어버린 나, 카멜레온 같은 세월에 꼬여 하나로 들어야 할 말씀을 두 개의 귀는 저마다 다르게 들어버린다. 슬프게도, 길이 아닌 소리에도 달콤해지는 인간의 귀, 이제는 어쩌지도 못한다. 그리하여 순수를 잃고 번

민을 불러들이는 갈등을 키우면서 인간은 너나없이 '군중 속의 고독'이 되지 않았는가? 신과의 소통을 잃어버린 이 통한을 잊어 보려고 니체도 술에 취해 중얼중얼했을 것이다. '신은 죽었다'고.

　사월에, 자굴산이 나랑 가고 있다. 내려오다 '금지金池'로 가는 손 시린 샘물 떠서 벌컥벌컥 마셨다. 내 정수리에 신의 말씀이 내리는가. 자꾸만 숨골을 만져본다.

　오색단풍들 가을에 번제 드리면, 올 겨울에도 자굴산 정수리로는 백설이 내려 신령들 와서 노닐고 이 푸른 세상에 성스러운 축복을 내릴 것이다.＊

종에 구름무늬가

      ♠♠♠♠♠ 초례청에서 맞절한 덕이가 이쁜 복이의 귀밑머리를 풀고 있다. 복이는 연지 고운 볼에 속눈썹 숙이는데, 덕이가 손짓을 한다. 찰나에 바람은 방안에 일어 촛불을 머금고 휘돌아 사라진다. 아늑한 어둠, 태초의 정밀靜謐 안에 오색의 향기가 서리면서 귀에 감도는 은은한 소리는 한없이 울려 새아씨의 꿈은 밤새도록 반짝인다. 화촉에 닿았던 숨결이 한 천년 맴돌아 종이 되었다.

너에게 닿기를 소원하며 무거운 육신을 다비하여 종은 끝없이 깃으로 환생한다. 구름이 되어, 천둥이 되어, 비가 되어, 밤길 가는 아이의 등불에 심지가 되어 고요를 깨워 고요를 창조한다. 촛불이 녹아드는 묵언, 그것은 태초에 있었던 원의 기호이다.

바람이 분다. 푸른 이마가 산산이 부서지며 수많은 원반이 날아간다. 떠나지 않고는 돌아오지 못하는 홀씨들이 막막하고 두려운 순례를 가고 있다. 사바의 티끌을 사루어 연꽃에 피고 호수에 이슬로 내리어 나무랑 속살 만지며 빙글빙글 웃는다. 오늘도 하루, 숲을 탑돌이하다가 당신을 찾아가는 길, 산이 회오리로 솟는다.

천 년의 먼동을 흐느끼며 인연을 끊어내는 그 절절한 기원으로 이슬 터는 새벽, 저 멀리 아물거리는 들창으로 실안개가 흘러간다. 시든 꽃은 땅에 내리고 나비가 할랑할랑 접었다 폈다, 흰구름 홀로 무상을 잣고 있다. 칠월의 종각 위에 아청빛 하늘이 깊다.

소리는 잠자지 않는다. 청동의 블랙홀로 회귀한다. 우주의 고독을 부르는 소명을 띠고 하늘을 목놓고, 고통은 그리움에로 돌아온다. 잠시도 머뭇거림 없이 물결능선을 그리며 엄마의 마을로 내려와 다시 종이 된다. 실체로 존재하지 못하는 것들이 실체로 점지 받는 소리 무늬, 바람은 가슴에 가슴에 씨가 되는 무늬이다.

맨 처음 만든 이, 그는 어찌하여 사람의 가슴을 가져다 종을 떴을까? 둥근 몸이 되기까지는 고뇌에 찬 밤을 숱하게 새웠을 것이다. 탐욕과 애욕의 살점도 질투도 송두리째 던져 넣고, 원망이 된 연애편지들과 비밀한 일기장도 집어넣고, 용광로는 쉼 없이 끓었을 것이다. 허송세월 버티느라 수고한 뼈마디마저 자근자근 분질러서, 불을 달구었을 것이다. 무색무취의 영혼이 될 때까지, 영겁의 세월을 기다리고야 구름무늬가 피는 둥근 가슴을 얻었을 것이다. 그리하여 종은 소리가 사는 집이 되었으리라.

타박타박, 산자락을 혼자 내려오다 길가 바위에 앉아 먼산머리를 보았다. 참 연한 하늘어스름으로 종소리가 지나간다. 산사의 저녁종소리는 숙연하다. 허허하다 못해 가슴에 구멍이 뚫리면서 솔개바람 너울이 일었다. 소슬한 나뭇잎이 추루루 흘러내리는 골짜기, 산새소리마저 합장하는 계곡의 발목을 적신다. 어느 작은 간이역에서 서성거리는 초라한 넋들, 더러는 녹슬지 않는 풀빛 언어이련만, 억새의 빈 대궁이 허연 번뇌를 궁시렁거린다.

오장을 안고 사는 역려逆旅의 나그네, 나는 언제 소리가 와서 머무는 종이 되려는가. 소리만 보듬고도 우그러지지 않는 둥근 가슴이 되려는가. 땅에 가깝되 하늘에 멀지 않고 하늘에서 멀되 가까이 달려서, 끊어졌는가 하면 다시 이어지는 맥놀이―. 저 구름으로 피어나는 소리 꽃이.＊

적비기의 달

♠♠♠♠♠ 마을에서 보면, 굽슬한 웨이브로 한껏 모양을 낸 여인의 파마머리 같은 노송들을 이고 선 동산이다. 마을 쪽으로는 순한 눈길을 주면서도 저쪽으로는 강물에 뿌리를 박고 수십 길 절벽으로 서슬을 세우고 섰다. 그 유래는 알 수 없지만 지조 높은 이 벼랑을 예부터 '적비기' 라 불렀다.

키는 하늘에 닿아 있고 머리칼이 창공에 곤두선 적비기가 눈을 부라린다. 호통이 벽력같다. 사람 사는 데를 모르더냐? 동편에서 쏜살같이 달려오던 강물이 기겁을 하며 꼬꾸라진다. 물줄기가 왜왜 내둘리다가 혼쭐이 빠진다. 갈피를 못 잡고 슬금슬금 달아나다가 겨우 정신을 수습하고 보니 함지咸池로 가야 할 몸이 남으로 가고 있다. 다시 물머리를 굽이 튼다.

적비기가 있음에 내 고향마을 '한빈' 은 존재하였을 것이다. 그 층듬 아래 춤에는 구유의 두 배쯤 되는 돌샘이 있다. 그 샘에 이르는 길은 험하다. 동산 아래로 놓인 돌층계를 오르내릴 때는 언제나 조심을 해야 한다. 아침 장독대에 놓이는 정화수 한 그릇, 그 물을 바치는 여인에게는 조바심의 길이다. 그럼에도 사람들의 발길이 끊이지 않는다. 한여름의 물동이에는 이슬이 맺혀 흐르고, 봄가을로는 훈기가 서리서리 피어오르며 물맛이 한시 한결이다. 엄동에도 잘 얼지 않는다. 오히려 넘친 물이 얼어내려 마치 백룡이 강으로 뛰어드는 듯, 강에서 샘에로 용오름을 하는 듯 서늘하다.

적비기의 푸른 발을 씻으며 돌아 나온 물은 인적 없는 한낮의 모래사장처럼 언제나 조요하다. 마을 앞, 물 어름을 눈썹 그리며 늘어선 대숲을 따라 머문 듯이 서쪽으로 흘러간다.

달이 밝았다. 고기잡이 가자는 총각들과 처녀들 예닐곱 명이 어울렸다. 플래시를 점검하고 끝을 뽀족하게 삐쳐 대창도 다듬었다. 대숲의 서편에 트인 샛길로 나가면 거기에 강 건너 마을로 오고가는 줄배가 있다. 나루터로 갔다.

예상대로 배는 건너편에 있었다. 그쪽 언덕 밑 오두막에 사는 귀밝은 사공은 잠이 들었는가. 처녀들은 숨을 졸이며 앉았고 총각들이 조심조심 줄을 당긴다. 움직인다. 빈 배가 천근이다. 자락거리는 쇠줄소리가 유난하다. 무슨 새가 날개를 퍼덕거리며 대숲을 흔들었다. 그리고는, 풀섶의 찌르기도 바람도 침묵한다. 드디어 왔다. 쇠고리를 푼다.

저린 발들이 잽싸게 배에 탔다. 장대로 강바닥을 꼬집는다. 물에 삿대가 꺾이면서 배가 밀린다. 차르락거리는 소리물을 달래며 강을 거슬러 간다. 물안개는 솜털처럼 엷게 피어나고, 고요가 망망하다. 저 멀리 마을에 지붕이 둥둥 떠 뒤로 멀어진다. 언제 왔던지, 엷은 구름이 열리며 푸른 창공으로 쏟아져 나온 빛이 강물에 소나기로 내린다. 처녀들의 상기된 볼은 달을 분 바르고, 총각들은 호기를 부린다. 장대로 물을 치고, 좌우로 발을 굴려 배를 울렁울렁 흔든다. 넘실거리던 물이 왈칵 넘어온다. 처녀들이 '옴마야'를 비명 지른다.

대숲을 끼고 적비기를 향해 거슬러 오른다. 뱃전에 손을 짚고 플래시를 비추며 강바닥을 들여다본다. 징거미가 화다닥 달아나고 꺽지, 메기, 자라들이 돌 틈에 더욱 납작 엎딘다. 수초에 기대어 자던 내 팔뚝만한 잉어가 힐긋 돌아보더니 귀찮다는 듯 꼬리를 흔들며 비켜간다. 숲 그늘로 배를 바싹 댄다. 해감을 살풋 둘러쓴, 거뭇하게 구부러진 것이 보였다. 장어다. 꼼짝을 않는다. 팽팽한 긴장이 줄을 당긴다. 곁에 선 머슴아가 대창을 비껴들고 장어를 겨눈다. 예리한 창끝이 푸르게 떨린다. 달이 사람이 물이 숨을 참았다. 그러나 배는 멈추지 않았다. 스스르 미끄러져 간다.

나는 돌아보았다. 삿대잡이가 먼 산에 망연하다. 아무도, 멈추려고도, 왜?도 묻지 않는다. 이번에는 창잡이가 휘파람을 불며 멀리 창을 던져 버린다. 나도 플래시를 끄고 안으로 돌아앉았다. 배엔 달빛만 가득하다. 배 밑이 물만지는 소리, 먼 마을의 어깨에 이불깃 여미는 소리, 차르르 … 사르르 …. 어느 결에 우리는 오직 아름다움에 취해 그 정물한 순간을 영원의 순간으로 바꾸고 있었다.

적비기 아래로 들어섰다. 벼랑으로 휘어진 노송에 달이 쉬고 있다. 삿대를 저었던 이도 뱃바닥에 앉았다. 손바닥으로 뱃전을 장단 치며 '물망초 꿈꾸는 강가를 돌아 달빛 머언 길~' 내 소프라노가 오케스트라가 되어 물결을 타고 바람에 실린다. 그도 잠이 드려는가. 어느새 기우는 달을 베고, 절벽이 숲 그늘을 보듬고 명경 같은 물밑에 길게 어리광으로 눕는다. 무어라 형용키 어려운 습습한 밤공기가 처녀총각들 사이로 연기처럼 서렸다. 벼랑 바위 틈에 피어 있는 붉은 산나리 꽃이 가슴에 달무리를 만든다. 배는 혼자 돌아 흐르고, 청운은 날개를 저으며 동산 숲으로 수없이 날아올랐다.

지워지지 않아라, 내 본향 적비기의 달!*

2^부

········ (1)

♠♠♠♠♠ 동네를 벗어나 숲으로 가는 개울에는 징검다리가 떠 있었다. 건너는 길손마저 없는 여름 한나절, 징검돌은 졸음에 겹다.

열 살 소녀는 소를 냇가에 풀어 놓고 하릴없이 징검다리를 건너다녔다. 한가운데쯤에 있는 방석 같은 돌 한 개. 그 돌팍에 앉아 발을 톰방거리다가, 물 한 움큼을 공중으로 던져올려 손바닥으로 받아친다. 물보라가 퍼지면서 무지개가 뜬다. 다시 해 본다. 이번에는 무지개가 없다. 또 해 본다. 없다. 어디로 갔을까?

살냇물 밑을 들여다본다. 물이 하늘 위에 있다. 바람이 살랑살랑 구름수제비를 풀고 있다. 조약돌이 아른아른 물밑을 건너가고 송사리 떼가 까맣다 흩어지다 한다.

소녀는 일어나서 활개를 폈다. 반짝이는 물비늘을 미끄러지며 날아오르고 싶었다. 정수리에 조약돌 하나 얹고 징검돌을 건너간다.

가다가 발이 비끄러지면 다시 시작한다. 한발 두발… 그러다가 도움닫기에 가속도가 붙으면 어느새 내 발가락 사이에도 물갈퀴가 나온다. ㅊㅊㅊ……! 물수제비를 뜨며 수면을 박차 오른다. 내 깡동치마는 바람을 저어 구름 속을 휘날고, 그러면 나는 혼자 창공을 날았다.

어느 날 날개옷을 잃어버린 선녀는 지금 징검돌에 앉아 있다. ✳

········ (2)

♠♠♠♠♠ 비비비～ 비새들이 찔레덤불에서 올금볼금 울었다.

땅에서 뿜는 찜통열기가 화닥증을 낸다. 그러다 한순간 재구름이 꺼멓게 뭉치다 희게 풀어지다 하며 마른 뇌성이 쿠르릉거렸다. 바람기라고는 없다. 마치 날아가는 새를 겨냥한 포수가 조준거리를 당기다 늦추다 으름장을 놓듯이 여름을 물쿠더니, 솔개가 병아리를 덮치듯 순식간에 소나기가 한낮을 그었다. 마당에서 혹, 올라오는 더운 흙내에 입맛을 다시면서 나는 설핏 잠이 들었다.

한참을 따루었는지 어느새 빗소리가 잦아든다. 낙숫물 소리가 사위면서 못이기는 척, 처억 적… 간간이 떨어지는 기스락 물소리가 방문 틈에서 나를 불러낸다. 문을 열고 나왔다.

언제 그랬나 싶게, 한꺼번에 쏘아대는 새 볕에 눈이 맵다. 흙먼지가 쓸려간 마당이 금방 씻겨놓은 아가의 젖살처럼 뽀얗다. 댓돌로 내려서니 처마 아래에 새 발자국이 나 있었다. 상형문자가 종종종… 외줄로 가고 있었다. 비새다 비새~ 소녀는 환희했다. 내가 잠든 사이에 비새가 온 것이 틀림없다. 꿈을 더듬는다. 땅에 쓰인 편지의 흔적을 따라간다.

새는 나보다 언제나 한 모랭이쯤 더 빨랐다. 어디까지 갔을까. 한바퀴, 두바퀴… 암호를 짚으며 왼 종일 조잘거리며 따라가지만 아무래도 새는 보이지 않는다.

찔레꽃이 하얗게 지고 있다. *

♠♠♠♠♠ 진사리 밭이다. 잘 가다린 흙이 이랑져 있다. 이슬기를 머금은 흙이 포슬포슬하다. 열 살 소녀는 맨발로 슬멋 밟아본다. 새털같이 간지럽다. 뛰어간다. 발바닥이 건반을 두드리듯 이랑에 리듬을 찍는다.

'이늠 가시나야 이랑 다 뭉개진다.'

질겁을 하는 엄마의 고함에 소녀는 고랑으로 내려섰다. 해해거리는 보조개가 따라오다 우뚝 서 버린다.

엄마는 씨앗이 든 종구라기를 옆에 끼고 이랑에다 발꿈치로 고닥을 찍으면서 콩씨 서너 낱을 떨어뜨리고는 발을 스치듯 옮기면서 흙을 덮었다. 해 본다. 허나 소녀의 발은 번번이 콩씨를 차버린다. 몇 번을 해 보지만 되지 않는다. 보다 못해 엄마가 일러준다. 그래도 안 된다.

그 길로 쫓겨났다. 밭머리 미루나무 이파리들이 바람을 연주하고 있다. 꼬리 없는 음표들이 공중에 팔락거린다. 그 그늘에 앉아 한참 날궂이를 하다가 선하품을 하며 '엄마~ 비올긴갑다' 목을 늘려서 길게 소리를 질렀다. 들었는지 못 들었는지 엄마는 콩씨 넣기에 여념이 없다.

'후여~ 저것들이~' 엄마가 되돌아서서 손소매 자락을 휘젓는다. 이랑의 고닥을 호비던 까치들이 느릿느릿 달아난다. '여기 밭고랑에라도 와서 섰거라' 볼퉁한 볼이 꽈리를 불며 엄마가 씨를 덮고 간 밭고랑에 선다. 허수아비로 전락한 소녀는 흙을 한줌 뭉쳐들고 까치를 노려본다. 까치들이 미루나무에 올라앉아 소녀의 인내를 시험하고 있다.

낮은 둔덕을 넘어가듯, 등 굽은 이랑 따라 엄마가 굽이를 돌아간다. 그 발길 따라 옴팍한 고닥이 차츰 희미하게 멀어져 가고, 흰 머릿수건 밑으로 쪽진 머리가 아롱거린다.

비가 사흘을 왔다. 엄마 따라 오랜만에 밭에 왔다. 새싹이 제 껍질을 머리에 이고 있다. 떡잎 사이로 속날개를 쫑긋이 물고 갓 태어난 파랑새들, 포롱거리고 있었다. 소녀가 다가간다. 그들은 초승달 도래선 같은 이랑으로 뛰어가다가는 밭 날초리 모롱이를 돌며 포르르 포르르 일제히 날아올랐다.

새싹은 더디게 올라온다. 그거라사 무엇이 속잎 피는 나비를 사정없이 먹어버린다. 엄마는 도둑 든 고닥에 다시, 또 씨를 머드렌다. 봄은 그렇게 늦어지고 여름이 바쁘다.

올해도 나는 콩을 심었다. 날기도 전에 채여 가는 파랑새들, 내 장대는 허공을 휘젓고 빈 고닥에는 해그늘이 진다. 누군가, 어두워 오는 미루나무 그늘에 앉아 나를 보고 있다. *

♠♠♠♠♠ 한 줄로 늘어선 모양이 기어가는 개미다.

어른들이 들에 나가고 나면, 혼자 남아 집을 보아야 하는 나는 심심해서 헛검불을 잡았다. 방바닥에 비스듬히 꽂혀 있는 햇살막대기와 장난을 쳐 보지만 열 시쯤 되면 권태도 지루해졌다.

그런 나에게 눈을 반짝 뜨게 하는 것이 있었다. 옮겨 앉은 햇살을 깃발처럼 흔들며 보일 듯 말 듯 움직이는 것이, 그늘진 구석으로 고물거리며 가는 개미 행렬이다.

한참을 내려다본다. 그런 나를 비웃기라도 하듯이 그저 겁 없이 내 앞을 지나간다. 넓은 방바닥을 가면서도 좁은 산길을 가듯 외줄로 서서 앞선 녀석을 따라 묵묵히 갈 뿐이다.

그들은 흐트러지는 법이 없다. 술 취해 비틀거리거나 꾀부리는 양반 하나 없고, 다리 아프다고 쉬는 패랭이도 없다. 하나 둘 셋 넷 다섯 여섯 …… 세어보려 하지만, 내 인내는 수명이 짧아서 어느 결에 셈을 놓쳐 버린다.

손끝으로 슬쩍 건드렸다. 일대 혼잡이 일어나면서 질서가 망가진다. 누가 앞에 서고 누가 뒤에 서 있었는지 잊어버리는 모양이다. 그들은 엄청 빨리 움직였다. 그러다 잠시 후면 언제 그랬을까 싶게 다시 질서 정연히 줄서서 간다.

이번에는 입김을 후우 불었다. 개미들이 나뒹굴었다. 저쪽으로 날려간 갓쟁이는 일행을 못 찾아 한참을 헤맸다. 뺑뺑이를 돌다가 일행을 만나면 휴우~ 한숨을 쉬고는 끊어질 듯한 허리를 잘록거리며 무리에 끼어들었다. 그렇게 장난을 치노라면 나는 하느님이나 된 듯 기분이 좋았다. 하지만 그들은 하느님이야 아랑곳하지 않았다.

개미들은 어디로들 가고 있을까. 그저 꿈을 찾아 끝없는 유랑의 길을 가고 있을까? 그 광막한 사막일밖에 없는 방바닥에서 그들은 어찌 길을 찾을까?＊

········ (5)

♠♠♠♠♠ 늦은 가을 지리산, 나는 맨 꼬랑지에 달려서 세석고원을 넘어가고 있었다. 자꾸만 뒤처지는 엉덩이를 추스리며 발을 옮긴다.

부우우우— 이상한 소리에 고개를 들었다. 요괴들의 한판승부가 시작되는가. 눈가루를 설설 뿌려가며 춤추는 망나니 같은 칼바람이 희끗한 고사목의 머리채를 잡아채며 달려든다. 오색 비단을 휘감은 시조새가 산을 날았다. 하늘이 땅이 없어진다. 뿌연 혼돈뿐, 잠깐 사이 앞서가던 일행이 사라졌다. 길이 자무라져 버린 것이다.

아~ 내 외마디 절규는 눈발에 맞아 계곡에 얼어버렸다. 심장이 사방을 둘레거린다. 우선 짐작 가는 대로 허둥거린다. 그때다. 발자국 같은, 한 점의 토끼 발자국이 보였다. 나는 그 희미한 자국에 내 발을 맞추면서 뛰다시피 갔다. 점점 또렷해지는 발자국, 사람의 발자국이 그렇게 반가웠다.

다시 대열을 고른 우리 일행은 하산을 서둘렀다. 이제는 즐거운 산행이 아니다. 눈덫에서 빠져나갈 필사의 탈출인 것이다.

칠선계곡 어디쯤에서 골을 건너야 했다. 눈이 오다가 말았나 보다. 자지러지다 남은 물이 얼룩처럼 번져있고 울퉁불퉁한 돌들이 가뭇한 골바닥에 솜사탕처럼 동동 떠 있었다. 눈을 인 돌멩이들은 별이 되어 은하를 수놓고 잘박한 물은 기척이 없다.

대장이 앞섰다. 그는 하얀 돌을 밟고 건너갔다. 나는 검은 돌을 딛고 간다. 삐끗하면 얼음물에 빠질밖에 없다. 외줄 위에 서서 뒤돌아본다. 하얀 주먹밥들 사이에 검정 이가 듬성듬성 웃고 있다. 할아버지 앞니 서너 개가 웃으며 따라온다.

아이쿠, 내 발이 새처럼 날았던 모양이다. 돌을 딛는다는 것이 공중잡이를 한 것이다. 졸고 있던 물이 첨벙 소리를 내며 발목까지 머금었다. 왼발을 얼른 건져 올렸다. 발을 절뚝이며 계곡을 건너 산길로 올라간다.

한참을 가다가 문득 이상하다는 느낌이 들었다. 나도 모르게 마른 땅은 오른발이 딛고 왼발로는 부러 눈을 밟으며 가고 있지 않은가. 어쩌면 발 하나라도 온전히 건지고 싶었는가 보다. *

 이고운 수필집
백번째 그리움

♠♠♠♠♠ 중국 여행길에 '천하 제일교'에 들렀다.

대포구멍처럼 뻥 뚫려버린 허공에 실수한 체조선수의 리본처럼 길이 가로 걸렸다. 허여멀금한 배때기에 검은 독을 점점이 뿜으며 하늘을 헛물켜는 북어가 아가리를 버끔거리고 있었다. 자물통이었다.

건너편 작은 정자에서 자물쇠를 팔고 있다. 달린 것만도 천 개만 갠데 사람들이 줄을 섰다. 마음을 연결해 준다는 '연심 열쇠', 두 사람 이름을 자물통에 새겨 줄에 걸어 잠그고 쇳대를 던져버리면 그 열쇠를 찾지 못하는 한 영원히 헤어질 수 없게 된다고 한다.

남편이 쪼르르 달려가더니 한참 후에야 자물통을 사들고 왔다. 자기 이름에 나란히 내 이름을 새긴 자물통을 쇠줄에 달고 채웠다. 힘껏 던진다. 팽그르르, 약을 올리며 저 아래 골짜기로 열쇠는 숨어버렸다. 아뿔싸, 그것은 저승에서도 함께 한다는 진저리가 아닌가. 자유를 구금하는, 영원한 상실인 것을.

나는 벼랑 위에 서서 진실이 은폐된 흔적들을 바라보았다. 북어 대가리들, 시베리아의 눈발이 사정없이 쏟아진다. 먼 바다를 그리며 무심히 주어버린 열쇠를 탄설한다. 자유가 자유인 줄 모르고 양양했던 날들을 생각한다. 제비부리댕기 같은 지느러미로 북대양을 나들며 물결 같던 날들을 떠올린다. 붉고 푸른 산호초며, 하늘거리던 해초 사이에서 넘쳐나던 꿈들이 가슴에 여울진다. 찰싹거리는 바다의 소곤거림이 꿈결인 양 멀다. 어녹으며 빼들아져 가는 시간을 몸인들 모르겠는가. 어리서리 말라붙은 눈물조차 검은 돌 버짐으로 다시 피고 감지 못한 눈엔 얼룩이 고독하다.

운명이 절망에 꿰이던 날, 굵은 쇠꼬챙이가 관자놀이를 관통하고 말았다. 내장을 강탈당하고 엷은 껍데기가 소금기를 물고 대롱거려야 하는 공포와 두려움이 된바람을 울음 울고 비바람에 흔들리며 거뭇거뭇 녹이 슬었다. 허옇게 말라버린 눈을 번뜩여도 험준한 이 오지의 덕장에 유폐된 자신일 뿐이다.

아래를 내려다본다. 하늘이 거꾸로 돈다. 열쇠를 불러 본다. 바다를 표류하는 파도소리만 어지럽다.

사는 것들이, 베를 짜듯한 더 촘촘한 줄에 걸리려는 안달인지도 모른다. 탯줄을 자르는 순간에 생긴 딸이라는 이름, 소소한 인연줄은 그냥 두고라도 아내, 엄마, 며느리, 이 땅에 여인이라는 이름이, 어디론가로 끌려가는 '유예'의 행렬에 끼여 가는 밤길이다.

두 눈 멀쩡히 뜨고도, 매달려야 하는 까닭을 못 보는 동태눈알을 굴리면서, 껍데기마저 벗겨지고 어눅으며 삭는다. 그러나 그 쇠줄은 삭지 않는다. 더 질겨질 뿐이다.

"사람 사는 기이 한 평생 썩은 새끼줄에 매여서 사는 기라" 어머니는 말씀하셨다.

빛을 건너가는 어둠의 생멸, 꼬이는 새끼줄에 매이게 하는 그는 어디에 있는가. 열쇠를 담보 잡아가는 어둠의 손, 나는 오늘도 내 열쇠를 텁지인다. 왜 그러는지도 모르면서, 바다를 잃어버린 저 북어처럼.*

········ (7)

♠♠♠♠♠ 그가 나를 찾아왔다. 빌딩 사이를 용케도 빠져나와 내 집 청바닥으로 내려앉는다. 식구들이 일으키고 간 먼지들과 바쁜 아침을 딛고 간 발자국들을 걸레가 지우고 나면 그가 온다.

커피 한잔을 끓여 들고, 그 작은 품에 안긴다. 행여, 치맛자락을 문턱 안으로 온전히 훔쳐 들인다. 두 발을 모으고 무릎을 약간 세운다. 옹송그려 누워 본다. 양수처럼 안온하다. 등이 따끈하고 눈이 환해져서 봄날처럼 가볍다. 양달에서 어미의 보드라운 가슴에 연한 제 볼을 부비는 고양이처럼 졸음이 포근하다. 굳었던 뼈가 녹고 소름이 펴진다. 맥없던 피가 돈다. 젖은 소맷부리, 채 마르지 않은 머리에서도 김이 오른다.

그를 따라 창 너머로 하늘이 온다. 공중 사다리를 타고 내려와 스포트라이트로 나를 집중 조명한다. 그늘이 없어 오히려 어두운 곳이 되는가. 투명한 원통 속에서 천상을 오르내리며 오직, 그와

내가 하나다. 사색을 엮는 온전한 꿈의 공간, 신성한 태초의 자리
이다.

  의자를 조금씩 뒤로 당기듯이 해야 한다. 그의 기울기에 따라
내 오른 어깨가 조금 올라가기도 하고, 왼 정수리가 더 갸웃해 지
기도 한다. 나는 그를 따라 앉으며 먼 창공으로 눈빛을 쏜다.

  새가 혼자 떠 있다. 날개가 가만히 있다. 새파란 가을 바다에 여
인의 하얀 속적삼 하나가 날고 있다. 바람이 꿈을 그리면 큰 나선
이 가물가물 졸아든다. 까아만 점이 작렬한다. 새파란 물감이 터
지면서 창이 퍼진다.

  나에게 분양된 우주의 땅, 관객 없는 무대에서 나는 연금술을
연습한다. 마루바닥을 두드리면 삐뚤이가 눈 꼬리를 내리고 입을
삐죽거린다. 콧바람이 설움을 탄다. 언청이가 입술을 불어 바람
을 넣었다. 두 손가락으로 풍선볼을 찔러본다. 풍선이 바람보다
먼저 달아난다. '말뚝이' 의 귀가 입을 가리면서 하하 웃는다. 얼굴
이 붉어진다. 거울에 누드를 집어던진 각시가 눈을 내리뜨면 어
느덧 그의 연기도 뉘엿하다. 그늘이 해를 밀고 간다.

  청마루를 가로질러 그는 벽 속으로 들어가 버렸다. ✱

♠♠♠♠♠ 깜깜한 방에 내가 누워 있다. 잠이 들었는지 안 들었는지 잘 모르겠다. 잔다고 했으니까 꿈을 꾸는 것이라 생각한다. 그래도 꿈인지 생시인지는 아리송하다.

나는 눈을 뜨고 있다. 정신이 말짱하다. 현관문도 잠겨있고 방문도 잠겨 있다는 것을 마음은 보고 있다. 문이란 문은 다 잠겼는데 마루에서 인기척이 난다. 머리끝이 쭈뼛 섰다. 검은 전류가 머리에서 발끝까지 찌르르 흐른다. 방문이 스르륵 열린다. 누가 들어온다. 검은 물체가 한발 한발, 내 기색을 살피며 다가와서는 내 옆에 슬며시 앉는다. 흑가면의 음흉한 숨소리와 짐승 같은 체취가 내 코를 찌른다. 심장이 뛸 사이도 없이 얼어붙는다. 크고 시커먼 갈쿠리 손이 다가온다. 그 손이 천천히 떨면서 내 가슴 언저리 어디에 앉으려고 한다. 나는 진작부터 소리를 질렀다. '도~둑~이야~' 악을 쓰며 비명을 지른다. 그 절규가 내 귀에는 들리는데

입 밖으로 나오지 않는다. 목이 꽉 잠기고 막히면서 으으우이~
이상한 신음소리만 나온다. 가슴에 맷돌이 얹혔다. 무겁고 답답
하다. 몸을 움직여야 한다고 생각하지만 손가락 하나 움직여지지
않는다. 필사적으로 악을 쓰며 몸부림을 쳐본다. 그럴수록 내 몸
은 세포 하나도 흔들지 못한다. 마비 상태다. 공포가 늑대의 아가
리를 벌리고 달려든다. 숨통이 끊어질 것 같다. 마음은 훤히 느끼
면서도 내 몸에는 전달이 되지 않는, 눈을 멀건히 뜨고도 보고 있
어야 하는 현상이 나를 궤멸시킨다.

몸은 죽었어도 보이고 들리고 느껴지는 것이, 산다는 것은 삼국
유사의 기이편 같은 것인가. 털끝이 움직인다. 마법의 사슬에서
풀리듯이 눈이 떠진다. 온 몸이 젖었다.

눈금조차 그어지지 않는 하늘의 무게. 저울의 추가 떠 있다. 새
털처럼 가벼운 저 절망의 무게를 다느라 나는 오늘도 낑낑거린
다. *

.... (9)

　♠♠♠♠♠ 도서관 가는 가파른 지름길. 겨울이 계단을 놓으며 층층이 올라간다. 나는 그 계단을 쳐다본다. 한 둘 세 네……. 계단을 세며 올라간다. 그러나 몇 갠지, 가다가 숫자를 놓쳐버린다. 그러면 49를 헤아린 것 같다는 생각이 든다. 다음 번에는 꼭 세어봐야지 다짐을 한다. 그러나 다음 번에도 긴가 민가 한다. 몇 개는 틀린 것 같다. 그래도 쉬은은 아니라고 여긴다.

　휘돌아 오르는, 한참을 둘러가야 하는 비탈길을 오른다. 이 길 양쪽에는 벚나무가 서 있다. 벚꽃이 폭죽을 터뜨리고 벌들이 와서 노래를 부른다. 그 노래 소리에 내 청춘이 불려나가면 숫자가 떠오르지 않는다. 도서관 가는 길, 그 꽃 터널에는 헤아릴 계단이 없다.

　길은 간짓대처럼 길다. 끝이 도서관으로 휘어져 들어간다. 참깨나무. 눈곱만한 작은 씨앗을 뿌리면 아주 좁은 행간에서도 으뜸으로 자라는 나무. 참깨나무는 고집이 세다. 그는 좁은 땅에서도 수많은 인자를 마련하여 수확을 극대화시키는 묘한 재주꾼이다. 키가 내 무릎에 오를 쯤부터 참깨나무는 꿈을 놓는다. 처음 만나는 1호는 작아서 보이지도 않는다. 깨알처럼 나와서는 안경의 돗수처럼 점점 커진다. 9호로 12호로. 이것들은 내려올 줄 모른다. 위로만 크는 습성을 버리지 못해 더 높은 곳을 향하여 자꾸만 기어오른다.

느린 딱정벌레와 잘 달리는 토끼의 경주를 위해서 끝없이 길을 닦는다. 이슬 바람비에라도 넘어질세라 조심을 하면서. 비가 자주 질금거리면 경중경중 허우대를 키우다가 주저앉기도 하지만 꼭지를 더 이상 뽑아 올릴 수 없을 때까지 참깨나무는 길을 낸다.

그 길에 딱정이랑 토끼가 달리기를 한다. 먼저 도서관에 도착하면 이기는 경기지만 이겨도 상은 없다. 혹, 벚나무 가지에 핀 계절이 상일지 모른다. 딱정이는 처음부터 달리기 선수인 토끼에게 이길 생각은 하지 않는다. 이기고 지는 것과는 상관없이 끝까지 가보는 것이 미덕이라 생각한다. 느릿느릿, 기는 재주로, 그냥 열심히 간다. 우화를 읽으며.

곡식을 맺는 꽃들이 별로 화려하거나 야단스럽지 않듯이 도서관에 가는 딱정벌레도 그렇다. 더는 갈 수 없게 몸이 불으면 날개를 펴본다. 날고 싶은 것이다. 그러나 날지 못한다. 연보라가 살풋 비치는 도톰하고 보송한 흰 꽃으로 피어보는 것이다. 그렇게 꽃이 되면서 활자를 찍는다. 제 속이 온전히 빌 때까지 촌음을 쉬지 않고 끝까지 꼬투리를 달아가는 것이다. 마침내 노랑노랑 햇볕을 냠냠거리면서 잠들어버리는 토끼.

눅진하던 햇볕이 끓인 찻잔의 표면처럼 따끈따끈 장독대를 달굴 때쯤, 참깨나무는 밑둥치부터 속 비우기에 신이 난다. 꽉 찼던 풋물이 슬슬 빠져나가면서 속이 빈다. 그 육질을 버린 공허한 자리에 고솜한 냄새가 들어온다. 토끼의 배가 볼록해지면서 참았던 웃음 터지듯, 어쩌다 하나가 톡, 터지던가 터질락 하면, 그 안에 참깨가 소도록이 얼굴을 내민다. 딱정벌레의 씨, 도서관 마당 양지바른 볕밭에 새 주둥이처럼 벌어진다.

참깨를 턴다. 신나는 일은 노동이 아니라 유희다. 홑이불 깔고, 깻단을 숙여 들고 막대기로 툭, 치면 깨알이 우산에 비 받는 소리로 쏟아진다. 오래 전에 잊었던 기억의 자글자글한 편린들이 싸락싸락 뛰어나온다. 그 빈 깻대를 볕받이에 세워두었다가 며칠 후에 털면 또 쏴― 쏟아져 나온다. 덜 여물었던 것들도 볕을 보고 섰노라면 절로 익는 것이다.

해질녘, 도서관 비탈길은 내려온다. 길은 내려오는데 계절은 올라간다. 어느새 벚나무의 녹음이 탈색되고 있다. 노랗게 물드는 잎 사이사이로 철 늦은 푸른 잎이 보인다. 잠자다가 일어난 토끼처럼.

철이 와도 철들지 못하는, 철이 지나도 철을 모르는 딱정벌레, 오늘도 1호짜리 글자가 도서관 가는 계단을 세고 있다. ＊

♠♠♠♠♠ 말을 하고 있다. 벙어리 삼 년, 귀머거리 삼 년, 눈 어둠이 삼 년. 쫑알쫑알 말을 하고 있다.

딸이 시집을 가고 있다. 가마가 흔들흔들 가고 있다. 어머니는 누누이 내 입을 단속하고 있다. 한 번 뱉으면 다시 주워 담을 수 없는 말, 길흉화복이 심지를 틀고 앉아 쪼르르 쪼르르 붙어간다. 언제 터질지, 재앙시계가 자각 재각 가고 있다.

예로부터 시집간 여자가 웃어른이나 남편의 말에 대꾸하는 날이면 천통 고통 난리가 났다. 천하에 본데없고 음전치 못하다는 낙인이 찍혔다. 친정 부모와 조상까지, 대대로 수모를 당한다. 며느리의 조상이 됐다는 죄로. 엄마가 말을 하고 있다.

그러나 며느리도 아내도 여인도 사람인지라 때로는 말이 하고 싶다. 말이 똥이 되다가, 군담이 절로 나올 때가 있다. 모진 시집살이, 곤궁한 일상과 회한을 누르고 말도 혼자 배낭여행을 하는 것이다.

　불꽃이 이글거리는 아궁이 앞에서, 정갱이로 솔가지를 분지르며, 부지깽이로 불을 쑤시며, 무쇠 솥뚜껑을 여닫는 소리에, 뒤란 모퉁이를 돌며 휑~ 코푸는 소리에, 방문을 닫는 서슬에, 또는 빨래터에서 방망이를 휘두르며 탕탕 내려치는, 그 소리들에 군담이 굴러간다. 밑도 끝도 없이 허공을 헤매고 있는. 삭힘의 효소가 바람인가 보다.

　'…… 참말로… 흥… 제엔통… 무다니이… 끙… 치… 내가… 으이그… 저런… 쯧쯧… 아나나야… 그석 하모… 와… 뭣이……….'

　친정에도 시가에도 내가 사는 곳에는 어디에나 모퉁이가 있었다. 반질거리는 골목 모퉁이, 돌담 모퉁이, 사립 모퉁이, 정지간 모퉁이, 뒤란 모퉁이, 그 모퉁이에는 오래된 언어들이 일상의 얼룩으로 묻어있었다. 헌데, 이 모퉁이가 현대를 사는 내 아파트에도 붙어 있다.

　여인으로 사는 동안, 어느 모퉁이를 돌아오면서 나도 모르게 참을 수 없는 튀밥처럼, 그러면 허공을 중얼거릴 때가 있다. 이 난해어의 생성은 아주 강한 유전인자를 가지고 있는 듯하다. 으이구.

　엄마의 말은 대체로 작은 보퉁이로 뭉뚱그려지는 언어였다. 분명하지도 구체적이지도 못했다. 작은집 큰집의 동서 사이거나, 집안 대소사에 나누는 말도 그냥 작은 보퉁이 하나가 옮겨가듯 하면 되었다. 동네 빨래터나 우물가에서도, 눈짓이나 몸짓 같은 그 보퉁이 하나가 스치듯 했다. 말을 주고받는다기보다 사람과 사람의 옆구리 사이로 궁글리다가 스륵 놓아버리는 보퉁이 같았다. 그 구름 뭉쳐짐 같은 보따리 몇 개로도 강물 같은 질서가 떠다녔다. 그 보퉁이 귀를 슬쩍 엿보이듯이 힘을 주면, 회초리 끝이 낭창거렸다.

'참말로… 흥… 치이….' 따라 해 보지만 내 언어는 보퉁이가 되지 않는다. 으이구, 정말로.

변변한 옥가락지 하나 없는 손가락. 할머니와 어머니가 혼자 중얼중얼, 보퉁이 하나 머리에 이고 가고 있다. 벙어리 귀머거리, 눈 어둠이가 구둥구둥 가고 있다. 그 뒤를 따라 나는 안 가려고 하면서도 가고 있다. 아무리 애를 써도 풀리지 않는 보퉁이. 나는 보퉁이를 풀어보고 싶다. 밑도 끝도 없는 해독불가에 상속된 체득을 혼자 씹고 있다. 모퉁이의 존재, 이 알 수 없는 보퉁이.＊

♠♠♠♠♠ '털커덕.'

놀라서 문을 왈칵 열어 젖혔다. 화등산 위로 솟은 시월 상달, 보름달빛이 외딴집 마당으로 쏟아졌다.

"꿀꿀꿀… 꿀꿀, 꿰에애~" 돼지가 숨이 넘어갈 듯 나부댄다. 우리에 앞발을 척, 걸쳤다가 내렸다가 우리 안을 빙빙 돌다가, 펄쩍 뛰어오른다. 금방 뛰어넘을 기세다.

아까 해질녘부터 꿀꿀거리며 우리 안 여기저기를 떠받고 성질을 부려서, 쌀뜨물에 고소한 현미겨를 부어주었건만 거들떠 보도 않았다. 뭣에 심사가 틀어졌는지, 죄 없는 구유를 뒤엎었다.

'이 멍충이가 와 이지랄을 하노 지 밥그릇을 뒤엎고?'

해가 지고 좀 잠잠하다 싶더니 또, 시작이다.

'참말로 지랄을…?'

여근댁은 사랑 마루에 쏟아진 달빛을 무연히 바라본다. '우지

끈 퉁당' 문짝이 부서지는 듯했다. 시커먼 덩치가 훌쩍 솟구쳐 나온다. 여근댁 가슴이 철렁 내려앉는다. 달빛이 한 촉광 더 높아진다.

저것이!? 맨발로 뛰어나온 여근댁이 얼른 사립문부터 밀쳐놓는다. 입을 엉성물고 소매를 걸어붙인다. 발길에 걸거치는 치마 앞 꼬랭이를 허리 말에 끼우고, 마당가 나뭇단에서 매촘한 개옻나무 작대기를 쓱 뽑아 든다. '네 이늠을 당장?' 쉭쉭 숨이 되다.

부은 엉덩이를 뒤뚱거리며 돼지가 살판 난 놈처럼 마당을 휘젓는다. 거품을 물고 밀침을 질질 흘리며 주둥이를 내쳐 흔들며 날뛴다. 벌름거리는 콧구멍에서 입에서 더운 김을 뭉큰뭉큰 뿜어낸다. 아무데나 쿵쿵거리며 갈짓자로 달아난다. 여근댁이 작대기로 마당을 내리치며 따라간다.

"네이늠, 안 들어가나."

호통을 치며 돼지 궁둥이를 탁 때렸다. 들은 척도 안 한다. 흙을 파 뒤집고 발굽으로 튀긴다. 더 세게 주둥이를 쳤다.

"왝~."

돼지가 홱 돌아섰다. 옴팍한 눈이 히번득 번득 핏발을 세운다.

"와이라노? 와이라노? 이기 미쳤나~."

여근댁은 뒷걸음질치다 달아난다. 반쯤 말려 올라간 고쟁이 밑에 달린, 몽통한 돈주머니가 딜룽딜룽한다.

'우짜꼬 우짜꼬? 이기 미쳐서?'

간이 콩알로 요동을 친다. 돼지가 씩씩대며 꼬랑지를 감았다 풀다 여근댁 꽁무니를 철렁철렁 따라온다.

'이늠이 참말로 와이라노?'

헐떡벌떡, 축담으로 피했다. 다리가 후들거린다.

작대기를 마구잡이로 휘둘렀다. 돼지는 아무렇지 않게 마당 모퉁이로 돌아간다.

'아이구 저것도 무섭네?'

여근댁이 한숨으로 가슴을 쓸고, 담장 밑을 파고 있는 통실한 돼지궁뎅이를 바라본다. 작대기를 다잡는다.

"이것아, 이 달밤에 미쳐서 우짤것꼬 응, 울 넘고 담 넘는다고 병이 나을 것가. 이 대낮 같은 밤중에 와 지랄고."

여근네는 작대기로 때리며 겁을 주며 따라간다. 목청이 울리면서 떨려나온다. 한참 그러다가 돼지 궁뎅이를 살살 때리면서 달래본다. 주둥이를 간지르듯 돼지가 방향을 틀도록 유도한다.

'꿀꿀꿀.' 돼지는 여전히 딴전이다. 꼬랑지를 홰홰 상모 돌리면서 궁둥이를 흔드는 바람에 여근네 작대기는 일쑤 헛맞힌다.

마당을 서너 바퀴 돌았다. 해하얗던 여근네 낯에 또 열이 오른다. 허리를 펴서 잔주리고는 돼지를 따라 다시 허방지방 쫓아간다.

돌다가 어쩐 일인지, 찌그러진 우리 문 앞에 돼지가 잠시 멈추었다. 들어가려 마려 머뭇머뭇한다.

"이것아, 인제 그만 들어 가아라."

여근댁 부애가 소리를 낮춘다. 돼지가 뒤로 앞으로 주춤주춤,

씰룩거리며 애를 태우다 돌연, 대가리를 돌려 여근댁을 말끄러미 쳐다본다.

'꿀꿀.' 씰룩거리는 콧구멍으로 콧물을 치익 뿌긴다.

'아니 이것이, 얻다 대고?' 여근댁이 작대기를 치켜들었다. '탁, 그만' 헛 내리치려는데 돼지 궁둥이가 굼틀 뛰면서 옆에 있는 구정물 독을 쑥, 나온 나발대로 퍽, 들이받는다. '챙그랑' 박살이 난다. 물 괴락이 된다. 감나무 잎에 접혔던 달빛이 확 퍼지면서 높은 가지 위로 솟았다. 제바람에 놀란 돼지가 풀쩍거리며 두어 고팽이 더 마당을 돌다 우리로 들어간다. 여근댁도 그만 지쳐 마루에 걸터앉는다. 사랑채는 아직 씻은 듯 멀쩡다.

돼지가 다시 먹따는 소리로 운다. 여근댁은 겁먹은 소리로 타이른다.

'대번에, 그만…. 잔조리거라. 하모, 니 맘을 니가 잔조리는 수밖에는, 암.'

다시 작대기를 휘두르며 으름장을 놓다가, 토닥거리듯이 달래다가 겨우 쫓아 넣고 나면 또 나오고, 돼지는 몇 번을 뛰쳐나왔다. 문짝이 부서졌으니 어째 볼 도리가 없다. 이젠, 긴 간짓대를 돼지 우리에 걸쳐놓고 마루에서 으름장을 놓다가 일러 듣긴다.

'날이 새야 될끼다. 저 달이 져야 되재. 암, 새녘이 밝아야 될끼다. 그러니, 니가 니 맘을 잔조리거라 으이…….' 밤도 꽤 이슥할 것이었다. 좀 잠잠하다.

찬이슬이 여근댁에 젖는다. 초저녁, 아랫목 이불 밑에 묻어둔

밥주발과, 화로에서 자작자작 졸아들던 토장국은 이미 재가 식었다. 그래도 아직 숨은 분하다.

'무섭고 말고.'

여근댁은 하얀 연기가 깔린 듯한 사립께에 삿대질로 졸면서 궁시렁거린다. '세상에서 제일… 무서운… 기, 기다리는…거이제~.'

달이 용마루를 넘었다. 안채 처마그늘이 어느새 마당을 밀어내고 사랑으로 건너간다. 쪽대 고운 사립문은 파르스름 달빛에 젖었고, 돼지 숨소리도 가물거린다. 그때, 엷은 그림자 하나 언뜻 그늘로 지났다. 흰 고무신 한 켤레가 쪽배로 뜬 사랑 댓돌에, 달이 지고 있다.*

3^부

문

♠♠♠♠♠ 맨 처음 길은 어디서 나왔을까? 이 길은 어디서 시작하며, 어디에서 끝나는가? 가을걷이가 끝나가는 들길을 가노라니 생뚱한 생각이 난다.

시골, 시가에 갔다 오는 길에 외숙모를 뵈러 갔다. 지난 봄, 외삼촌 초상 때 가 뵙고는 여지껏 문안을 가지 못했다. 자식들은 객지에 살고, 외삼촌이 돌아가신 뒤로도 칠순이 넘은 외숙모는 옛집에 그냥 혼자 산다.

사립문 앞에서 나는 주춤했다. 벙긋 지그러져 있으려니 했던 대문이 닫혀있었다. 게다가 고대 문명의 수수께끼라는 나스카 고원의 암호문자 같은 물건이 찌그덩한 대문에 걸려있었다. 문고리에 나선으로 꼰 철사 고리가 끼여 있고 그걸 처맨 노끈의 끝이 대문 기둥 꼭대기에 감겨 있었다. 키가 그리 크지 않은 사람이라도 손이 닿을 수 있는 높이요, 손만 닿으면 풀고 열 수 있는 것이니 대문을 잠갔다고 할 수는 없는 장치다. 도둑이 보면 입이 귀에 걸릴 일이다.

나선 고리를 몇 바퀴 돌리다가 그만 두었다. 이건 그냥 단순히 문을 못 열게 하는 장치라고만 할 수 없는, 집엔 아무도 없다는 다정한 눈짓이거니 싶었다. 후박한 주인의 심성기호 같아서 절로 웃음이 나왔다. 세상 따라 변하긴 했지만, 그래도 꿈쩍도 안 하는 도시의 도도한 철대문에 비하면 얼마나 인정스러운 애교인가. 설사 도둑이라 하더라도 문을 열려고 철사 똬리를 돌리다가, 노끈을 풀어 내리다가, 마음을 돌리지 않을 수 없겠다. 하긴, 정말 도둑이라면 함석 대문을 굳이 열고 들어갈 필요도 없는 집이다. 이 나지막한 담을 못 넘을 도둑이 어디 있으랴.

나는 담머리 위로 집 안을 넘어다보았다. 요즘은 농촌 주택도 하다못해 쪽마루에 미닫이 유리문이라도 해달아 밖에서 안방 문이 훤히 보이는 집은 보기 어렵다. 헌데, 이 집은 아직도 옛 모양 그대로다. 지붕만 낡은 기와가 얹혔을 뿐, 좁다란 청마루는 깨끗이 비어 있고 창호지 방문이 오후의 처마그늘을 조는 듯이 머금고 있다.

내 어릴 적에는 해마다 추석 무렵이면, 방문에 창호지를 새로 발랐다. 할아버지는 볕 좋은 날 방에 달린 문짝들을 떼어다 마당에 내려놓았다. 구멍이 숭숭 뚫린 내 방의 용자문은 말할 것도 없고, 종이가 말짱한 큰방의 완자문이나 작은방의 격자무늬 문도 예외가 아니었다. 할아버지가 장에 가서서 질 좋은 문종이를 사오시는 동안 나는 묵은 종이를 떼어내고 문살의 더께먼지도 깨끗이 털고 닦았다. 어머니는 볏짚의 홰기를 뽑아 풀비를 만들고, 밀풀도 녹작하게 쑤어 때 맞춰 내놓았다.

멍석 위에 문짝을 자빠듬하게 세워 놓고 종이를 바른다. 가운데쯤에 내 손바닥보다 작은 유리를 붙이면 문이 눈을 뜬다. 표 안 나게, 떨어지지 않도록 배접을 야물게 한다. 댓잎은 할아버지 방, 국화잎은 어머니 방, 내 방에는 살살이 꽃잎을 문고리 옆에다 예쁘게 붙이고 한 번 더 종이를 덧발라 준다. 귀가 되는 문풍지도 단다.

방안에 앉아보면 새 문에 드는 따스한 햇살에 눈이 보셨다. 풀칠이 마르면서 종이는 팡팡한 힘으로 문살을 받쳐 주고, 풀종이 향내가 방에 번졌다. 문을 여닫을 때 사삭거리는 풍지소리도 정갈스럽고, 조금 조금 퇴색되어 가는 꽃잎, 풀잎의 색향은 계절의 깊이를 일러주었다.

처녀 적에는 문을 기이는 일이 참 어려웠다. 문이 잠들 줄을 모르던 것이다. 누가 드나드는지, 파수꾼의 별처럼 깨어 있었다. '밤드리 노니다가' 들어 올 때는 고양이 발에 오금이 저리고 숨이 멎는 듯했다. 들렸던 사립문이 살그머니 놓이는가 싶으면, 아버지의 음성이 들려왔다.

"거 뉘고… 이리 좀 들어오너라, 어흠." 그럴 땐 가슴이 철렁 내려앉곤 했었다. 한 번도 속아주지 않는 문이 그땐 참 야속했다.

처음, 문은 오고 가는 통로였음이 분명하다. 본디는 내 가슴도

숫을대문같이 무한에 넘나드는 영혼의 문이었을 것이다. 열지 않으면 자꾸만 닫히는 문, 하늘의 문을 나와서 땅의 문을 열기까지, 이제 열어야 할 내 가슴의 문은 몇 개나 남았을까?

봄비에 움트는 소리 또록하고, 골목을 지나는 낯익은 발자국 소리, 달뜨는 앞산에 솔바람 소리, 귀 젖혀 들으면 눈 내리는 사르르한 소리까지. 닫혀 있으면서도 저 별들의 말을 듣고, 잠들어 있으면서도 무한한 시공을 읽는, 어디에 두고 나는 아직도 그 문을 못 여는가.

멀리 닭 우는 소리…….＊

푸새

♦♦♦♦♦ 날이 들었다. 하루가 멀다 하고 비가 질금거려 방안에 있어도 척척한 게, 옷을 갈아입어도 돌아서면 금세 끈적거려서 벗어 빨기가 바빴다. 그러나 요즘 옷은 감이 얇아 빨기도 쉽고 세탁기로 탈수해서 그냥 훌훌 털어 걸치면 되는 것이 얼마나 편한가. 삐졌다가도 사탕 하나로 불러내면 언제 그랬냐는 듯이 금방 풀어지는 아시동생 같지 않은가.

누눅한 옷장을 열었다. 거풍할 것, 푸새할 것, 드라이 클리닝할 것 들을 가려내며 인사이동을 단행한다. 그럴 때마다 안방에 앉은 사돈어른처럼 비좁은 농 안에서 잔뜩 내 신경을 쓰이게 하는 옷이 있었다. 마땅한 자리가 없어 들었다 놨다, 함부로 밀쳐놓을 수도 버릴 수도 없는 이 옷.

태깔이 갔다. 누르스름한 것이 불혹에 들어선 나도 이렇거니 싶었다. 알록달록 물색이 화려하고 보드라운 새 각시 옷 사이에, 어

머니는 푸새를 하지 않으면 입을 수 없는 은빛 머리올 같은 모시
옷 한 벌을 넣어주셨던 것이다. 아이들 잔 바라지할 때는 꺼내보
지도 못했었다.

 해 좋은 날, 대빗자루의 물결무늬가 선연한 마당에 어머니는 먼
지잼 물을 뿌리고는 옥양목 앞치마에 흰 무명수건 쓰고 곧잘 푸
새를 하였다. 널따란 이불 홑청과 갖가지 옷들이 까들해지면서
한가로이 그네를 타면, 긴 빨랫줄을 밀어 올린 간짓대 끝엔 빨간
고추잠자리가 앉고, 목화 구름이 푸른 하늘을 널고 있었다. 일할
때 입었던 개잘량이 꼴이 된 허드레옷도 더불어 눈이 부셨다. 마
루 끝에 쪼그리고 앉아 쳐다보다가 나도 모르게 홑청 사이로 들
어가곤 했었다. 때 묻힌다고 어머니는 주먹총을 놓았지만 나는
그 자락을 여미고 빼꼼이 하늘 올려다보기를 좋아했다. 흰 바람
이 줄에 널린 날개옷을 입었다 벗었다 하면서 새물냄새가 나비처
럼 날았다.

 그때를 떠올리며 구겨진 마음을 풀어 쌀풀을 쑨다. 자르르 하도
록 젓는다. 모시옷이라 묽게 쒀서 약하게 먹여야 한다. 맺히지 않
게, 무엇보다 골고루 잘 치대야 풀이 곱게 선다. 촉촉할 때 걷어야
지 깜빡하는 때를 놓치면 장작개비처럼 뻗정다리가 되기 십상이
다. 옥상 빨랫줄에 갖다 넌다. 장마 끝 햇살에 눈이 부시다.

 가서 만져보고 가서 만져보고, 아직 좀 꿉꿉하다 싶었지만 아이
구 싶어서 걷어왔다. 안쪽 솔기들을 다스린다. 한쪽으로 꺾기도
하고, 앞으로 뒤로, 양쪽으로 갈라 눕힌다. 사는 것이 그렇듯이 보

이지 않는 솔기 손질에도 정도正道가 있다. 잘 개어 보자기에 싸서 밟는다.

어머니가 개켜주면 나는 대청마루에서 꼭꼭 밟았다. 그러면 발바닥으로 주름이 판판하게 펴지는 감촉에 닿았다. 콧잔등의 땀을 훔치다 눈을 들면, 저 아래 푸른 들판에 날아오르는 백로 서너 마리, 나는 자주 먼눈을 팔며 그 백로를 기다리곤 했다.

다듬방망이 소리가 귓전에 쟁쟁거린다. 엄마 따라 다듬질을 배울 땐 자칫 돌 맞힐까를 조심했다. 살이 가실 때까지, 붙었던 천이 폴폴 날면서 팍팍하던 방망이가 당글거려야 다듬잇살이 선다고 했다. 지금 내겐 다듬이가 없다. 그만큼 밟음질을 더 잘해야 한다.

어머니는 이른 아침에 나를 깨워 곧잘 다리미잡이를 시켰다. 식구가 많아서 옷이 수북한 날은 더 일찍 일어나야 했다. 옷들은 새벽 덕에 녹아 있었다. 덜 녹은 부분엔 입으로 물을 뿜으면서 풀이 잘 서지 않을까를 저어했다. "숯머리 아플라." 어머니가 숯불에 쌀알 서너 낱을 뿌리면 고소한 연기가 오르면서 숯내를 가셨다. "겁내지 말고 꼭 잡아라." 어머니는 한쪽 발끝으로 옷자락을 밟고는 불이 싸면 그만큼 사정없이 다리미를 오르내렸다. 벌건 불덩이가 내 손에로 바싹 다가오면 나도 모르게 옷손을 놓아 버렸다. 그러면 어머니도 움찔 놀라서, 흰옷에 불티가 날았다. 이젠 그럴 일도 없다. 물도 불도 다 조절되는 다리미가 있으니.

어릴 때, 어머니는 어른들의 옷을 마름질하고 남은 자투리로 가끔 내 모시옷을 만드셨다. 나는 까끄러워 안 입겠다고 투정을 부렸다. 구겨지고 흙이 묻을까봐 콩돌놀이도 땅따먹기도 맘 놓고 할 수 없었다.

입성에도 품성이 있다. 지금은 너나없이 부드러운 합성섬유 옷을 입는다. 색깔이 현란하고 때가 앉아도 표도 안 난다. 하지만 아무리 부드럽고 화려해도 호져서 흐늘거리는 옷에는 절제의 미가 없다. 푸새한 옷은 때가 묻지 않아도 풀기가 죽으면 옷의 기능이 다한 것으로 간주되어 빨랫감으로 돌아간다. 올을 네모반듯한 힘으로 일어서게 하는 푸새질은 혼을 불어넣는 행위이다. 행동도 말도 허정할 수 없게 하는 자존의 힘을 만드는 일이다. 사노라면 나도 모르게 살이 지지 않던가. 구겨지는 품성을 다시 손질하며 올 곧게 사는 것, 그게 사람이다.

까스르한 모시옷을 입고 거울 앞에 서 본다. 고아한 품격이 잠자리 날개처럼 삽삽한 멋을 잣는다. 초승달 같은 단춧고에 연봉 매듭을 끼워 가슴을 여민다. 참하고 음전하다. 차림새 하나에도 지조와 덕망이 있음을 진즉에 일러주셨던 것을. 옷에도 카리스마가 있는 것을.

모시 깨끼한복을 입고 늦여름 고향의 방천길을 상그레하게 걸어가는 내 모습은 얼마나 멋스러울까.

마음이 구름 위를 난다. *

보리밭

♠♠♠♠♠ 뒷산 언덕에 삐딱하게 선 고목둥치가 아까보다 조금 더 외로 기울어 보인다. '키욧 쯔끼 칫찌~' 갈밭머리 개개비 소리가 마지막 수업 종소리를 타고 고목 허구리를 빠져나간다.

새떼처럼 재잘재잘, 서너 명씩 뭉쳐 한길로 오다가 논두렁을 탔다. 토끼풀 무더기에 오면 네 잎짜리를 찾아 헤적거리고, 독새풀을 뽑아 손톱으로 즙을 밀어 올려 물싸움을 하면서 허리가 늘어지도록 걸어온다. 단발머리가 봄볕에 다림질하느라 더 반질거린다.

저마다 보리피리를 분다. 알라딘의 요술램프에 나오는 뾰족지붕들을 리듬 타면서 길고 짧은 불협화음도 즐거운데, 유독 가수나 둘은 볼이 붉었다. 더 고운 소리를 내기하느라 청보리가 두 줌째다. 이삭이 갓 올라온 대궁을 뽑아 밑둥의 연한 살을 앞니로 살근살근 물면 피리 혀가 된다. 길이도 적당해야 되지만 그걸 잘해야 청아한 소리가 울려난다. 앞니로 살근거리는 힘 조절을 자칫 하면 낮은 첼로음이거나 높은 바이올린 음이 난다. 그런 피리는 세 번도 못 불고 망가져버린다. 단물에 빠져 꼭꼭 다지다 보면 소리는커녕 바람만 나온다.

오학년, 숙은 같은 반이다. 아까 교실에서부터, 아니 그 전부터 은근히 찍자를 붙는다. 무슨 이유인지 분명한 것도 없다. 아마, 개개비 배에 회색 세로줄 무늬가 있다 없다 등의 불확실한 것들에다 서로 고집을 세운다던가, 박새가슴에 검은 색이 있으면 수컷이다 아니다 같은 사소한 것들이다.

거기엔 은근한 노릇도 있다. 청소시간, 걸레를 끌고 다니다가 부쩍 교실 벽에다 키재기를 해 보곤 했는데, 왜 그런지 딱 바라져 나보다 키가 작아져버린 숙이는 곧잘 골을 냈다. 고무줄놀이에 고무줄이 어깨에만 가면 맥없이 볼이 부어 쌤통을 부리고, 피구에서는 공을 혼자 갖고 놀다시피 했다. 그럴 땐 의기가 양양해서 유독 나를 못 때려 안달이었다.

지난 겨울 흙바람 날리는 날 느닷없이, 꽁꽁 언 보리밭두렁 아래로 둘이 궁구러졌을 땐 내가 먼저 코피가 났었다. 겁먹은 숙도 울었다. 그 일을 숙이가 아까 체육시간에 또 시빗거리로 끄집어냈다. 닭싸움으로라도 한 번 붙어보자는 알통 같은 내심을 드러내는 것이다. 그러는 숙이 같잖았다. 지도 울어놓고 뭘. 키도 쪼깬은 기.

그 때의 승부는 그랬다. 머슴아들은 치고 받고 딩굴며 주먹을 날리다가 용케 상대의 코쭝배기를 맞혀 코피만 내면 이기는 것으로 쳤다. 황소뿔이나 우아한 사향사슴뿔 한 조각 없는 두 발 가진 직립의 암컷에게는 서툰 주먹질보다는 상대방의 머리끄뎅이가 무기였다. 밀고 밀리다가 먼저 우는 쪽이 진다. 머리채가 길수록 불리하다. 그렇다고 싸울 때만을 대비해서 여성의 우아를 버릴 수는 없다.

편편한 들판은 아지랑이를 끓이는 봄볕에 한껏 단물이 고여 있다. 나날이 연한 동을 빼 올린다. 바람이랑 도미노게임을 하느라 드러눕다가 일어나고, 하염없는 햇살은 들녘에 매롱거린다. 뭐라고 욕설을 쫑달거리는 새가 날개를 떨면서 공중으로 숫구칠 때마다 그놈을 쳐다보느라 양 볼따구니가 화끈거렸다. 걷노라면, 약오른 하오의 열기가 등으로 겨드랑이로 끈적이면서 때끔때끔 근질거린다. 흐르지도 않는 땀이 늘어지게 덥다. 입고 있던 윗도리를 할딱 벗어 가방에 질끈 동여맸다. 저 홍건한 초록공단 위로 뛰다가 가뭇없이 가라앉아 버렸으면….

‘삐ㄱ.’ 숙이 깔깔 웃었다. "니 방귀뀌나?" 보란 듯이 숙이가 제 것을 부는데 ‘빼ㅡㄱ.’ 이번에는 내가 배를 쥐고 웃었다. "니 쌌제? 그게 똥싸는 소리지 뭐꼬?" 서로 우겨대다 장난이 티를 뜯었다. 개운찮던 지난 번 일을 이참에 확실하게 못을 박자는 속셈이 놓했겠지만 그건 아무래도 보리밭에 부는 봄볕 탓이었다.

투계장에 나온 닭처럼, 눈을 치째 뜨고 마주 노려보다가 성냥불에 화약 던지듯이 동시에 머리채를 휙, 날리면서 붙었다. 머리끄

댕이를 잡고 밀고 밀리다가 한길 밑 보리밭으로 궁그라졌다. 머리채잡기로야 키 큰 내가 유리했지만, 대가 무르고 악심이 약한 내 가슴이 벌떡거렸다. 가쁜 숨을 쌕쌕거리며 베어놓은 꼴 뭉치처럼 한 덩어리로 엎치락 뒤치락 보리밭을 뭉갠다. 청보리가 질색을 하며 자지러진다. 풋물이 배어들었다. 치마가 속옷에 축축해 왔다. 쇠뿔따구를 양쪽으로 잡은 듯 머리를 바싹 감아쥐며 뻗대내기를 한다. '아야~'는 승부에 관계가 없지만 소리 내어 울면진다. 이를 문다.

뽑히지 않으려는 나무처럼 당겨가고 당겨오고. 두 무더기다가 한 무덕이다가, 화염을 빨아들이는 불목처럼 자꾸 보리밭 안으로 뭉개져 들어갔다. 이랑을 넘어갈수록 화닥거리는 머리 밑이 시원해지고 따끔거리는 아픔조차 멍해졌다. 놔라 가수나야~. 니가놔라 가수나야~. 꼬부라진 소리가 연한 보리숲에 나둥그라졌다. 보다 못한 보리이삭이 목덜미에 간지럼을 태운다. 웃음이 나오려고 했다. 간지럼을 타기 시작하면 싱거워진다. 손에 땀이 차고 쥐었던 머리카락이 미끄러져 빠지려 했다. 억지로 속을 다잡는다. 큭, 숙이 한 번 웃었다. 나는 웃음과 울음을 같이 누르느라 용을 썼다. 풀린다 싶더니 풀썩, 숙이 나한테 깔렸다. 뭉클! 뭉개졌다. '앙~' 숙이 울었다. 손을 놓았다. 아무리 화가 덜 풀렸더라도 손을 놓는다. 그건 규칙이 아니라 의무였다.

그날 저녁 건너마을 팥아지매가 우리 집을 찾아왔다. 나는 한눈에 그가 보리논 주인임을 알아차렸다. 이야기는 꽤 심각했다. 자기 집 꼴머슴이 먼빛에서 보아 뉘 집 닭인지 확실히는 모르겠는데, 달구새끼 두 마리가 포군다리를 치듯이 대강이를 물고 궁구러져 가지고는 자기네 보리밭에서 장을 쳤다는 것이다. 긴가민가해서 가봤는데 보리논이, 개자리도 그런 개자리는 없다는 것이다. 이리저리 분질러지고 자빠지고 뭉개지고, 보리를 다 버려놨으니…. 분명 이 골목으로 들어갔다는 것까지는 알고 왔는데. 혹시 이 집에 꽁지가 날만한 달구새끼가 있는가 해서 들렀다고. 마당에 서서 쌈닭 목 빼듯이 떠들어댔다.

아지매가 가고, 풋내를 들킨 나는 아버지가 싸릿대의 잔가지 잎을 훑어 내리는 동안, 젖은 초록색이 캄캄하게 저물다가 새벽처럼 투명하다가 하는 것들이 눈앞을 왔다갔다 했다. 회초리가 종아리에 붉은 빗금을 줄기 칠 때마다 치마가 팔랑 뒤집히면서 풀물 젖어 꼭 끼인 팬티가 간을 졸였다.

다음 날, 숙도 바지를 입었다. 가끔 마주보고 쿡, 웃다가 다시 나란히 다녔다. 보리깜부기를 뽑아 눈썹을 마주 그려주다가, 두 마리 씩쾡이가 되어 보리밭 사이로 나비를 잡으러 달렸다. 기운이 축 처지는 보리누름에서야 우리는 치마를 입었다.

온통 푸르렀다. 산, 들, 강도 푸르다 못해 시퍼랬다. 울음을 참아야 했던 색. 거기서 나고 먹고 자랐다. 풀뭉치 같은 존재였으나 권태롭지 않았다. 할아버지 기침소리, 아버지가 이름 부르는 소리, 엄마의 한숨소리, 마당에 박힌 디딤돌에도 집안을 감돌던 기운이, 그 때는 다 푸르기만 했다. 해질녘, 집안 여기저기를 다독거리며 부스럭거리는 소리, 밥상머리에서 다투는 어린것들 꾸짖는 어른의 음성에도 푸른 기운은 힘줄을 돋우었다. 보리밭 사이로 노란 유채가 꽃 터지듯, 지치도록 금색을 기다리는 희망이기도 했다. 그러지 않았다면 그 무렵 정말로 가수나 엉덩이에 뿔이 났을지도 모른다.

고향에는 보이는 게 온통 시퍼런 풀들뿐이었다고. 그 푸른 것들을 볼 때면 눈물이 났었다고. 긴 생머리를 허리 밑으로 찰랑거리며 가끔 고향에 들러 도회의 울음 이야기를 해 주던 숙. 서릿발 선 들녘을 버석거리며 떠나야 했던 사람들. 어느 험한 준령에 벽돌 집 지으면서도 마음엔 늘 퍼어런 들녘이 뜸베질하고 있는가. 뿌리 들뜨지 않게 먼 이랑 밟아가는 기억으로.

가장 넓고 멀고 비밀스러워 봄 보리밭은 함부로 헤치고 들어가 볼 수 없는 짙은 숲이다. 헛수수께끼들이 문둥이의 소문처럼 무성하고, 불가사의한 짐작들이 묻히고 사라지기도 하는, 그 사이로 걸어가면 대낮에 뭘하다 그러는지 암꿩이 흐르는 걸음질로 이랑 새로 숨어들곤 했다. 수꿩은 왈패 같은 변성음을 팽팽 내지르며 저쪽 비알밭으로 날아갔다. 달밤에 머리만 보이다 말다 사라지는 도둑들 들고, 보리가을에는 신발 한 짝, 꽃핀 한두 개, 브로치가 뱀 허물에 걸려 나오기도 하는 보리밭. 그것들은 아주 오래된 유물처럼 파삭거리는 전설을 낳았다.

이제 우리의 들녘엔 전설이 없다. 눈이 시도록 하루를 달려도 푸른 봄이 없다. 피리 불어 배동배동 몸살 나던 길. 지평선 질펀히 바람 일어 뜸베질 풀던 가수나는 지금도 뿔 자국이 간지럽다. 수욱, 아아~. 이브의 누드 속으로 봄보리 이삭 팬다. 유채장다리꽃 두어 송이 용을 올리던 그 몽염의 동부레기들, 긴 이랑 말총머리 날리며 색을 달려간다. 그 회초리 그리워.*

부적

　　♠♠♠♠♠ 질금거리던 비구름이 정오쯤에 꼬리를 사렸다. 휴일, 남편을 졸라 바닷바람이나 쐬자고 차 나들이를 나왔다. 도심을 벗어나자 팔월로 넘어가는 산야가 오랜만에 햇볕을 만나 허리를 젖히며 웃고 있다.

　　한때는 유명했던 '송포松浦 포도단지' 였는데, 세상도 세월 따라 흘러 이제 포도원은 묵정밭처럼 띄엄띄엄 보인다. 길가 포도밭엔 하얀 종이봉지가 주렁주렁 달렸다. 뒷좌석에 앉은 딸아이가 내 어깨를 집적거렸다.

　　"엄마 포도 좀 사요."

　　"주인도 없는데 어떻게 사?"

　　"저~기 있네."

　　제 누나 곁에 앉은 아들애가 차 유리를 콕콕 두드린다. '내 고장 칠월은 청포도가 익어 가는 시절…' 내 무뎌진 가슴에 아릿한 향수가 스미면서 시큼한 가슴앓이가 입안에 고였다.

'할아버지, 왜 봉지를 다 씌워요? 답답하겠다.' 아들녀석이 느닷없이 아는 체를 한다. 노인이 허허 웃는다.

"예." 그 '예'가 늦은 겨울에, 협궤열차처럼 나를 낯선 터에 내려놓았다. '결혼'이라는 서툰 단어는 갑자기 나를 서먹하고 난감한 존재로 만들어 버렸다.

아버지는 틈만 나면 호주머니에서 그 쪽지 수첩을 꺼내 보곤 했다. 그 수첩에는 총각들의 이름과 생년월일이 줄줄이 적혀 있었다. 거의 다 사주심사에서 낙방한 듯했다. 궁합심사까지 통과되면 남자를 불러왔다. 나는 작은 방에 갇혀 낯선 남자와 선을 봐야 했다. 맞선보다 어색한 만남이 또 있을까? '예.' 아니면 '아니오.'라는 짧은 대답 외는 할 게 없었다. 열 번을 더 넘기자 나달거리는 아버지의 수첩은 드디어 명운을 걸고 나의 사전에서 '아니요'를 지워버렸던 것이다.

그 집은 마루가 높았다. 지대 아래엔 삼층 섬돌이 놓였고 신방대에 올라서지 않고는 마루로 오를 수가 없었다. '정자 좋고 물 좋은 데가 없다더니…. 살다가 마땅한 집이 나면 옮길 요량하고. 윗채엔 안노인 혼자 있으니 조용하고, 사람이 좋니라.' 시아버지가 고르고 골라, 들판 아랫자락에 있는 남의 행랑채에 셋방을 얻어 주었다. 누우면 발이 벽에 닿았다. 방 한쪽에 궤짝 같은 반닫이

 이고운 수필집
백번째 그리움

만 달랑 놓였다.

시어머니는 부적을 구해 와서 방문 위에 붙이고, 베개 속에, 이불에, 심지어는 자리 밑에도 넣어 두는 것이었다. 그 정성과 기원을 알면서도 부적을 볼 때마다 알 수 없는 불안과 두려움이 밀려왔다. 순전히 아버지 수첩 때문이라고 원망을 했지만, 세월이 부리는 도섭을 누가 이길 것인가. 원망은 운명이 되었다.

한 밥 잡힌 누에는 잠을 주지 않는다. 그 날도 나는 시댁에서 추잠秋蠶을 돌보고 있었다. 여름 끝물을 물고 며칠째 쏟아지는 장대비가 아무래도 심상찮았다. 설마, 하면서도 속으론 집 걱정을 하고 있는데 해거름 무렵에, 강물이 들판을 덮치기 시작했다고 남편의 전화가 왔다. 공무원이 자기 집 건지려고 주민들의 아우성을 내 몰라라 할 거냐고, 남편은 되레 용심을 내면서 배부른 나더러 얼른 우리 방에 가보란다. 시어머니와 함께 나서려는데, 그 마을이 물에 잠겼다는 기별이 왔다.

아침이 뜬눈으로 왔다. 남편의 오토바이 뒤에 실려서 도토리 재를 넘어 동네로 들어섰다. 아랫들 끝자락이라 낮긴 하지만, 이렇게 흠빡 물을 담기는 수십 년 만에 처음이라 했다. 뻘범벅이 되어 뒹군 가재도구, 독 단지들이 질퍽거리는 마당에 난장판으로 널려 있었다. 네 것 내 것 구분이 없다. 아수라장이란 데가 이럴까?

나를 내려놓고, 남편은 주민들의 피해복구가 급하다며 도망치듯 가 버린다. 매운 콧잔등을 훌쩍이며 뻘물 머금은 궤짝에서 옷가지들을 끌어냈다. 아꼈던 하늘색 비단 두루마기도 못쓰게 됐

다. 가슴이 미어졌다. 옷을 마당바닥에다 패대기를 쳤다. 결혼사
진도 얼룩이 먹어버렸다. 모두 쓰레기가 된 것이다.

　나는 울음으로 현기증을 쫓으며 궤짝 안을 들여다보았다. 아버
지의 목소리가 울렸다. '이것은 네가 죽을 때 곽 속에 넣어가야
하는 것이다. 명심해서 잘 간수하도록 해라.' 온전한 건 그것뿐이
었다. 비닐에 싸인 혼서를 쥐고 만삭이 된 내 몸을 내려다보았다.
눈물이 쉴 새 없이 흘러나왔다.

　방을 훔치고 마루로 나오다가 발이 미끌하는 순간, 나는 마당으
로 나가 떨어졌다. 내가 눈을 떴을 때는 남편이 나를 안고 있었다.
다친 데도 없고, 뱃속의 아기도 뛰고 있었다. 둘러섰던 사람들은
조상이 돌봤다고 했다.

　포도 한 상자에, 세 송이를 더 얹어주면서 노인은 나를 돌아본
다. '올핸 잘 익었어요. 약도 안 치고 했으니까 그냥 드셔도 괜찮
을 겁니다.' 노인의 말이 참 순했다.

　봉지를 텄다. 속이 보일 듯 말 듯 아른거리는 청포도의 당실당
실한 알이, 엄마의 젖꼭지처럼 탐스럽다. 포도는 이 힘없고 얇은
종이봉지 안에서 따뜻한 햇살을 안고 파아란 하늘물을 머금어,
이렇게 맛있는 포도송이가 되었을 것이다. 때론 푸른 하늘이 보
고 싶고 찬란한 햇빛에 몸을 드러내고 마음껏 바람을 마시고도
싶었을 테지만 그걸 참고 견뎌서 이렇게 올곧은 열매가 되었으리
라.

흰 종이봉지를 만져본다. 나는 가는 곳도 모르는데, 산다는 것
은 얇은 봉지에 싸여 어디론가로 보내지는 게 아닐까. 헌데 언제
부턴가, 어른들의 잔기침 소리처럼 나도 힘없는 이 종이봉지가
되었다는 생각이 들었다. 겉보기엔 별 것도 아닌 엄마라는 종이
봉지. 아이들에게 붙어 다니는 부적이.*

메꽃

♠♠♠♠♠ 집이 비었다. 때끈 때끈, 하오에 마당이 달다. 담장과 감나무를 가로지른 간짓대에 담요가 널려 있다. 물이 날고 서슬이 닳아 마대같이 누래진 군용담요다. 언젠가 내가 이 고물단지는 그만 버리자고 했을 때, 어머님은 웃으면서 내가 퍼드린 양모 이부자리 위에 덧내려 놓던 것이다.

"이기 참 따시고 좋니라."

올만 남은 이 담요를 겨울에는 덮고 여름에는 깔고 주무신다. 바람 볕에 제법 가슬해졌다. 만져보다가, 물색 몰랐던 나를 탄하며 담요를 걷어 방에 들여놓고 집을 나선다.

누가 이리 괴덕을 부리는가. 길섶이 온통 장난 같은 가을색이다. 도랑가 빨간 여뀌의 색스런 향도 주춤하고, 줄기차던 바랭이도 넋을 놓고 앉았다. 비탈길 돌아 오르는데 도깨비바늘이 우루루 달려든다. 구경났다는 듯이. 밭 저 위쪽에 어머님이 보인다.

'어머니~.' 내 가슴 어딘가에 찌르레미가 기어간다. 버스로 채 한 시간이 안 걸리는데 나는 주말에도 '날'을 받곤 한다. 산다는 것이 핑계다.

"우찌 이리 왔노? 아아들은 우짜고."

그러시면서도 얼굴엔 웃음이 벙근다. 어머니와 밭가에 앉았다.

"야아야 배가 참 달다."

"그래예?"

저 아래 우리 집 지붕에 볕살이 아롱거린다. 굳이 뙈기밭이 있는 이 갓자락에 당신의 영원한 잠자리를 미리 찍어두신 이유가 슴슴히 우러난다.

노랑한 들깨 향이 싸아하니 밭머리를 두르고 고개 숙인 키다리 기장이 그물을 이고 섰다. '훠이ㅡ.' 새를 쫓는다. 그물 틈을 찾던 새 서너 마리가 조잘대며 날아간다. 김을 매고 돌아서서 또 매고, 새와 꿩들을 쫓느라 밭에 살듯이 했을 어머님이다. 찍히다 닳아버린 발자국들, 밭고랑엔 지문조차 없다. 까아만 녹두 꼬투리를 딴다. 검게 그을린 어머님의 손이 민첩하다. 내 하얀 손은 까뮈의 이방인처럼 낯설다.

내가 첫 아이를 낳고 세 이레가 지날 무렵이었다. 애달픈 꿈을 뿌리듯 온 동네는 달빛에 잠겨 있고, 사립 옆 감나무 그림자가 길게 마루에 올라앉은 밤이었다. 앞산에선 밤이 이슥토록 부엉이가 울었다. 그날 밤 어머님은 삭지 못하는 지난날을 띄엄띄엄 풀어 놨었다.

엉머구리가 우는 유월이었다. 제대를 앞둔 남편이 휴가를 왔었다. 밭에 거름을 내고, 남편과 함께 하는 농사일은 오히려 즐거웠다. 그때 전보가 왔다. '빨리 귀대하라.' 난리통이라 가면 안 된다고 다들 말렸지만 '걱정 마라 꼭 돌아온다.' 남편은 웃으며 갔다. 생은 그렇게 갈렸다.

'내가 복이 없는 기제. 배는 만삭인데 떠난 사람은 소식이 없고, 손자 걱정에 병이 더쳐 골골 앓던 할무이가 해산할 에미 잘 먹이라는 당부를 하고는 돌아가시는데, 나는 아아를 낳았제. 그 북새통에 산모는 뒷전이제. 젖이 한 방울도 안 도는 기, 무슨 죄가 많아 젖줄까지 맥힌 긴지. 아아는 밤낮을 울어쌌고 애는 타고, 그리 될라고 그랬는지. 쌀미음을 끓여 멕이는데, 숨이 갑신 듯이 받아 먹더니 그만…. 할무이가 있었으몬 그리는 안 됐을 낀데. 모진 목숨, 못 따라 가고, 내 혼자 남은 기라. 살아도 산 표가 있나, 죽어도 죽은 표가 있나……' 하던 말머리를 놓아버린다.

어머님은 장롱 깊숙이서 손때 묻은 보퉁이를 끼냈다. 아직도 옷을 짓지 못한 결 고운 모시 필과 삼베 필이 간직돼 있었다. 깨알 같은 글자가 적힌 수첩과 사진 한 장을 보여주셨다. 훤칠한 청년이 맑은 눈으로 나를 보고 있었다. 어디서 만났던가? 나 혼자 그리던 사람이었다.

어머님은 시조모만 계신 집으로 시집을 왔었다. 시집온 다음 달 군에 입대한 남편을, 제대를 앞둔 그 해 6월, 그렇게 보냈다. 열여덟에 만나 스물에 꽃이 지고 만 것이다. 행방불명에서 전사 통지서로 바뀌었으나, 끝내 유해조차 돌아오지 않았다. 시가에서도 친정에서도 어찌 하라는 말 한마디가 없었다. 혼인 신고도 돼 있지 않았기에 혼서(예장)로 판결을 받아 유족이 되었다. 한 점 혈육조차 지고 없는, 유교적 관습의 그 층층시하의 세월은 얼마나 막막했을 것이며 질기고도 모질었겠는가. 내 남편인 조카를 아들로 들이시고 청청하게 살아 오셨다.

"올해는 시절이 좋아 씨를 던진 것은 다 잘 됐다. 콩도 댓 말은 될 끼다."

나누어 줄 곳도 많아서 한참을 들먹인다. 팔순이 머잖은 노인에게는 농사가 힘에 부친다.

"명년부터는 농사일 그만 하시고, 놀러도 다니고, 그리 하십시다."

'그러마' 고, 대답은 마냥 순순하다. 작년 가을에도 그랬다. 그러나 어머님의 봄은 번번이 약속을 깬다. 가을에 약속을 하고 봄엔 그 약속을 어겨야만 하고, 미로 같은 수수께끼를 하고 있다. 소소히 드는 농비가 아니더라도 수지가 안 맞는 게 농사다. 그렇대서 내가 그만 두자고 고집할 수가 없다. 어쩌면 고단한 육신으로 빈 방에 혼자 내리는 밤의 고독을 잊고저 하는지도 모른다.

지난 봄에도, 산벚꽃이 산을 들어올리는 날, 남편은 바지기에 지고 나는 푸대에 담아 이고 거름을 날랐다. 산비얄을 오르는 길은 도시인이 되어버린 나의 턱에다 숨을 들이밀었다. 대 뿌리가 얽혀 넓힐 수도 없는 좁다란 모퉁이를 돈다.

"야아들아 조심하거래이."

당신은 눈감고도 다닐 길을, 자꾸 당부를 하셨다. 우리 내외가 삽쾡이로 이랑을 지으면 어머님은 봄비 먹은 폭폭한 흙에 보랏빛 점들을 묻었다.

그때도 이 밭에다 아버님과 함께 어머님은 희망의 씨앗을 심었을 것이다. 그 시간이 짧았던 만큼 더 또렷하여 가을은 설움이 되고, 죽은 듯한 가지에 어머님의 봄은 다시 터져 나와, 그래서 한사코 밭으로 가는 것이리라. 밤에는 그 야린 군용 담요 한 장에 꿈을 묻고, 낮에는 밭이랑에 그리움을 묻으며 열여덟 어린 여인으로 아버님과 함께 사는 것이리라.

빈 뜨락에 서린 달빛처럼 이슬에 이울고, 인고의 세월에 젖으며 날마다 홀로 피는 꽃. 나는 하던 일손을 놓고 마알간 메꽃을 바라본다.

여릿여릿, 해거름이 가고 있다. *

스프링 노트

♠♠♠♠♠ 선택하는 이유와 선택 당하는 이유와 그리고 아무 것도 아닌 것에 대하여 우리는 무엇을 노트하는가.

노트란, 기억의 조각들을 메모하는 곳이라 흩어져 달아나기 쉬운 까닭에 한 줄에 꿰어져 있어야 한다.

지겹도록 붙어있던 풀노트의 기억에 말라붙은 딱지 대신 독립된 공간을 가질 수 있다는 것이 스프링 노트가 존재하는 이유다. 자립 자립을 외치다가 벼랑끝에 내몰린 합종연횡의 결성으로 대세를 이루었다. 위험하고 빈약한 이 결속력이 민주주의라는 이유로 존재한다. 반항하지 않고 설렁설렁 넘어가 주는 것이 어쩌면 선택하는 자에 대한 예의이고 미덕일 것이다.

쭉 뻗은 깃대가 되지 못하고 허리를 수없이 굽실거려 구걸을 해야 한다. 백지와 백지를 건너다니는 자유를 얻는다는 이유로. 공간과 공간을 분리시키며 안전하게 넘어갈 수 있는 시간을 낚는다.

아름다웠던 숲, 나무의 기억을 잃어 풀칠을 거부한 죄로 은밀히 비장해야 할 나이테의 뒷면마저 적나라하게 노출되었다. 감출 수 있는 능력이 누란의 위기에 처했음에도, 비밀을 보장받는다는 존재의 속성을 꽉 쥐고 놓지 않는다.

따뜻한 성질에 차가운 이물질을 끼운 탓에 느슨함과 냉정함이 경계를 만들고 있다. 눈치 볼 것 없이, 마주 보이는 것을 피하기 위해서라는 이유로 썰렁한 통로에 가끔 볼펜이 끼어들기도 한다. 노트에 필수라는 도구의 준비성과 분실에 대비한 안전을 구가하는 이유로 그쯤의 초상권침범은 감수해야 한다.

바스락하는 것들을 얼마든지 꿸 수 있다는 제법 떠르르한 체, 그런 이유로 평등을 주장하며 같은 간격 같은 크기로 구멍을 총총 뚫었다. 튕겨나가려는 용수철의 속성을 붙잡아둠으로써 잘 찢어지는 연약함을 위로 받겠다는 안간힘이다. 이음새 없이 원을 그리며 무너지지 않게 포개느라 흉터를 미리 도려낸 상처들이 인생의 노트에 연륜을 꿰고 있다.

겉보기에는 탄력있어 아무시랑도 않은 듯하나, 언제 뜯겨나갈

지 모르는 불안이 노트를 선택하는 자에게는 오히려 매력이 된다. 백지의 공포를 없애주고 창작이 아닌 낙서도 서슴지 않는다. 실수를 감쪽같이 속이고 흔적 없이 뜯어낼 수 있다는, 지워버리고 싶은 기억을 완벽하게 정리할 수 있다는 장점이 있다. 비상식량처럼, 급할 때 한 장 부욱 찢어주는, 별것 아닌 것으로 정이 오가다 빈 페이지가 때로는 특별한 인연이 될 수도 있는 것. 그러구러 다 찢기고 나더라도 고철이나 재생지로 재활가능성이 있다는 이유로 희망을 잃지 않는다.

엘리베이터 한 층이 얼마나 긴 담장을 대신하는가를 보여주는 척추다. 수십층 정도의 건물을 소유한 부를 느끼게 하는 유연함과 넉넉함이 있다. 그럼에도 책이 될 수 없는 노트의 운명을 항변함에 있어, 어쩌면 양쪽 다 손실을 본다는 측면에서는 둘 다 공범자요 피해자라는 이유를 지녔다. 물의를 일으키면 서로가 불편해지므로 세상사는 게 그런 거라는 마땅과 당연으로 살아가는 사람들이 서로 순종하고 만족하면 이런 것들 쯤은 아무것도 아니라는, 이유 아닌 이유로 스프링노트는 존재한다.

스프링 노트에 기록과 무기록의 진행과 변신의 역사를 쓰고 있다. 어쩔 수 없음의 경계를 넘어 허공에 나부끼는 설계도를 인화하는 영역을 무한이 펼칠 수 있다는 이유로 오늘도 백지에 흰 바람을 넘긴다. *

수평선

♠♠♠♠♠ 빈자리가 없다. 얼굴 새까만 주차요원이 두 팔로 가위표 시를 만들며 경광봉으로 앞을 막아선다. 검번드르한 얼굴에 흑요석 같은 눈동자가 흘러나올 듯 사방으로 떼굴거린다. 핏발선 흰 자위가 희뜩거릴 때마다 흑자주색 입술에 물린 호루라기가 꾸역 꾸역 밀려드는 차를 향해 목청을 높인다. 그 주위를 서너 바퀴 돌았다. 단속구역인 길가에도 차들이 줄지어 서 있었다. 우리도 별 수 없이 거기, 이제 막 빠져나가는 한 자리에 차를 놓고 내렸다.

막내가 네 살 되던 해 이 바다에 왔었다. 그 여름도 찜통이었다. 심한 아토피를 앓던 둘째의 고통은 가족 모두의 고통이었다. 밤 낮으로 긁어 피가 비죽거리고 염증으로 진물이 났다. 원인을 알 수 없는 가려움증은 쐐기풀로 쏘아대는 히스타민처럼 발작적으로 왔다. 바다로 가면 좀 나을까 싶었다. 둘째는 바닷물에 들어가면 안 된다는 의사의 당부로 우리는 파라솔 밑에서 놀았다. 들어

가고 싶어 우는 아이를 달래며 물속에서 놀고 있는 사람들 구경만 했다. 모래밭에서 노는 네 살배기 막내의 귀여움을 바다를 배경으로 사진 찍으며 억지로라도 웃고 떠들었다.

바다. 바다다. 끈끈한 바람을 적당히 뭍으로 밀어부친다. 폭염을 치받고 선 비치파라솔이 백사장을 덮었다. 파라솔 밑에 노는 사람들 대부분이 가족들로 보인다. 무더위를 피해 나온 그들 속에 우리도 끼어들었다. 색색의 사람들이 모래톱 가까운 얕은 물에서 아우성치며 떠다닌다. 물갈퀴를 잃어버린 오리 떼, 날개를 접고 앉아 표류하는 갈매기처럼 일렁파도를 타고 있다. 파도타기, 파도는 먼 바다로부터 물너울로 온다. 큰 너울이 물밑으로 소리 없이 밀려와 해안선 가까이서 포말로 부서진다. 온다, 온다, 하면 곧 파도에 들어 엎힌다. 까악, 소리와 함께 높이 솟았다가 거품 속으로 묻힌다. 다시 솟아나면서 허공의 담을 타넘었다는 성취감에 푸푸, 깔깔 웃어댄다.

바나나 보트가 바다를 선회하고 있다. 흔히 보았던 사진을 생중계로 본다. 아름다운 그림으로 걸릴 만한 거리쯤에서 가끔 뒤집히기도 한다. 빠졌다가 돌아온 사람들의 표정은 갓 건져 올린 생선처럼 싱싱하다.

내 호기심이 가만있지 못 했다. '저거 한 번 타보자.' 늘 현미경 눈으로 물속의 세균을 세는 큰 딸이 웬일로 쌍수를 들었다. 자외선이 무서운 둘째 딸은 마지못해 그러자 하고, 휴가를 나온 막내 아들이 유격훈련 운운하며 작전개시를 선언한다. 반대를 고집하는 사람은 정년을 코앞에 둔 우리 집 젊은 양반이다. 걱정할 것 없다고 구명조끼가 유혹한다. 겨우 얼갈이로 설득해 놓고 접수대로 갔다. 짧은 시간에 서너 바퀴 도는 삯이 바가지다. 조금씩 물고 물리면서 사는 것 아니냐고 아가씨와 요금을 타협했다.

보트를 타면 옷을 버릴 것은 당연할 것이고 준비운동도 해야 한다면서 아들이 덩치 작은 제 큰누나를 댕강 들어 올렸다. 발을 버둥거리며 꺅꺅 소리쳤지만 소용없었다. 성큼성큼 들어가서 파도에 풍덩 던졌다. 가라앉았다가 허우적 떠오르면서 이내 깔깔 웃어댔다. 넘실바다는 괴로운 사람도 슬픈 사람도 다 웃어버리게 한다. 웃음으로 내는 화는 아무도 믿지 않는다. 뾰족구두에 파라솔을 받쳐 든 작은누나는 어쩌지를 못하고, 엄마 아빠도 물 깊은데로 밀어 넣는다. 우정, 물에 빠져준다. 입이 함지박만하게 웃어버린다. 옆에서 앞에서 뒤에서 물놀이하는 사람들, 할머니도 젊은 엄마의 둥우리에 안긴 아이도 재밌다고 야단들이다.

구명조끼를 입혀주며 안내자가 주의를 준다. 겁내지 말라. 수영을 못해도 괜찮다. 보트가 뒤집힐 때는 손잡이를 놓아버리라고 일렀다. 맨 뒷자리에 가장이 탔다. 아들이 타고, 내가 타고. 둘째가 타고, 맨 앞에 첫째가 탔다. 양쪽 발을 물갈퀴모양으로 뉘어 붙이고, 몸은 말 타기 자세로 앞으로 납작 엎드리면서 손잡이를 꽉 잡았다. 새까만 청년이 스피드 보트에 탔다. 시동을 걸었다.

'물에 빠질 거죠' 일방 통고를 날리고는 보트가 달린다. 하얗게 부서지며 길을 내는 포말 속으로 예스, 노가 잠겨버렸다.

엔진소리가 요란하다. 줄 하나에 매달려 앞에서 끄는 대로 달리는 바나나 보트는 무동력선이다. 두려움, 현기증, 공포가 척추를 타고 오르내리며 찌른다. 수면 위로 미끄러지는 스피드, 짜릿한 스릴만큼 비명을 질러댄다. 위협하는 바다를 경탄하면서 웃음을 괴성으로 지르면서 상쇄시키려 한다. 스피드 보트가 45도로 기울어지면서 지그재그로 달린다. 엔진에서 나오는 배기가스만 아니면 하루 종일이라도 탈 것 같았다. 바다에 빠지지 않고 이렇게 물보라를 날리며 스릴 넘치게 살 수만 있다면 얼마나 좋을까. 청년 흑기사는 계속 뒤를 돌아보면서 속도를 조절하고 방향을 잡는다. 바다를 가로지르면서 타원으로 휘익 한 바퀴 돈다. 먼 수평선엔 큰 화물선 한 척이 느리다. 화약 냄새가 나는 것 같은 팔월 초입의 하늘 멀리로 구름 한 덩이 뭉글거린다.

반 바퀴를 더 돌아 바다 가운데에 왔을 때 갑자기 흑기사가 급회전을 하면서 멈추었다. 아앗!, 다섯이 일시에 떨어졌다. 짠 물이 목으로 넘어오고, 눈으로 코로 귀로 들어왔다. 가라앉으면서 본 바다 속, 발이 닿을 데가 없다. 디딜 데가 없다는 생각에 삶과 죽음이 번개쳤다. 이미 허우적거리고 있었다. 나를 가라앉히려는 물보다 먼저 뜨고 물보다 먼저 가라앉으면서 물을 눌러야 뜬다.

너울이 발목을 끌어당기는 느낌이다. 본능이 헤엄치며 떠올랐다. 놀라 허우적거리는 난민들이 보였다. 바나나 보트는 저만큼 엎어져 있고, 흑기사가 줄을 당기고 있었다. 열 개의 발은 시커먼 바다 속을 흐늘거렸고, 잡을 것 없는 열 개의 손은 물만 허적거렸다. 그래도 턱을 떨며 웃었다. 지느러미, 비늘 하나 없는 것이 사람이다. 망망한, 깊이를 모를 바다에 빠져, 한낱 바람 든 조끼에 의지해 구조를 기다린다는 것, 이야기로라도 용궁은 너무 멀었다. 검푸른 혀를 날름거리며 춤추는 지옥문이었다.

이런 경각의 틈으로도 몽환 같았던 삶의 부분들이 어느 때 어느 장소에 있었던 것이건 구석구석 던지고 받는가. 창을 열면 신기루로 뜨던 바다, 수평선 너머로 아른거리던 막연한 그리움, 청순하던 파란색, 꿈꾸게 하던 쪽빛이 아니었다. 스무 살을 꽃배로 띄울 바다가 아니었다. 통풍이 안 되는 내 쪽방, 하루 종일 돌려도 맞추어지지 않던 큐브. 빨, 파, 흰, 노, 주, 마지막 남은 초록의 한 칸 같은 창에 부딪쳐 오는 파도였다. 검푸른 혀를 날름거리는 악마적인 본성을 순치하며 너울거렸다. 앞 못 보는 이를 구하려 치마로 눈을 가리고 뛰어내려야 했던 어린 처녀가 스쳐갔다. 물에 빠진다는 것, 무서웠다. 이 무서움 앞에 나는 공양미 삼만 석을 도망치고 있었다.

가벼운 큰딸이 먼저 올려졌다. 허둥대는 바람에 더 무거워진 나는 몇 번을 미끄러지다 끌어올려지고, 막내와 둘째는 당기는 힘보다 스스로 미는 힘으로 올려졌다. 내 무게에 이십을 더하는 무게를 점유한 남편을 끌어올리는 데에는 시간이 걸렸다. 올라오려는 무게에 다시 보트가 뒤집히고, 몇 번 실랑이를 하고서야 간신히 올라왔다. 채 가라앉지 않은 현기증 탓인지 두 바퀴를 돌 때에

이고운 수필집
백번째 그리움

남편은 한 번 더 바다에 빠졌고, 다시 반 바퀴를 돌아 우리는 무사히 보트에서 내렸다.

바다가 내려다보이는 해안가 언덕에 와서 중복 이겨내기 삼계탕을 먹었다. 참 오랜만이다. 아이들이 너스레를 떤다. 보트가 뒤집히지 않게 하려면 바위에 붙은 따개비처럼 최대한 몸을 납작 엎드릴 것. 손잡이는 보트의 접착부분을 잡아 몸의 흔들림을 최소한으로 줄일 것. 흑기사가 왼쪽으로 방향을 틀면 왼쪽으로, 오른쪽으로 틀면 오른쪽으로 몸무게를 이동시키는 원심력을 구사할 것. 무엇보다 중요한 것은 내측균형이 깨어지면 뒤집힌다는 사실을 명심할 것. 뒤집혔을 때는 겁먹지 말고 헤엄쳐서 보트를 다시 탈 것. 청춘은, 튕겨나가 바다에 빠져보는 것도 워터 슬레이(weter sleigh)의 묘미라는 것. 군대로 복귀할 막내가 구령을 부친다. 충성.

무더위도 익사도 극복하고 싶은 사람들, 바다를 달린다. 흑기사가 조종하는 줄에, 꿈이라는 줄에 달려가며 저 오륙도를 바라본다. 더러는 줄이 보트를 뒤집어놓더라도, 옷이 젖어버릴지라도, 아슬아슬한 바다의 외벽을 달려야 하는 것이다. 꿈을 타원으로 그리면서, 어쩔 수 없는 속인이기에 깔깔, 하하 호호 오늘도 세상이라는 바다를 건는다. 수평선에 산문시를 쓰고 싶은 사람들, 비극이 비극인 줄도 모르는 희극을 맘껏 웃어가면서.＊

소나기

♠♠♠♠♠ 조명등 하나가 꺼졌다. 하늘이 성큼 내려오면서 대번에 잿빛 뭉글구름이 차일을 친다. 쿵, 멀리 하늘모퉁이에서 북소리가 울린다. 놀란 바람이 산 아래로 휘쓸려 와 처마 밑을 펄럭, 흔들고 간다. '쪼르그륵 째르그리 쪽…' 사금파리 마주 비비는 경고음을 내며 새 한 마리가 울 넘어 숲을 우짖는다. 까치도 무거운 날개를 낮게 옮겨 앉으며 '깍깍' 재촉한다. 고요와 수런거림이 몇 번 곤두박질하다가 댓잎마저 숙연해진다.

사방이 캄캄해진다. 찌지직, 벌겋게 달군 칠지七枝창을 흔들자 우르릉 쿵, 공중 무너지는 소리가 난다. 저쪽에서 쿵쿵 큰 대포를 쐈다. 번쩍, 금강채찍 하나가 누굴 내리친다. 갑자기 지붕 위에서 따그락 따글 따다다… 따발총을 갈긴다. 이쪽에서 번쩍, 장팔사모를 휘두르며 태산을 밀고 간다. 그에 질세라 저쪽에서는 하늘을 둘둘 말아붙이면서 쿠르릉 쿵 전차부대를 몰고 온다. 백병전이다. 떡메, 몽둥이, 자갈돌까지 들고 나와 때리고 치고 쪼개고, 한판 전투를 한다.

땅에 사는 것들, 나는 간이 오그라져버린다. 저기 키 작은 순순이 할머니도 어깨가 오그라졌다. 이고 가던 보퉁이를 껴안고는 '아이구 하늘님 내는 죄 안 지었습니더 살려 주이소이.' 달음질을 놓는다. 저 쪽 큰길에서는 내빼는 차 경적소리가 더욱 고조된다. 느린 경운기도 지금은 생애 최고의 발동음으로 탱탱탱 달린다.

꽝! 등짝이 덜컹한다. 설거지할 것을 두리번거린다. 서둘러 창이라도 닫는다. 끝이 안 보이는 초원의 나라 유목민들은 아이들도 아침에 일어나면 언제쯤 비가 올 것인지 후각으로 안다는데. 그리하여 오늘은 어디에 언제쯤 양떼를 몰아내고 불러들일 것인지 미리 잡도리를 한다는데. 무딘 나는 흙먼지를 머금은 바람이 더치고서야 비 냄새를 감지한다. 게다가 굼뜨기도 예사라서 아침에 넌 빨래 옷 하나 제때 못 걷어 비를 맞히기 일쑤다.

저 둑길의 풍경은 다급하다. 우산 없이 나온 중년 남자가 이마에 손을 얹고 뛴다. 아낙의 노란 파라솔이 저만치서 종종걸음을 친다. 느닷없이, 불청객이 머리를 디민다. 작은 파라솔이 잠시 주춤거리다가 이내 다정한 그림이 된다. 쏴아, 자욱한 소나타가 몰려온다. 둥구나무 밑둥에서 나정거리다가 주인을 놓친 듯한 강아지가 열심히 뛰어간다. 둑에 매인 염소가 뺑뺑이를 돌고 있다. 매애 애애애~ 깜빡 잊고 있을 주인을 애절하게도 부른다. 새끼 두 마리를 배에 감싸느라 동동걸음을 타닥거린다.

투두두둑, 드디어 우리 집 마당에 들어섰다. 경주마의 발보다 몇 배나 빠른 발자국이 마당을 가로질러 간다. 한 떼의 군마가 뛰어가고, 뒤이어 또 다른 부대가 쫓아간다. 한참을 지나간다. 당차고 거리낌이 없다. 저들은 공중부양을 하는 고수들인가. 얼굴도 몸도 보이지 않는다. 휘날리는 옷자락은 구름으로 엉켜있고, 굵고 긴 다리와 지상에 찍히는 발자국만 송곳처럼 보인다. 성격이 대쪽같이 곧고 발라서 불의를 보면 못 참고 분연히 일어서는 천군들, 턱 언저리에 흐르는 파르스름한 구레나룻에 위엄이 서렸다. 세상을 병들게 하는 염천의 이무기와 한판을 겨루는 저들의 칼은 지상에 존재하는 찌든 죄들을 말끔히 때밀이하는 마법의 행주인지도 모른다.

문득, 생각났다. 남매가 학교에서 돌아올 시각이다. 엄마는 달린다. 앞뒤 생각 없이, 입은 옷에 우산을 받는 둥 마는 둥, 옆구리에 우산 두 개 끼어 잡고 단숨에 정류장으로 학교 앞으로 다다른다. 버스가 한두 대 지나고, 교문 앞을 기웃거리는 사이 하늘이 번해진다. 자욱하던 비안개가 먼 산 이마를 벗기면서 비가 딱, 그친다. 금세 쨍, 나오는 햇살이 눈부시다. 젖은 치맛자락 훔치며 멋쩍게 그냥 돌아오는 얼굴에 미소가 번진다. 질척거리는 고무신을 불은 도랑물에 흔들어 신고 돌아서는 엄마는 행복했었다. 자가용을 가진 요즘 엄마들은 꿈에도 못 누리는 행복이다.

대기층 불안이다 뭐다 하는 요즘에는 제 맛나는 소나기가 없다. 낭만도 인정도 없이, 국지성 호우 운운하면서 물난리로 세상을 뒤엎는 비는 우리의 소나기가 아니다. 내력조차 불분명한 인척에 줄을 대며 좁은 사랑방에 눌어붙어 삐대고 있는 과객처럼, 소나기는 한 달 넘게 내리는 지겨운 몰염치가 아니요, 날이 들듯, 들듯 하여서 빨아 넌 푸답옷이 몇 번을 뒤채다 쉰내가 나고 마는, 사나흘 찔끔거리는 짜증도 아니다. 홀로 이른 저녁상을 물린 외로운 여인의 서글픈 심사 같은 는개는 더욱 아니다.

분홍쉐타를 함께 묻어달라는 애틋한 가슴앓이를 하고 가버린 소설 속 ‘소나기’ 의 파리한 계집애 같은 사연이 아니더라도, 이슬비 보슬비가 소녀취향이라면 여름 한낮 한 줄금 내리는 소나기는 상큼한 비누냄새 나는 청년의 건각 같은 멋이다. 핸섬한 신사. 시들거리는 일상을 심기일전 살아나게 하는 시원한 생맥주 같은. 느닷없이 흠뻑 젖고 보면 중절모의 노년도 그리운 그 소년으로 돌아가게 하는 매력 있는 추억이 될 것이요, 파라솔조차 잊고 나온 여인이 흠뻑 젖어 찰싹 달라붙은 옷을 떼느라 얼굴이 붉어지고, 수수깡움막 같은 사랑을 상상으로라도 한 번 그려보게 하는, 소나기는 잔망스런 장난꾼이다. 예고 없이 깜짝 와서 키스만 주고 가는 애인같이. 맺고 끊고, 뒤끝도 쌈박하게 소나기는 그 청년의 흰 와이셔츠 깃같이 깨끗한 것이다.

흘러드는 마당물이 한소끔 쭈욱 빠져 나간다. 도랑이라고 이름 붙인 작은 고랑에 콸콸 콸, 꾸중한 새물이 흐른다. 조금만 더 따루었어도 도랑이 넘쳤을 것이다. 넘을 듯 말듯 큰 도랑으로 내닫는다. 작은 도랑이 넘치지 않으니 큰 도랑도 넘치지 않는다. 안을 만큼만 안고 시내로 강으로 흘러간다. 그러고 보면 소나기는 중용의 덕을 안다.

작은 능금초 하나라도 깨끗하지 않은 것이 없다. 차 한잔 나눌 새도 없이 황망히 다녀간, 약간의 무례한이 주고 간 시원한 카타르시스. 다들 반짝 반짝 웃고 있다. 집으로 가다가 오리나무에 앉아 있던 멧새도 부리로 깃을 털고, 잠깐 일별—別했던 바람소리들 푸른 들판에 새로 그림 그린다.

"허허, 바쁜 걸음만 쳤네."

선연히, 설핏해진 마당으로 물꼬괭이 든 내 소녀 적 아버지가 성큼 들어섰다. 그 웃음 너머로 광배 같은 무지개가 동산 위에 걸렸다. 아, 장에 다녀오신 아버지가 내 손에 쥐어주던 그 색동 머리띠!

비 그친 하늘에 피는 아버지의 웃음을 올려다보며 나는 한참이나 서 있었다.＊

알짜리와 껍디이

♠♠♠♠♠ 어리냥이나 부릴 만한 쪼맨할 적, 나는 마당에 나 믹이던 달구새끼들한테 모시주기를 좋아했다. 쌀이 귀하던 시절이었지만 옴마가 시키는 양 이상으로 종구래이에 쌀을 한거석 퍼 와서는 닥들 앞에 그물을 던지듯 휙휙 높이 뿌렸다. 선심을 쓰듯 허들시리도 뿌린 모시가 마당에 허앴다. 높은 장베이에 뻘건 벼실이 너불거리고 등빨 좋은 늑다리 장딱은 지 앞의 것을 잘 묵다가도 눈에 불을 써고 쿵쿵 뛰어와서 묵다가, 다시 저쪽으로 뿌리면 그리로 욍겨가서 암딱 새애로 혜적을 치고 모시를 옴팡 장치며 마다무리 짓을 한다. 모시 판을 다 독차지하려고 께방 놓는 장딱의 똥달베이를 나는 발길질로 끔치며 후듯가 내곤 했다.

삐가리들이 커서 어느 새 중딱이 된 것들과 묵은닥이 섞여 마당 그득히 모이를 주우 묵고 있으모, 옴마는 그 중에 새 닭이 몇 마린지 대배내 알아냈다. 그즈음의 숫딱과 암딱은 구분하기가 애매해서 참 에릅지만, 옴마는 터리이 색이나 징중으로 암수를 점쳤다.
새 벼슬이 제법 쫑곰이 올라오고 궁디가 통통해지면 옴마의 콩점
은 거의 정확히 맞아떨어졌다.

하매나 하매나 새 닥이 알 놓기만을 날시고 기다리던 옴마는 어
느 날, 짚동구석이나 헛간 아무데나 알을 지이 놓고 다니는 닥을
불러냈다. 알 하나를 들고 닥한테 보여주며 구구구를 불렀다. 닥
은 모시를 주는 줄 알고 핑비총알 겉이 달려왔다가 멈칫한다. 택
쪼가리를 들고 입수구리를 쭝굼하게 내밀며 눈을 떼룩거린다.

"여 봐라 여있네 구구, 구구구구~"

사아살 꼬우며 아첨하느라 연계란소리가 나는 옴마 목소리에,
닥은 목을 외로 길게 빼고 눈꼬새기가 벌겋게 무안을 타면서 뒷
걸음 옆딱 걸음을 놓으며 따라간다. 알을 치켜들고 둥우리와 얼
쭉 같은 높이로 들었다 보였다 어르는 대로 따라가다 헛간모퉁이
에서 엄뚠짓을 하며 짐짓 딴청이다. 옴마는 알을 들고 머리 위로
실을 날듯이 포물선을 자꾸 그리며 닥을 꼬운다. 둥우리 밑에 와
서는, 보란 듯이 알을 다시 한 번 높이 들어 닥하고 눈을 맞추고는
알둥우리에 넣어둔다.

닥은 지상쫌도 없이 며칠을 여기저기 알자리를 보아왔다. 지푸
라기를 입으로 콕콕 쪼사 물었다 놨다, 터리이를 부풀리고 헛둥
우리 만드는 시늉을 했다. 미칭게이 맨키로 등더리에 날개에 짚
떠꺼리를 붙이고 다니기도 하고, 짚낱하나 입에 물고 댕김스로
점두록 으시무레한 구석을 찌웃거리며 옴마 보골을 채웠다. 여물

간 짚단무디를 헤집어 들앉아 보기도 하고, 괜히 소똥먹물브습을
벌갱이인 양 쪼사 봄시로 쑥쑥한 거름자리도 파헤비 보고, 굴쭉
시리 부석에 재애논 생솔게이 나뭇단 위에도 헤시고 앉아 안 나
오려고 엉티를 부렸다. 걀걀거리며 하는 행우지를 '소리가닥 세
가닥도 많다고' 지천 하는 엄마에게 혼이 나고 후듯겨 나오곤 했
다.

그제야 눈치로 챘는가. 며칠 동안 찾아 헤매며 엿보던 알자리의
방황을 접고, 닥은 알자리를 넣어 둔 둥우리를 넘거다보기 시작
했다. 헛간 쎄끌 밑에 달린 둥우리 밑을 왔다갔다 맴돌며 종종걸
음으로 계산하면서, 둥우리 높이, 제 몸무게와 날갯짓의 횟수, 일
차 디딤돌이 될 수 있는 재애논 덕석을 몇 번이나 갸웃거리며 저
울질한다. 비양기 소리나 주위의 소음들을 적정데시벨로 가늠하
고, 그늘의 온도와 기압, 풍향의 영향까지 재는 듯했다. 그리고 비
상시에 탈출할 통로와 알을 낳고 울었을 때 목청의 울림이 식구
들의 기창을 따갑게 할 것인가도 시험하며, 담부랑 저태 불안하
게 비슥이 지댄 따베의 고정 상태까지 점검한다.

뭇자로 정하는 법 없이 신중하던 닥이 드디어 뒤란 모테이 쎄끌
밑에 달린 둥우리에 제우시 올라갔다. 그곳이 제자리 방메이였
다. 둥우리 꺼트리에 너불거리는 거부지기를 주디로 뽑아서 밑자
리에다 깐다. 급해선지, 자리에 깐다는 것이 밖으로 흘려버리기
도 한다. 둥우리에 적응하는 시간도 필요했다. 어떨 때는 한참 싸
이클을 맞추다가 도로 내려와 버리기도 한다. 한군자리에 가만

못 있고 또 며칠을 방황하는 행우지를 부리다가 할 수 없이 다시
둥우리로 올라간다. 얄궂은 버르쟁이를 부리다가 어쨌든 첫 알을
놓고부터는 다른데 한눈을 안 판다. 알을 나아 놓고는 지가 먼저
놀래가꼬 운다. 고통 땜세 울고, 또, 지가 생각해도 스스로 놀랍고
장해서 동료들과 주인에게 알리느라 기창이 따갑도록 운다. 알을
노리는 족제비에게 엄포를 놓느라고 허들감을 지이며 목이 따갑
도록 운다. 밥뜨꺼리는 커녕 온갖 곡석뿌시레이나 현미딩기 싸래
이들과 돌 모래를 묵고도 우찌 이리 동그란 모양이 나왔는가 싶
어 다분을 지이면서 운다. 그러면 재미있게 묵고 놀던 다른 닥들
까지도 양 사방에서 같이 울어댄다. 배액지 한참 동안 집안이 시
끄럽다.

백파중으로 놀고 있던 나는 그 울음이 채 그치기도 전에 오곰젱
이가 초악걸린 사람처럼 떨리는 것을 참으며 사다리를 오른다.
둥우리 짬에 가면 갓난쟁이 동생이 있는 방에서 나던 냄새와 비
슷한, 비릿하면서 따신내가 났다. 얼어터서 피닥지가 눌어붙은
주지껍디 같은 손을 알둥우리 안으로 넣었다. 알은 늘 두 개였다.
자리알 하나는 항상 낭가도야 하기에 따신 알을 집는다. 언젠가
세근통머리 없는 나는, 개주디도 안 말라서 옴마 모리고로 알자
리 알을 갖다 엿 바까 묵고 뺑세이를 쳤다가 옴마한테 혼난 적이
있기에 그 후로는 딴 마음을 안 묵기로 했다.

따땃한 알이다. 암딱에 대한 연민과 미안함이 손끝에서 폴로 저
릿하게 왔다. 내 작은 손에 잡힌 알에는 설풋한 하늘에 물드는 북

살색 피가 묻어있었다. 아, 혈흔. 아픔이 뭐인지도 모림서로 찌이
~ 내 새가슴 한구석 오데가 에렸다. 옴마는, 초다디미 낳은 알은
다 그런 기라면서 받아 들고는 '고것 참 매시랍고 새첩다' 며 입가
에 흐르는 물웃음을 생킴서로 치매폭 주름 어딘가에 슬적 감췄
다. 그날 저녁 부떠막에 줄을 선 밥그릇 중에, 두 곳의 뜨거운 밥
속으로 알을 깨뜨려 넣었다. 그때 옴마의 동작이 어찌나 비호같
던지, 저테서 부작대이에 불노락질하고 놀던 나도 감쪽같이 모릴
뻔했다. 겡구들이 둘러앉아 저녁밥을 먹을 때, 나는 표정 하나하
나를 살폈다. 아무래도 내 손우 오라바이와 아시 머스마 동생의
낌새가 걸렸다. 흰 하그륵에 얼핏 비치는 노랑조시, 잠시 스치는
두 사람의 표정이 짐짓 놀라는 빛이 엷은 웃음과 교차하며 복닥
한 옆얼굴로 비쳤다. 둘은 아무렇지도 않은 척 넝구리 담 넘어가
듯 지렁장만으로도 쓱쓱 밥을 비벼 넝큼넝큼 대배내 묵고는 페에
내키 나가버렸다. 그 뒤에 엷게 남아 있는 참지름 냄새에 나는 노
옴을 타면서도 그 섭한 마음조차 아침 강물위로 풀어져 오르던
안개처럼, 알 수 없는 훈기에 젖어들었다. 엄마가 만들어내는 가
슴의 온기는 동기간에 늘 그렇게 서려있었다.

　닥이 많을 때, 뭔 일인지 빈 둥우리 하나는 놔 놓고 한쪽 둥우리
로만 몇 마리가 줄을 섰다. 그러고도 헛간 여기저기 옴팍한 굼티
같은 데서 알이 에북 나왔다. 나는 에나로 그 피묻은 알로 밥 한번
비비묵구접다고 티를 뜯어도 옴마는 내 말을 몬들은 드끼 얼른도
없었다. 씰데 읍는 가수나가 재금없이 그 귀한 걸 먹느냐는 표정

이었다. 알짜리는 알을 묵고 껍디이는 껍디를 묵어야 한다는 생각인 거 같았다. 알이 큰 박바가치에 수북이 차면 쌀이나 보쌀 대신 알을 한 바가치 주고 껍디이를 살 때도 있었다. 옴마가 와 알을 주고 껍디이를 사는지? 우짜다가 오징어 축을 들시고 말라붙은 입 하나를 뚝 떼 주든가, 따닥 소리가 좋은 짭은 모재이 한줄기 떼 주는 도부장수 눈치 땜에 참았지만, 쪼깬은 내 마음에도 얼척이 없었다. 삼천포 띠기 도부장사가 이고 온 보티이에서 나오는 건 오징어 껍디, 쥐고기 껍디, 명태 껍디들이 얼쭉 다였다. 그것들을 볶아서 도시락반찬이 되는 날은 그나마 신물증이 나는 무시왁따지 볶음이 빠지는 날이었다.

뭐이 우떠커렁해도 그 껍디이들을 묵고, 껍디이에 불과했던 나를 진정으로 껍디이가 되게 해준 것은 그 둥우리에 늘 들어있던 식은 알짜리 덕이 아이었을까 한다. 기럽을 것 없는 요즘 사람들이 들으면 놀라 해장작을 팰 일이지만, 식은 알짜를 높이 치켜들고 껍디이 구구단을 부르던 지휘자의 퍼포먼스. 그에 말없이 동참하고 충실했던 우리 암딱들이었다. 신식 구구단을 모르던 그 때 그 서글픈 지휘자의 가깝고도 먼 안타까움이여.

〈토박이말 풀이〉
*가수나(딸). 감찼다(감췄다). 개주디도 안 말라서(밥 먹은 직후, 밥 먹은 개의 주둥이가 마르기도 전에). 겡구(식구). 곡석뿌시레이(곡식부스러기). 굴쭉시리(별나게, 느닷없이). 궁디(엉덩이). 기라면서(거라며). 기럽을(부러울). 기창(귀청).

 이고운 수필집
백번째 그리움

꺼트리에(겉에). 껍디이(껍데기). 께방 놓는(훼방 놓는). 꼬운다(유인한다). 끔치며(위협하며). 삐가리들이(병아리들이).

* 나 믹이던(놓아기르다). 나아(낳아). 날시고(날마다). 낭가도야(남겨두어야). 넘거다보기(엿보기). 넝구리(능구렁이). 노랑조시(달걀노른자). 노옴을 타면서도(주눅 들면서도). 놀래가꼬(놀라서). 놓고(낳고). 놓기만(낳기만). 눈꼬새기가(눈자위가). 눈치로(를). 늑다리(늙은).

* 닥(닭). 다분을 지이면서(수다스럽게). 달구새끼(닭). 담부랑(담장). 대배내(금세). 댕김스로(다니면서). 도부장사가(마른 어물장수). 드끼(척). 들시고(들추고). 등더리(등어리). 등빨(덩치). 따신내(따뜻한 훈기냄새). 땜세(때문에). 똥딸베이(꽁무니, 똥자바리)

* 마다무리(한량없이, 마다하지 않고 주는대로 먹음). 모리고로(몰래). 모릴(모를). 모림서로(모르면서). 모시(모이). 모테이 쎄끌밑에(모퉁이 처마 밑). 몬(못). 무시왁따지 볶음(무말랭이볶음). 묵고는(먹고는). 묵고도(먹고도). 묵기(먹기). 묵다가(먹다가). 묵은닥(작년닭). 뭇자로(함부로). 미칭게이 맨키로(미친 것 모양)

* 바가치(바가지). 바까묵고(바꿔먹고). 밥뜨꺼리는(밥 낱알). 배액지(공연히). 백파중(아무 일도 안함). 버르쟁이를(버릇을). 벌갱이(벌레). 벼실(볏). 보골(부화). 보쌀(보리쌀). 보팅이(보퉁이). 부떠막에(부뚜막에). 부석(부엌). 북살(노을). 부작대이(부지깽이). 브습(버섯). 비비묵구접다고(비벼 먹고 싶다고). 비슥이 지댄 따베(비슷하게 기댄 쟁기). 비양기(비행기). 뺑세이(뺑소니). 뿌맀다(뿌렸다)

* 삼천포 띠기(댁). 새 닥(닭). 새애로(사이로). 새첩다(작고 귀엽다). 생솔께이(청솔가지). 생킴서로(삼키면서). 세근통머리(소견머리). 소리가닥 세 가닥도 많다고 지천하는(흠잡을 일이 아닌 것도 지청구를 함). 손우(위). 숫딱(수탉). 신물중(싫증). 써고(켜고). 쑥쑥한(더러운). 씰데(쓸모))

* 아시(바로 밑). 암딱(암탉). 에렸다(아렸다). 어리냥(어리광). 으시무레한(으슥한). 얼른도(가망이). 얼쭉(얼추). 얼척이(어처구니가). 엄뚠짓(엉뚱한 짓). 엉티(고집). 에나로(진짜로). 에릅지(어렵지만). 에북(제법). 여(여기). 연계란소리(계란끼리 닿아 나는 소리). 옆딱(옆으로). 오곰젱이(오금). 오데가(어디가). 오라바

이와(오빠). 옴마(엄마). 옴팍한 굼티(오목한 구석). 옴팡 장친다(차지한다). 욍겨가서(옮겨가서). 우떠커렁해도(어쨌든지). 우짜다가(어쩌다가). 우찌(어찌). 웁는(없는). 입수구리(입술). 있으모(있으면)

*장딱(장닭). 장베이(정수리). 재금없이(스스로 참는 것을 또 잊고). 재애논 덕석(쟁여놓은 멍석). 저테서(옆에서). 점두록(온종일). 저태(옆에). 제우시(겨우). 종구래이(종구라기). 주우(주워). 주디로(입으로). 주우 묵고(주워먹고). 주지껍디(나무껍질). 제자리방메이(안성맞춤). 중딱(중간닭). 지(자기). 지렁장(조선간장). 지상쫌도 없이(사리분별력이 없다). 지이(지레). 지이며(떨며). 징중(성정). 짚단무디(짚단더미). 짚떠꺼리(지푸라기). 쪼맨(작은). 쪼사봄시로(쪼아보면서). 쫑곰이(쫑긋이)

*참지름(참기름). 초다디미(첫머리). 초악(학질). 치매폭(치마폭)

*택쪼가리(턱). 터리이(털). 티를 뜯어도(성가시게 해도)

*파헤비(파헤쳐). 페에내키(어서, 빨리). 폴을(팔을). 핑비총알 겉이(아주 날쌔게)

*한거석(듬뿍). 해장작을 팰(뒤로 발라당 넘어질). 허들시리도(엄청 많이). 헤적을 치며(방해하며). 후둣가(쫓아). 하매나(이제나 저제나). 헤시고(호비고). 행우지(행동). 후둣기어(쫓겨). 하그륵(사기그릇). 헛간 쎄끌밑에(처마밑에). 한군자리(한곳에). 행우지(행동거지). 허들감(허풍). 현미딩기 싸래이(현미겨에 섞인 부서진 쌀알).

X의 띠

♠♠♠♠♠ 춥다. '쩽~' 유리창에 금 가는 소리가 꽁꽁 언 공중에서 들리는 듯 재그럽다. 이른 아침, 서울행 고속버스를 탔다. 하얀 머리에 꼬부랑 할머니가 큼지막한 보퉁이를 안아 들고 내 옆자리에 앉는다. 무시래기가 부스스 내다본다. 된숨을 추스린 할머니가 엉성하게 떠들고 일어나는 보퉁이 귀를 여미다가 나랑 눈이 마주쳤다. 멋쩍게 웃으며 곱은 손가락 네 개를 펴 보인다. 서울 사는 딸이 넷이라 한다. 달브드레하고 쌉소롬한 풋냄이 새삼 생소하다. 문득 마른 시래기를 본 지도 참 오래라는 생각이 들었다.

내 어리던 날, 시골의 겨울은 서리가 데려 오곤 했다. 길섶의 서리는 사탕가루 같았다. 어쩌면 아랫동네 점방 집 가시내가 냠냠거리는 사탕 때문에 그렇게 보였는지도 모른다. 서리 맞은 고구마 잎이 꺼멓게 가스라지고 말면 농촌의 들녘은 쓸쓸하다. 햇빛도 하릴없다. 괜히 검은 흙덩이나 나락 글터기 옆에서 외로워하다 간다.

그런 들판을 늦도록 지키는 것은 무다. 하루가 다르게 파름한 뿌리목을 밀어 올려 열일곱 처녀의 초여름 종아리처럼 싱싱한 몸을 지상에 내놓는다. 정갈한 무잎은 반짝이는 서리 아침에 차갑도록 청초하다.

물에 살얼음이 잡힐 무렵이면 무는 뽑혀간다. 주인의 손끝에서 칼날이 번쩍일 때마다 운명이 갈린다. 흰 뿌리는 따뜻한 집안으로 데려가고, 기상이 너무 세다는 이유로, 한쪽 귀퉁이에 된서리를 맞았다는 이유로 청대 같은 청춘이 마당가에 내쳐져 시름을 잃는다. 뿌리와 속잎을 위해 무서리를 받아낸, 찬란했던 날들을 넘겨보며 산길을 가다가 곰을 만난 두 사람 이야기를 떠올린다. 나무를 탈 줄 모르던 사람은 죽은 척 땅바닥에 누웠는데 정말 죽은 줄 알고 곰이 그냥 갔다는 우화를 들으며, 무청은 절망다운 절망이 희망이라는 생각을 해본다. 그러면 마취를 당할 때처럼 가슴이 뛰었다.

움에 뿌리를 묻고서야 아버지는 양지쪽에 앉아 무청을 엮었다. 깨끗이 추린 짚을 댓 낱씩 세 가닥으로 나눠가며 한 모숨씩 갖다 얹어 어긋 당김으로 섞넘겨 두름을 만들었다. 그런 아버지의 솜씨가 신기해서 들여다보기도 했지만, 나는 제발 저 시래기가 몇 줄 안 되기를 빌었다. 다른 집보다 많이 달리는 것도 웬지 부끄럽고 삼동 내내 먹을 일도 지겨웠기 때문이다. 그러나 아버지는 '열 줄이 채 안될라?' 눈대중으로 세고는 심각한 표정도 가벼운 염려도 아닌 표정으로 내 의중을 흘긋 떠 보셨다. 나는 저어기 뒤꼍 감나무에 달자고 했다. 시래기는 바람이 잘 드는 그늘 쪽 흙벽에 달아야 제대로 마른다고 하셨다. 결국, 골목에서 빤히 뵈는 내 방 바깥 바람벽에 주렁주렁 주렴처럼 달렸다. 지나가는 어른들은 부러워했지만 그 짓궂은 머슴애는 지나갈 때마다 달린 시래기 두름을 '하나 둘 셋 넷…' 큰 소리로 세며 뜀뛰기를 했다. 세후歲後에 두어 줄 남았을 때는 '하낫, 둘, 하낫, 둘' 하다가, 나중에는 '하나, 하나' 구령에 발을 맞추며 지나가는 걸음이 늦었다. 일부러 나를 들으라는 듯이!

너울 같은 서슬로 키워온 미끈한 뿌리는 어디에서 무엇이 되었는가? 여린 이파리들이 눈에 조여든다. 한 몸으로 나고 자라 언제나 희고 푸른 날일 줄만 알았는데, 한 자리에 나고도 갈 곳을 서로 모르는 게 생인 것을. 겉잎이라는 이유로 몸이 으깨지도록 잘록잘록 포승줄에 묶인, 그 밤은 춥고 새벽은 길었다.

시래기는 말라서도 제 빛을 잃지 않는다. 바람 세찬 밤에는 잠 못 드는 언어를 흙벽에 싸그락거린다. 제 몸이 바스라지도록 바람의 어깨를 흔든다. 타이르고 때로는 야단치고 다짐 두면서, 배반에의 유혹을 뿌리치라 한다. 본연의 인성을 지켜내는 시련 앞에서 이런 시린 강쯤이야 너끈히 건너갈 수 있다고 스스로를 달래며 질긴 목숨으로 버틴다. 생인손이 아리는 그믐달같이 새벽잠을 설치며 순리를 꿈꾼다.

외진 응달 모퉁이에 달렸어도 시래기는 지조를 지켜낸다. 김치처럼 쉬어지는 일이 없다. 온갖 이질의 것들과 어울려 적당히 부패하며 아양을 떠는 연약한 속잎들과는 다르다. 몸이 바스라질지언정 족보 없는 우거지로 전락하여 군둥내를 풍기는 오만을 앓지 않는다.

삶은 끝없이 외면당하는, 선택 당하는 것인지도 모른다. 자꾸만 칼을 맞으면서도 본성을 잃지 않으려고 발버둥치면서 점점 마른다. 잘 말라간다는 것은 자신도 모르게 생겼을 독소가 빠지면서 단맛으로 바뀌고, 어느새 바람의 언어를 알아들어 흙벽에 쓸 줄 알게 되는 것이 아닐까. 그리고는 스스로 한 방울의 이슬이 되어 시원으로 회귀하는 것이리라.

일찍 저무는 겨울 저녁, 골목에서 만나는 시래기 삶는 냄새는 서민에게는 잊을 수 없는 향기였다. 갓 삶은 시래기를 얼음물에 철철 헹구다가 곱은 손으로 한 덩이 꾹 짜서 이웃의 빈 바가지에 담아 물동이에 띄워주면, 샘가의 아낙들 가슴은 오월보다 더 따뜻해 왔다. 온 가족이 둘러앉은 밥상가에서 시래기국 한 국자 더 얹어주는 어머니의 손길에 뜨거운 김이 구름처럼 피어올랐다. 잃었던 입맛을 찾아주고 가난도 오히려 훈훈하게 녹이던 인정이 이제는 향수요 추억이 되었다.

'엄마―' 마중 나온 할머니의 딸이 시래기 보퉁이를 받아 안으며 '해 해 햇~' 웃는다.

나는 창공을 올려다본다. 엄마의 금실 같은 주름 웃음이 하늘유리창에 김처럼 서렸다. *

아버지의 발

♠♠♠♠♠ 아버지는 힘이 셌다. 열두 살에 엄마를 잃고 상여를 따라가다 논두렁을 안고 구르며 울 때부터 힘이 세졌다고 한다. 지게를 일찍 배운 탓에 몸은 지게를 닮아갔다. 작고 탄탄한 지게로 집채 만한 나뭇짐을 지고 거뜬히 일어서던 아버지. 엄마 없는 설움, 홀로 서야 하는 마음의 공허가 아버지를 헤라클레스 같은 힘을 갖게 했을 것이다.

몇 해 후, 어린 누이의 출가로 더 힘이 세어진 아버지는 꽃 같은 열여덟 동갑내기 처녀를 아내로 데려왔다. 아버지의 힘은 자꾸 세졌다. 한 가정의 힘이란 세면 셀수록 신이 난다. 점점 재미를 붙인 두 사람은 힘을 합쳐 풀잎보다 여린 힘들을 일곱이나 생산하여 더 보태었다. 그즈음 아버지는 뿔이 잘 생긴 소도 한 마리 부렸다. 날마다 여물을 풍성히 썰어 콩깍지며 고구마줄기, 허투루한 청둥호박 등을 척척 베어 넣고 쇠죽을 거나하게 끓여 소를 먹였다. 아침저녁 쇠빗으로 등짝을 윤이 나게 긁어주면 소는 아버지 허리에 목덜미를 문댔다. 지긋이 감았다 떴다, 큰 눈이 거무럭거 무럭 둘의 대화는 정겨웠다.

하여, 아버지는 수 천 평의 논밭을 이루었다. 지게에서 리어카 경운기 콤바인 트랙터의 시대를 따라 세상 사는 힘을 불리는 동 안, 손가락 두 개를 한 마디씩 잃어 남몰래 앓이를 많이 했었다. 그럴수록 아버지의 힘은 더 세어지는지 벼 수백 가마니를 혼자 휘뜩휘뜩 창고에 쟁이며 알통을 과시했다. 농자천하지대본이라 는 그럴듯한 가문의 볼모로 잡혀있던 나는 불평과 불만을 터트리 며 아버지를 들이받았지만 그때마다 나가 떨어졌다. 그러고는 아 버지의 힘이란 저리 걷잡을 수 없는 것인가 보다고, 무연히 따를 밖에 없었다.

점차 억세어져 가는 풀잎들에게 힘이 부쳐가던 어느 해. 특수작 물이 보탬이 된다는 말에 농법을 바꾸어 멀칭 이랑을 만들 때였 다. 경운기로 논을 갈고 로터리를 쳐서 흙을 부드럽게 만들고 이 랑을 지어야 했다. 규격상품을 생산하려면 기계만으로는 불가능 한 작업이었다. 작물에 맞는 이랑너비를 정확하게 표시해 두고 소를 부렸다. 소는 아버지의 뜻대로 움직여주지 않았다. 경운기 트랙터에 노동의 영역을 넘겨 너무 오랫동안 교신을 하지 않아서 인지, 수신안테나에 녹이 슬었을까? 아님, 암호문을 더러 까먹었 을까? 암튼 소는 아버지가 보내는 신호를 오독하는 것이었다.

'이랴 자랴~ 좌로 좌로~우로우로~이랴이랴~' 아버지는 고뼈를 능주다 채뜨리다 찰싹거렸다. 하지만 감각적이고 미세하게 움직여야 할 곳에서는 소가 상상력을 발휘하지 못하는 듯했다. 먹고 놀기를 거듭하여 살이 디룩디룩 오른 만큼 힘도 넘쳐나서 그런지, 어르고 달래고, 몇 번이나 뺑뺑이를 쳤으나 번번이 그 지점을 벗어났다. '고랑 쪼깨 내는 것도 하기가 싫어서?' 소가 어깃장을 놓는다고, 화가 난 아버지머리에는 쇠뿔이 숫는 것 같았다. 마침내 소도 더는 참을 수 없다는 듯 아버지를 향해 뿔을 들이댔다. 아버지는 억이 막혀 처음에는 뒤로 물러서면서 호통을 쳤으나 소가 코로 화통을 불면서 눈에 부리부리 불을 켜고는 아버지한테로 달려들었다. 아버지는 맨손으로 쇠뿔을 잡고 맞섰다. 관객 한 사람 없는 투우장처럼, 바싹 가문 이른 봄, 흙먼지가 회오리 기둥바람을 일으키는 목마른 논바닥에서 소는 아버지를 들이받고 아버지는 뿔을 잡고 싸우고 있었다. 마침 이웃 논에서 목격했기에 망정이지, 그들이 달려와 주지 않았던들 그때, 아버지는 마지막 힘이 꺾였을 것이다. 갈비뼈 두 대에 금이 가고 온 몸의 멍을 삭히느라 근 달포를 앓아누웠었다. 그래도 아버지의 힘은 좀체 줄어들지 않았다.

　이순을 넘기고 귀가 부드러워진 덕인지 도포에 유건차림으로 '향교'로 '산천재'로 축문, 헌관을 올리며 주춤 주춤 힘을 재우는 듯했으나 혈식군자의 피가 그대로인 제물을 많이 드신 탓인지 마음만은 여전했다. 이제는 운동 삼아 하는 일재미가 붙었다고, 그래도 힘은 여전하다고 무거운 볏가마를 보란 듯이 해깝게 들던 어느 날, 체증 같은 것이 아버지 힘에 제동을 걸기 시작했다. 처음엔 대수롭잖게 여겼다. 급기야 병원에 입원하여 병마와 힘겨루기가 시작되었는데 아버지는 꼭 이길 자신이 있다면서 절망하는 우리 눈빛들을 안심시켰다.

　병은 세를 불려가며 아버지 힘을 앗아가느라 애를 썼다. 아버지도 굽힐 줄을 몰랐다. 투병은 서너 달을 넘겼다. 아무래도 대적의 위세에 점점 밀려가고 있는 그늘을 보셨던 것일까. 아버지는 병마와의 힘겨루기를 몰래 적은 일기를 침대의 시트 밑에 감추었다. 사불여의할 때를 대비하여 당신의 힘을 영원히 보관할 장소도 상세히 그려두셨던 것이다. 아마 거긴 어떤 병마도 침범할 수 없는 아버지만의 성역일 것이었다.

　입동추위가 서리바람 치는 날, 아버지는 극심한 통증에 맞서 싸우기 시작했다. 마지막 승부를 겨루는 듯했다. 예전의 그 싸움소가 천 마리 만 마리로 아버지에게 달려드는 것 같았다. 뒹굴며 마지막 절규를 포효하시며 몸부림하셨다. 아버지 힘에 가장 많이 반기를 들었던 나는 '간호사'를 외치며 모르핀을 불렀다. 그것이 그때 내가 할 수 있는 유일한 효라 생각했다. 아아~ 아버지 제발 그만, 그만 하세요. 나는 울면서 뒷걸음쳤다. 간호사를 강제로 데려와서 기어이 모르핀으로 한 번 더 병마를 찌르게 하고 말았다. 노랗게 이우는 콩꽃 같은 어머니가 요동치는 아버지의 다리를 붙잡았고, 칡꽃같이 파리한 언니가 쓰러지는 아버지를 꼬옥 보듬어 안았다.

이윽고, 보채다 잠드는 아이처럼 아버지는 조용히 승리자의 평온한 모습으로 눈 감으셨다. 저만큼에서 떨고 있던 나는 그때서야 다가가 아버지 발을 가만히 만졌다. 아버지의 발, 삶의 원천이 느껴졌다. 힘, 발이 흙을 딛고 섰을 때 이 세상 무엇과도 맞설 수 있는 힘이 솟아올랐으리라. 한평생 흙에 서서 살은 아버지.

그런데…. 아아, 그랬다. 흙을 딛지 못하고 침대에 누운 날부터 아버지의 힘은 급격히 줄다 끝내는 놓아버린 것이다. 병이라는 녀석, 아버지 힘의 원천을 알고 있었단 말인가. 흙에 접지되어 있어야 하는 발바닥이 허공에 떠서 방황하고 있을 때 힘은 수증기처럼 빠져나간 것이다. 아버지에게는 흙이 모르핀인 것을. 아버지에게 나는 왜 흙을 딛게 하지 못했을까?

수천 년 사람이 딛고 다닌 황톳길처럼 야무고 단단한 아버지의 발바닥을 만지며 시려오는 발등에 얼굴을 내려놓았다.

'아버지~.' 캄캄한 눈물이 흘렀다. 아버지는 잠시 젖은 엄지발가락 하나를 서너 번 흔들어 보이고는 조용히 놓으셨다. 마치 여리고 약한 나에게 자신과의 힘겨루기에서 이기라는 묵언처럼.＊

길베

♠♠♠♠♠ 여인이 붓을 풀고 있다. 오늘 하루도 세상을 다 그렸나 보다. 열두 폭 옥색 치마 자락에 복사물이 번진다. 누굴 만나러, 여인은 저리도 사뿐히 가는가. 잔허리 선을 따라 술 익는 마을로 세월이 넘어가고 있다. 자욱한 연홍사軟紅紗 아래로 저녁산이 묵향으로 내려앉는다.

오늘이 외할머니의 삼우제인데도 어머니는 병실에 누워 있다. 가슴이 답답다 하여 침대를 반쯤 일으켜드렸다. 심한 충격과 스트레스로 급성 췌장염이 생긴 데다 평소에 아프던 곳들이 재발했으니 절대안정을 해야 한다는 의사의 말이 생각나서 눕혀드리려니까 어머니가 힘없는 손을 저었다. 눈이 노을진 창에 젖어 있다.

아흔을 넘기신 외할머니는 노환으로 오래 누워계셨다. 그렇게 맑고 고우시더니 이승의 끈을 놓을 무렵에는 고원의 고사목 같았다. 저 세상에서 다시 태어나도 '어머니의 딸' 이고 싶다는 어머니는 당신의 건강 악화로 친정어머니를 잘 돌보지 못한 데다 임종마저 못 지켜, 그 회한을 뼈가 녹듯이 우셨다.

한참만에 곡을 그친 어머니가 수의를 가져오라 했다. 외숙모가 외할머니 옷장에서 수의를 내어왔다. 오동나무 상자 안에서 삼십 년이 넘도록 할머니를 기다려 준 수의는 바늘 갓 뺀 새 옷처럼 고왔다. 가을볕에 거풍을 한 듯, 뒷산 어디쯤에서 구했을 궁궁이풀이 옷 사이에서 나왔다. 그 향기가 내 어릴 적 엄마 냄새 같았다.

외할머니는 회갑 해에, 마침 윤색이 들었다면서 딸을 데리고 손수 수의를 지으셨다. 마루에 재봉틀을 내놓고 만추의 양광에 볼을 발그레히 달구면서 처음이 될 이승의 마지막 조각들을 맞추고 기웠다고 했다. 되도록 조각 수와 모를 죽이고, 시접도 넉넉히 넣어서. 치마는 비취색, 저고리는 도화桃花색 명주옷이었다. 빨간 귀주머니가 나왔다. 어머니가 지폐 몇 장을 주머니에 넣는다. 바지 허리 양쪽에는 큰치마 끈보다 더 긴 붉은 띠가 달려 있었다. 나는 불현듯 가슴이 콩콩거리면서 내 어릴 적 머리꽁지를 묶었던 댕기가 떠올랐다.

수의에 붉은 끈이라니? 상주들이 어머니를 뜨악히 바라보았다. 어머니는 광폭廣幅을 그냥 쓴 그 띠를 몇 번이고 만작거렸다.

"저승길이 밝아야 한다시며 굳이 이 띠를 다셨다." 흰사발 물로 목욕시키고 미미한 온기를 찾으며 어머니가 손수 옷을 입혀 드렸다. 떨리는 손으로 붉은 띠를 매어 드리고는 새 색시 예뻐하듯 쓰다듬으며 쉼 없이 울었다. 그러다가, 어머니는 허리를 쥐며 칼로 도려낸 듯이 주저앉았다.

외할머니는 반상의 구별이 뚜렷하던 시절에 가난한 선비집 층층시하의 살림을 꾸렸다. 어느 날, 원인 모를 화재를 만나 하루아침에 집을 잃었다. 가난해진 외할머니는 동네에서 한참 떨어진 섯터골에 있는 종중의 재실에서 살았다. 그 즈음, 일제의 처녀공출을 피해 나이도 덜 찬 고명딸을 쫓아내듯 홀시아버지를 모실 집으로 시집을 보내야 했다. 울며 보내고, 울며 간 모녀, 외할머니와 어머니의 가슴앓이는 목숨과 함께 영영 지워지지 않았다. 바깥사돈끼리는 유(遊)가 좋았지만, 외할머니는 딸네 집에 좀처럼 오시지 않았다.

댓 살 때부터 어머니는 나를 자주 외가로 보냈다. 초등학생 때는 방학 내내 외가에 가 있기도 했다. 빨래터에도, 밭에도 외할머니는 나를 데리고 다니셨다. 마을에라도 갔다 오는 날은 길섶에 핀 꽃이 나비처럼 날아와 내 머리에 향그러운 화관이 되었다. 나도 칡꽃을 따서 할머니의 머리에 꽂아드리곤 새끼사슴처럼 총깡거렸다. 그러는 나를 치마폭에 폭 안으셨다.

"꼭 제 에미를 닮아설랑…."

오래된 성채처럼 반쯤 어그러진 담을 넘어 마당까지 기어 온 질긴 칡넝쿨을 할머니는 '이제 그만 좀 성가시거라' 하며 걷어 올리곤 했다. 높은 대청마루에 서면 동네가 내려다보였다. 동구 밖 저쪽에 선 노송들이 어뜩 삐딱 장승처럼 보였다. 그 너머로 멀리 뜨는 노을이 참 아름다웠다. 붉은 댕기로 내 머리꽁지를 묶어주시는 할머니의 옆얼굴에 연지 물이 들었다. 말끄러미 쳐다보는 내 볼을 톡 두들기며 할머니는 웃으셨다. '임이 볼에 놀이 묻었네.'

산 넘고 물 건너 훠이훠이, 노잣돈과 버선 열두 켤레가 모자라지는 않을까. 저승길 고개마다 굽이마다 이슬 발라 머리 빗고, 고운 영혼만 모여 사는 마을에 닿았을까. 가슴에 박힌 티눈 같은 얼음을 안고 사셨던 초라한 마디들을 풀어 보이고 계실까. 붉은 띠 두른 화사한 새 같은, 신神은 할머니의 작은 등을 쓸어 줄 것이다. 선하게 사느라 애썼노라고.

가면 오는 것. 저 영원의 세계에서는 잠시 잠깐 말미를 얻어 영혼이 육신을 점지 받는다고 한다. 언젠가, 저 산허리 돌아 마침내 여릿여릿 동터오는 새벽놀을 타고 할머니는 다시 오시리라. 섯터골의 굽이 진 오솔길 내려와 작은 옹달샘에 목 축이고, 비탈밭에 줄지어 선 강냉이 밭고랑 지나서, 아리아드네의 실타래 같은 끈을 잡고.

영혼에 색깔이 있다면 저 고운 노을 색이 아닐까. 붉은 길베 한 자락 펼쳐놓고 묵향 푸는 여인이여! 아리아리. *

십리 길

♠♠♠♠♠ 아직 저승 갔다 온 얘기는 한 번도 못 들어 봤응께. 내 죽걸랑 제사 같은 거 지내지 말거라. 귀신이 어딨더노, 말짱 헛일이제.

그리 당부하시던 엄니. 그 말이 참말인 줄 알고 깜빡 잊고 있었는데. 오늘, 벚꽃길을 가다 번뜩, 저승 갔다 온 이가 바로 너구나. 이승의 깜깜한 나를 위해, 등신 같은 나를 보란 듯이 십리도 피고 삼십리도 피고 백리도 마다 않고 피었구나. 저승 얘긴 해도 해도 말로는 다할 수 없어, 피는 도리밖에 없는 귀신이 바로 너였구나. 그래서 엄니는 너를 따라 왔구나. 이승길을 훤히 알고 있는 이는 너뿐이라서, 네비게이션보다 더 정확한 너를 믿고 왔구나.

네 알겠어요 엄니, 거기서는 편안하시다구요. 거기서는 그리 화사하시다구요. 떡본 김에 제사지낸다고 지금 후딱 차려 올리겠어요. 엄니가 좋아하는 꽃산적, 꽃나물, 꽃떡, 꽃주, 꽃밥, 꽃탕….
버찌, 그건 좀 있다 택배로 보낼게요, 꼭요. 제상이 풍성하죠? 생
전에 좋아하시던 것으로만 그득히 차렸어요. 비리진 것은 안 좋
아하셨잖아요, 많이 드세요. 옆에 뒤에 이렇게 출중한 관념산수
화로 병풍까지 두르고 상다리가 휘이도록 차리긴 난생 처음이예
요.

  자, 절 받으세요. 차들도 줄을 지어 절하느라 천천히 지나가네
요. 차에 탄 사람들도 밖으로 고개 빼내어 이쁘다고 절하고 기념
사진도 찍네요. 아, 예. 이제 땅보고 절하는 제사는 그만 한다네
요. 저승을 갔다 온, 확실히 저 세상 보고 온 꽃제상 앞에서나 고
개 한껏 치켜들고 이쁘다 참말로 이쁘다, 멋있다 감탄하면서 끄
덕 끄덕하는 것이 요즘 제사법이래요. 놀러 다니다가도 아무데서
나 지내면 된다고들 하네요. 제사를 잊어버리고 있듯이, 이웃 우
리 동네는 필 생각도 않는데, 화개로 들어서다 느닷없이 후다닥,
귀싸대기를 맞네요.

  유維 세차歲次도 모르고 흠향이 무언지도 모르면서, 벌벌거려 역
마풍이 세던 나를 꿇어앉히게 하는, 밀서에 봉해졌다가 한꺼번에
터져 나오는 저승의 소리를 듣느라 하루 종일 귀울음 우네요. 평
생 좌절만 하던 것들이 가지에 가지가 나서, 가마솥에 부르르 끓
어오르는 저 섬진강의 재첩살 같은 울음 앞에 속죄하듯 자꾸 절
을 하네요. *

4부

대

♠♠♠♠♠ 대 하나가 바로 서기까지는 얽혀야 할 것들이 많다.

땅속 깊이 뿌리는 내려 시커멓게 썩어지도록 스크럼을 짠다. 속을 비우지 않으려는 다짐을 꽉꽉 다지고 성글지 않으려는 맹세가 촘촘히 마디로 배겨야 한다. 지진에도 피안의 그물이 되려는 몸부림으로 서로가 서로에게 엉키어야 한다.

지상으로 솟으려는 힘. 거기에 젖 먹던 힘을 제곱한다. 시멘트보다 돌보다 더 단단한 수평을 만들고야 굽은 것들을 펴면서 대는 비로소 수직으로 솟는다.

대 하나가 바로 서기까지는 풀어야 할 것들이 많다.

척추와 척추들이 얽히어 끝없이 속을 비우고 마디마다 바람을
가두어 하늘로 가는 계단을 쌓아야 한다. 허리를 곧추세우는 힘
을 밀어 올리며 죽비를 때려 스스로 잠들지 않아야 한다.

오래된 옛집 뒤란에 수런거리는 역사. 물렁뼈를 비집지 못하는,
아무리 가로로 쪼개려 해도 수직으로만 쪼개지는 대. 몸보다 바
람이 먼저 도착하는, 언어보다 바람이 먼저 알리는 수직의 고통.

굽은 뿌리로 대는 수직으로 선다.*

앉은뱅이 꽃

♠♠♠♠♠ 어젯밤, 겨울잠을 덜 깬 내게 와서, 누가 나도 모르게 아지랑이를 밀어 넣었나 보다. 아침부터 싱그런 바람 냄새가 코에 간지럽다.

시장 구경이나 할 심산으로 집을 나섰다. 우리 집에서 말티고개로 십 분쯤 걸어가면 아파트 앞 공터에 장이 선다. 이른바 골목시장이다. 오후 네 시쯤이면 파장이 되는 홀짝 시장이다. 중앙시장과는 생동하는 맛이 달라서 가끔은 헛장을 보러도 가는 곳이다.

벌써, 들머리 길 가으로는 만발한 꽃밭이었다. 더 자라지 않는다는 하트모양의 선인장, 돌돌 말리며 피는 사랑초, 아기별꽃, 군자란, 속달된 엽서같이 빨강 노랑 하양 보라들이 과장된 수다를 떨고 있었다.

골목 언저리는 바람난 살구꽃만큼이나 부산하다. 봄에 나는 채소들, 냉이 달래 돈나물, 취나물 미나리들이 커다란 비닐자루에서 펄펄 살아나온다. 풍성한 몸매에 물방울이 푸르고 싱싱하다. 한편에서는 샤워를 맞고 있고, 큰 범나비만한 쑥들은 금방이라도 날아갈 듯이 너푼거린다. 춤이 긴 푸성귀를 고르는 아낙들도 화장볼이 곱다. 온실에서 자란 위장된 봄이 금저울에 달려 나간다. 이제 인간들은 봄도 만들어 파는 황금 손의 주인이 되었다.

나를 불러내던 하늘, 언제 그 들판을 보았는가. 기억이 아슴하다. 아지랑이가 저만치 앞서가고, 달팽이 논두렁을 지나 양지 바른 강둑에 올라서서 눈을 비비는 봄. 언제부턴가, 인간이 계절을 통합하고 있다. 비닐과 유리라는 인공의 매개체로 볕을 가두어 나비도 벌도 날지 않는 봄을 만든다. 인공된 꽃가루를 뿌리고 영양제라는 이름의 각종 호르몬을 먹여 변이된 꽃과 채소와 과일을 만들어 내면서 마치 신이나 된 양 의기양양하다. 멀쩡한 때깔로 꽃은 춥고 이들거리는 허우대로 채소도 과일도 제 본래의 향을 잃어버렸다. 봄을 이벤트하는 자기도취에 빠져 환영에 열광한다. 봄이 위장된다는 것은 생명의 고리가 실종되는 것이리라. 상실된 봄을 먹으면서 인간들은 까닭 모를 변질에 목숨을 잃지 않는가.

노파가 콩벌레처럼 앉아 있었다. 무거운 볕에 등이 굽었다. 한 짐 무게에 짓눌린 헌 까대기같이 얼굴을 무릎 위에 놓고 있다. 아지랑이를 쫓다가 조는지도 모른다. 그 앞에는 작은 소쿠리 네 개가 진을 치고 있다. 검잡으면 한 줌이나 될까 싶은 쑥이 낡은 모자 같은 소쿠리에 새들하다. 그런데도 노파는 물을 뿌리지도 않는다. 자기의 엷은 그림자 안으로 당겨놓을 뿐이다. 손톱 밑이 깜다.

고목등걸에 앉은 이끼처럼 쑥물이 터실터실 손금으로 번졌다. 할미꽃마냥 숙인 눈앞으로 빨간 하이힐이 지나간다. 분홍양말이, 보얀 종아리가, 레이스 치마꼬리가 찰랑찰랑 지나간다. 보도 않고 그냥 간다. 주인 없는 공터도 건장한 임자들이 한통을 치는 서슬에 이 북쪽 외퉁이에 웅크렸을 것이다. 그 앞에 다가앉았다.

노파가 시든 쑥을 뒤적여 놓는다. 솜털이 보풀거린다. 밥풀꽃만한, 이런 애쑥을 캐기란 쉬운 일이 아니다. 위장된 봄으로 과장이 판치는 도시에서 이토록 순수한 봄을 만나기가 어디 쉬운가. 절실한 것일수록 순정한 것은 귀하다.

"이거 얼마예요?"

"내가 티도 다 개렀인게 그냥 국 끓여도 될끼요."

한 소쿠리에 천원이면 거저다. 횡재하는 기분으로 떨이를 했다.

집에 와서 쑥을 씻는다. 하나하나 꽃잎처럼 살아난다.

허리 곱은 봄날이 종긋종긋, 긴 논둑 시누른 풀잎 사이에 흰 앉은뱅이 졸고 있다. *

우수

   ♠♠♠♠♠ 열 사람 백 사람의 몫을 하는 나무가 있습니다. 줄을 잇는 차들의 매연에 시달리면서도 사계절을 사는 이 포구나무는 우리 집 담 모퉁이 어귀에 서 있습니다. 나이가 얼마인지는 모르지만, 아마 이 동네가 생기기 전부터 있었을 것입니다. 앞가슴을 풀어헤친 순박한 사람들은 이 나무를 한결같이 사랑합니다. 요즘은 그 아래에 비닐을 둘러 만든 평상방에 모여 노인들이 놉니다.

  십여 년 전, 두 차선으로 길을 넓힐 때에 길섶에 물린다는 이유로 이 나무가 베어질 위기에 섰던 적이 있었습니다. 팽팽하던 찬반의 논란이 수습되면서 한길 공중으로 뻗쳤던 능청한 가지 하나가 베이었습니다. 그리고 힘차게 지표를 거머쥔 뿌리에는 마법에 걸린 시멘트 족쇄가 채워졌습니다.

  그래도 포구나무는 씩씩했습니다. 붕새의 날개를 꿈꾸는 펼쳐진 잔가지 사이로 아침저녁을 노래하는 새소리들이 영롱했습니다. 해 그늘이 가고 달 그늘이 내리면 연인들의 사랑이야기를 속삭이게도 했습니다. 구름 한 점 없는 별밤에도 소리 없이 젖어오는 촉촉한 이슬 같은 영혼의 교감은 고요한 새벽의 평화를 선물했습니다. 보드라운 꿈을 나누던 연두색 봄도, 그늘을 포개어 땀을 개게 하던 여름도, 수척한 당신의 어깨 위에 사색을 선물하던 가을도 그와 함께 존재했습니다.

몇 년 전, 나무의 옆집이 새로 건물을 높이 올릴 때도 배반의 음모가 벌어졌습니다. 험상궂게 생긴 사내들이 날카롭게 쓸은 큰 톱을 겨누며 나무를 베려고 가늠하고 있을 때, 이웃 사람들이 몇 달려왔습니다. 베자는 사람과 안 된다는 사람들이 멱살잡이로 싸웠습니다. 꼬부라지고 백발이 된 노인들이 뚝심 굵은 용병들에게 떠밀려 넘어지고, 평상이 부서지고 의자가 날아가고 격렬히 부딪쳤습니다. 나는 차마 나서질 못했습니다. 결국 경찰관이 오고, 그 집을 풍경하던 우아한 큰 가지 하나가 베이고야 말았습니다.

이제는 그도 많이 늙었습니다. 바람이 불면 돗바늘 같은 삭정이들이 떨어져 내리고 옛날처럼 잎도 무성치 못합니다. 나무와 함께 어울리던 노인들도 어느새 하나 둘 보이지 않습니다. 막걸리 한잔에 구성지던 '노들강변' 의 무정세월 한 허리가 맥없이 뜸해져 갑니다.

한가로움과 안락을 깔아 권태를 놓아 주고 은밀한 예지로 짙은 신록을 뜨게 하며, 희열과 절제로 물든 노오란 잎새 한 장에 별이 돋게 하는 그는, 기다렸다가 내가 창을 열면 성큼 다가서 줍니다.

도란도란 사람 냄새와 기억상실증에 걸린 이 도회의 귀를 씻어주는 매미의 날개 짓이 쉼 없는 꽃잎으로 날아옵니다.

백 개의 풍선파라솔을 펼친들 이보다야 하겠습니까. 만 사람이 수를 놓은들 가지마다 잎사귀들을 저토록 조화롭게 달겠습니까. 어느 백만장자의 선심이 여름 나그네의 땡볕을 가려주는 시원한 그늘만 하겠습니까.

인간의 이기와 욕심은 끝없이 희생을 강요합니다. 열매를 앗아가고 가지와 잎, 몸뚱이마저 베고 맙니다. 그래도 욕심은 끝나지 않습니다. 언젠가는 그도 기억되지 않는 전설로 남을지 모릅니다. 두려운 일입니다.

겨울나무 가지 끝에 우수가 젖고 있습니다.＊

풀잎바람

♠♠♠♠♠ 다시, 우산대만한 빗줄기가 쏟아졌다. 산, 저쪽 능선을 떼어다 이쪽 꼭대기에 붙일 듯이 쿵쾅 꽝, 금니를 번쩍이며 사나운 말발굽소리로 한바탕 지나갔다.

이랑에는 이제 막 고추가 내리고, 희고 도톰한 깨꽃이 다투어 일기 시작했다. 밭가 둔덕에는 호박덩굴손이 아무거나 감아 잡고 기어간다. 고랑엔 크고 작은 풀들이 얽히고 설키다가 꽉 쩌리었다. 시푸른 색이 숲에까지 닿았는가. 끝이 안 보인다. 장마통에 거짓말같이 이리 되었다. 작물들에게 미안하고 남 보기에 부끄러울 일이다. '헛인사 찬물 한잔보다 못하다'는데 '진작 맬 것을' 중얼거리며 호미를 들고 밭머리에 퍼질러 앉았다.

'도망친 밭'이 생각났다. 낮이 옥식기 빛으로 반질거리는 논다니 유월네는 비를 좋아했다. 차일피일하는 설마가 장마 덕에 공중에서 줄긋기 놀음을 하는 동안 한산모시 나비적삼에 부채질을 즐기던 유월이는 비가 그치고도 대엿새 지나서야 밭의 안부가 궁금했다. 넙덕부채 볕 가리고 밭엘 갔다. 아니? 풀은 무성한데 밭이 없었다. 여긴가, 여기쯤인가? 더듬더듬 키를 넘는 풀밭 가운데서 더하기 빼기로 도는데, 검은 줄무늬를 휘감은 야옹이 같은 것들이 노닥거리고 있었다. '호~ 호랑이? 호랑이가 새끼~' 오마야, 고함도 못치고 기겁을 오줌 싸며 도망쳐 와서는 '밭 실종 신고'를 냈다.

"밭이 도망을 쳤다고?"

"예, 나으리."

"누랑 도망을 갔는고?"

"제가 우찌 알겠십니껴."

기가 막힌 사또가 현장조사를 마치고는 유월이를 불러들였다.

"네 밭은 찾을 수가 없다. 풀이 밭을 데리고 산으로 가버렸으니 어찌 찾아오겠느냐? 네가 풀을 미워하여 그리 된 것이니, 명심하렸다."

실쩍 내리쳤다. 호미가 튕기면서 솥뚜껑만한 바랭이가 웃었다. 더 세게 내리찍었다. 호미를 물고 놔주지 않는다. 이럴 땐, 저승문을 지킨다는 케르베르스보다 더 무섭다. 나무뿌리 짜개듯 쪼아서 끌어낸다.

달개비, 명앗대, 개여뀌, 이늠의 바랭이 하룻저녁에 고손자를 본다더니. 쇠비름 너도 꼭 도둑놈 손바닥만하게 넙적이 퍼져서는 한쪽 머리에 꽃피고 또 한쪽 머리엔 씨를 맺느라 한 몸으로 두 야단을 떨고, 아직도 이 땅 아녀자들의 이데아 속에서 기어나오는 사연 껄끄러운 머느리밑씻개조차 밭으로 내려와 호박순을 애감고는 성화다. 예사로 거머당기다가, 그만 옆에서 치뜨던 호박순 대강이가 때깍 부러졌다. 연한 살에 눈물이 째르르 나온다. 쯧쯧, 괜히 누구 탓인 양 부아가 걸린다. 한참, 그들에게 빠져서 참깨를 뽑는지 참비름을 뽑는지 무의식으로 뜯고 있다.

복달임을 하느라 달군 놋그릇 같은 불기운이 등을 지진다. 밭가를 지나는 사람들이 한마디씩 했다. '그 뜨거운 데서 애터지게 매고 있느냐, 농약 한 번이면 끝나는데'. 열이면 열이 다 그런다. 잡초만 골라 죽이는 '슈퍼 갤런트'를 아직도 모르냐고. 그러거나 말거나, 우리는 농경을 시작한 이래 잡초를 지심이라 하여 호미를 들지 않았던가.

풀, 산이나 들에 난 잡초의 씨였다가 무슨 까닭 있어 이리로 와서 하염없이 올라오는가. 이것들은 하필 사람의 먹거리 옆에서 한 살이를 시작했을까. 저도 사람이 가꾸는 것들이 그리웠을까. 주렁주렁 달리는 고추 가지 땅콩, 호박꽃이 보고 싶었다기보다 곁에서 반사적 광영이라도 바랐던 것일까. 그냥 어디 인적 없는 길섶이나 숲속에 살았더라면 너와 나 악연의 수고는 덜었을 것을.

꼬투리 하나 짓지 못하는 잡초, 풀은 세상의 간섭, 충고, 지청구를 다 듣는다. 연인 '멜라스'를 기다리며 풀밭에서 갖가지 꽃들을 간질여 보고 있는 채털리부인의 꽃바구니 같은 눈웃음에 담길지도 모를 일이지만, 그건 먼 요행이다. 그럼에도 이들은 왜 자꾸 솟아오르는가.

지심들을 지청구하며 득득 긁다가 귀잡이 하나를 콕, 쪼는데 어? 뭐지? 까마귀가 이름을 물고 날아간다. 입안에서 뱅뱅 돈다. 이름 없는 풀이 어디 있으랴. 땅은 이름 없는 풀을 내지 않는다고 했다. 지심地心을 사랑해야 하는 농부가 지심을 매면서 그 이름도 불러주지 못한대서야. 호미를 놓고 콧김으로 들여다본다. 이 작은 풀도 잊음 헐거운 나를 깨워주려고 지심地心이 이렇게 보냈을 것이다.

무더운 날, 밭고랑에 앉아 풀을 매어 본 사람은 안다. 그야말로 흙과 풀이 얼마나 차지게 엉겨있었는가를, 그 체취가 그토록 진한가를 안다. 풀이 흙덩어리로 엉기어 서로를 놓지 않을 때, 쥐어박듯이 쿵쿵 흙을 털면 푸들푸들 뒤집히면서 숨을 토한다. 솜이불로 끼쳐오는 더운 몸내가 내 숨을 컥, 막는다. 스읍~ 크게 들숨으로 맡아보라. 아픈 관절이 풀린다. 잎 가스라진 대궁을 호비고 갓 캐낸 쇠물팍뿌리의 상긋한 냄새와, 언젠가 몽골 원시림에서 맡아온 사향내음이 섞여 진동한다.

풀은 끝없이 나고, 뽑히면서 바람을 흔든다. 아주 오랜 예전, 식물이 처음 나타났다는 실루리아기로부터 왔을 나는 어떤 잡초였을까. 안개처럼 미미한 이끼였을까. 몇 억 만 번을 이름 없이 뽑히다가 이제야 밭에 지심으로 나서 겨우 뜬구름 잡는 이름 하나 얻게 되었을까. 바람도 모르는 풀잎 하나로 그냥 흔들리고 있을까.

잊은 줄도 모르게 가슴에서 지워진 풀잎들을 생각한다.

　말끔해진 고랑을 돌아본다. 서운한가. 작물들이 시드리하게 섰다. 금세 불렀던 그림들이 내 지문을 따라 줄무늬 진다. 풀물 밴 손바닥, 먼 하늘이 푸릇하다. ✻

벼

　♠♠♠♠♠♠ 풀이 한껏 이들어졌다. 자주감자를 캐고 마늘을 뽑아 들이고 논귀에 쌓인 보릿대를 서둘러 치운다. 한들거리던 꽃분홍 자운영으로 땅심에 수혈을 하여 잘 다리면 논바닥은 금세 윤이 반지르르 흐른다.

　청명 한식을 지났어도 아직은 맨발이 시린 때. 보드라운 버들잎을 채썰어 넣고 차지게 이겨가며 물못자리를 만들었다. 버들물이 울궈지고 흙물이 가라앉은 바람 자는 아침에 농부는 어깨에 실린 힘으로 포물선을 그리며 촉 트는 나락 낱을 투명한 물속으로 퐁퐁, 조심스레 떨어뜨렸다.

　하지가 다가올 무렵이면 모판에서 쏨쏨하다고 야단하는 어린 것들을 옮겨 심었다. '손가락 첫마디만큼만 꽂아야지, 깊이 심으면 탁근을 못한다.' 못줄 꽃투리 밑에 살짝 던지듯이 놓아야 한다고 모꾼들에게 이르고, 한 번에 서너 낱씩만 심어 달라고 당부하

며 농부는 모춤을 날랐다. 발 디딜 때 쬐뻣한 보리 글터기가 있으
면 흙 밑으로 잘 밟아 넣어주고, 손으로는 뭉쳐진 거름을 펴면서
너의 어린 발을 염려하며 안쓰러워했다.

마지막 손을 빼고 나오면서도 혹시, 뜬 모가 있을세라 눈 여겨
살피어 돌아 돌아보고, 일꾼들이 집으로 다 돌아간 뒤에야 농부
는 봇도랑 물소리를 따라 풍년을 기원하며, 젖은 바지게를 지고
발을 쩔꺽이며 집으로 돌아오곤 했다. 강가의 대숲에서는 풀국새
가 길어가는 해에 울음이 목쉬고, 먼 마을에는 늦은 저녁연기가
어둠을 감돌았다.

사나흘 지나, 모 포기가 돌아앉을 때부터 아버지는 삽 한 자루
를 어깨에 얹고 아래 윗논을 돌아오곤 했다. 아침저녁 밥상에 둘
러앉아 듣는 너의 근황은 절기가 어디쯤 와 있는지, 무엇을 하고
아니해야 하는지를 알게 하였다.

손가락마다 대나무 가락지를 끼고 버들가지로 등허리에 그늘
꽂고, 아버지는 아시논을 매고 품앗이를 해가며 세벌논까지 매느
라 허리가 곱았다. 그리고는 피도 모르는 막둥이까지 온 식구들
이 나와 한 고랑씩 잡아가며 살피를 줍고, 제 자린 양 들어와 세를
불리고 왜장치는 무례한 피를 뭉치째 들어내곤 했다.

작열하는 태양이 너에게는 기쁨이 되고, 비에 씻은 기색은 푸르
게 더 푸르렀고, 비단 같은 물결로 쓰다듬는 바람을 연주하며, 으
름장을 놓는 천둥번개와 가뭄 홍수에도 오로지 수많은 죽창을 꼿
꼿이 겨누며 의연하기만 했다.

이제 무더운 한낮, 농부는 대밭그늘에 앉아 여름을 부채질하며 그윽한 눈길을 들판의 너에게로 보내고 또 보냈다. 백로의 날갯짓이 한가롭고 정처 없는 뜸부기 소리 그 더욱 한가롭고, 천천히 논길을 걷는 농부의 흰옷에 풀물이 배어드는 것 같은 정경이 눈부시었다.

한풀 더위가 꺾이고 잠자리가 조금씩 올려 날면 우담바라 같은 꽃이 핀다. 미미하고 가녀린 떨잠을 꽂고 속대궁에 뵐듯 말듯 수줍다. 농부는 간절하다. 그저 평온한 몇 날만 더 달라고, 빈 섬에 뽀얀 쌀뜨물이 들고 고물이 찰 때까지 우리는 머리 숙여 경건히 저녁기도를 올려야 했다.

어느 해는 멸구가 극성을 부렸다. 추석 전날에도 식구들이 나섰다. 농약을 뿌릴 수는 없어 석유방울을 논고랑에 떨구고 일렁거려서 너의 아랫도리를 하나씩 씻겼다. 그럴 땐 네가 얼마나 고달파 했는지 알면서도, 참고 견뎌야 하는 시절임을 인식하면서 거뜬히 떨치고 일어서리라는 믿음을 가졌었다.

결코 서두름 없이, 때를 아는 너는 고개를 조금씩 숙여갔다. 참새 떼가 재잘거리며 날아다니다 투망치듯 앉으면, 여기저기 새지기들은 걸음이 바빴다. 나는 앉았다 섰다 논두렁을 서성이다가 달음질치며 한사코 참새 떼를 쫓아야 했다. 게으른 허수아비는 대낮부터 졸고 내 살결은 까뭇하게 타고, 쨍쨍한 시간은 지루하기만 했다. 고개를 숙이는 너의 모갬지를 손바닥으로 쓸어보고 낱알을 세어도 보고 차오르는 숨을 고르곤 했다. 살이 트도록 여무는 너와 함께 간간이 후둑이는 메뚜기들도 노릇노릇 익어갔다.

농부는 달밤에도 논가를 돌며 추수 때를 점쳐본다. 부웃한 달빛 속에 마지막 단장이라도 하는가. 성스럽고 수긋한 이삭을 쓸어 안아보는 가슴은 벅차고 기껍다. 자작자작 뜸들이듯, 봇도랑 물소리가 그치고 논고동 미꾸라지들도 다 제 구멍 안으로 찾아들고, 덩달아 탱자가 노랗게, 울밑에 꽈리가 빨갛게 대롱거리면 농부는 너를 거두어야 하는 때가 왔음을 알았다.

따가운 시샘을 이겨내어, 선들선들한 바람에 황금결실이 일렁이고 코스모스가 하늘로 손을 들면, 너와 농부는 맞절을 하며 수고와 감사를 나눈다. 농부는 연신 웃음을 띠며 낫질로 사뿐사뿐 너를 감싸 안아 각단지게 고이 누인다. 논 이웃들과 새참 술을 나누면서 너의 섬지기를 이야기하였다.

볏단을 한 짐 가득 지고도 알곡이 찰랑거리는 너의 힘으로 농부는 걸음이 가뿐하다. 흐르는 땀과 아픈 허리조차 잊는다. 너와 나, 뭇 생명의 원천이 되는 것, 너를 거두는 것은 농부의 기쁨만이 아니다. 민족의 역사이고 나라의 자존인 까닭에.

세상이 변해 이제는 농부들 마음이 예전 같지 않다. 어디에서도 '상사듸요' 소리 들리지 않고 한적한 기계 한 대가 무논을 헤적일 뿐이다. 오늘, 모내기를 하는 이 쓸쓸한 광경을 보면서 나의 가슴이 이토록 아리는 것은 이 땅의 농부들이 언제까지 너를 지켜낼 수 있을지, 그걸 가늠할 수 없기 때문이다.

명분에 희생되고 실리에 양보 당하는, 개방이라는 미명하에 밀려오는 외세의 물결을 삽과 괭이와 옛정만으로는 지켜낼 수가 없다는 것을 안다. 급기야 수확을 앞둔 너를 갈아엎고 시위대의 무기가 되어 하염없이 길가에 야적되어야 하는 것을 슬퍼할 뿐이다. 그러나 벼, 너는 이 겨레와 함께 살아온 숨결이요 혼일러니, 한결같이 들을 지키고 마을을 지키고 따뜻한 숨길을 잇는 농부와 함께 평화를 꿈꾸어야 한다. 영원히.*

찔레꽃

♠♠♠♠♠ 오월이 갑니다. 어디선가 찔레향이 날아옵니다. 이런 날은 새 풀잎 나면 병 도지는 환자처럼 눈앞에 흐드러져 내리는 꽃잎에 숨이 막혀옵니다.

골목 울타리가에 찔레가 있었습니다. 찔레나무 밑에는 돌무더기가 말소드레기처럼 수북했습니다. 마땅히 버릴 데가 없는 돌멩이들은 그리로 던졌습니다. 거울이 깨져도, 사발 옹기가 깨져도 쓸어다 그리로 던졌습니다. 무더기진 돌들 사이로 사금파리 유리 조각들이 반짝거렸습니다.

음력 이월 초하루 바람 올리는 날, 어머니는 손대 세우고 오색의 꽃을 달아 비손을 올렸습니다. 영등할매 바람 타고 하늘로 가고 나면 색헝겊 떼어다가 그 찔레나무에 달았습니다. 빨강 노랑 파랑 하양 주황 초록 보라, 한 묶음의 원색언어는 '함부로' 라는 이름표 같은 표정으로 찔레 꼭대기에 달려있었습니다. 바람이 불면 색색이 날리며 팔랑개비처럼 돌다가 바람이 잠잠해지면서는 이슬, 비, 달빛에 젖어 서서히 탈색되면서 덤불 속으로 사라지거나 했습니다.

그렇게 한 해가 가고 봄이 다시 오면 찔레는 돌무더기를 뚫고 새 순을 뽑아 올렸습니다. 돌무지가 쌓일수록 더 통통하게 올라와서 찔레는 덤불에 가지를 더했습니다.

소꿉놀이를 하면서 찔레순 먹는 걸 배웠습니다. 그 때는 맛도 모르고 먹었지요. 재미로 먹고, 나물 캐러 다니다가 목이 말라 먹고, 조금씩 쑥스러워지는 때에도 가방 들고 오가며 먹었습니다. 그냥 심심해서 먹었습니다.

이제 여자는 가시가 적당히 쇠어 생활의 여자가 되었습니다. 왼손에 호미 두 자루, 바른손은 들통을 들었습니다. 호박구덕에 넣고 남은 퇴비가 무겁습니다. 거름 묻은 장갑이 수갑이 되어 있습니다.

밭 언덕을 오르내리는 좁은 길가에 찔레 덤불이 있습니다. 손이 빈 남자가 통통한 찔레 순을 한줌 따옵니다. 잎을 훑고 껍질을 잘 벗겨 여자 입에 쏙 넣어줍니다. 자기 입에도 넣습니다. '참 달다' 둘이 마주보며 웃습니다.

두 번째는 대충 벗겨줍니다. 시금떫떫합니다. 세 번째는 껍질이 반도 더 붙어있습니다. 떫습니다. 네 번째는 잎만 떼고 건네줍니다. 왜 그래 주느냐고 여자가 묻습니다. 대답도 안 합니다. 남자는 가시도 먹어버릇 해야 한다면서 보란 듯이 껍질도 가시도 있는 채로 질겅질겅 먹습니다. 그러는 남자를 여자가 낙화를 보듯 바라봅니다.

여자는 가시가 싫습니다. 손에 들었던 것을 놓고 장갑을 벗습니다. 졸졸 벗겨 살강거리며 먹습니다. 달시금한 맛입니다. 순은 끝으로 갈수록 잘 안 벗겨집니다.

그래, 이 연한 순이 쇠면 찔레나무가 되는 거지. 찔렌들 마냥 연할 수만은 없지. 시간이란 핵이 체내에 쌓이면 자신도 모르는 사이에 돌처럼 굳어져 언젠가는 가시가 되기 십상이지. 우리는 부드러움을 상실하고도 기억은 늘 봄바람에 안주하고 싶어하는가? 그렇게 변하여 야문 가시가 되어도 스스로 자각증세를 못 느끼는 불감증일지 몰라.

남자는 아랑곳없이 걸어갑니다. 뒤처진 여자의 눈에 저만치 가고 있는 남자의 등이 퍽이나 낯설어 보입니다.

닳은 손톱을 들여다봅니다. 메니큐어가 얼룩얼룩 죽어있습니다. 조붓하게 길었던 연붉은 손톱이……. 불현듯 봉선화가 떠올랐습니다. 그것은 이유 없이 다가오는 그리운 얼굴이었습니다. 아무리 깎아내도 그 너머에 그대로 떠 있는 반달 같은 것입니다.

아, 봄날 찔레꽃. 초록이파리들이 꽃을 받치고 숨죽이고 있습니다. 꿀벌들이 윙윙 사랑의 세레나데를 부릅니다. 그녀는 하늘색 쉬폰 원피스를 입고 하얀 장갑을 끼고 연한 진달래무늬가 돌아가는 파라솔을 들었습니다. 가운데는 샛노란 꽃술이 분분하고 분홍색바이어스가 꽃잎을 은은히 베어 물었습니다. 찔레보다 꽃이 맛있다고 그가 꽃덤불로 데려갑니다. 흰 손으로 꽃을 따서 그녀 입에 살금 넣어 줍니다. 그는 한 잎을 먹고 그녀 입에는 두 잎을 넣어 주었습니다. 분홍빛이 바래면 맛이 없어진다고, 흰 꽃은 따지 않습니다. 막 벙그는, 연분홍 꽃만 자꾸 따줍니다. 처음으로, 그녀는 가슴에 번지는 전설의 색깔을 알았습니다.

'참 향기롭다.' 먹을수록 새록새록 향이 납니다. 온몸에 연보라 향이 스며듭니다. 눈을 감습니다. 꿈속 같은 파라솔을 돌립니다. 꽃잎이 구름송이처럼 날아갑니다. 어느 것은 저 아득한 곳으로 날아가고, 뭉쳤다 풀어지다 하면서 황홀한 향훈이 온 몸을 휘감아 천지를 가득 메웁니다. 연분홍이 연보라를 물고 마구 혼절하며 섞여 돌아갑니다.

가시가 와서 찌르지는 않습니다. 내가 가서 찔리는 거지요. 상처를 입으면서도 그걸 모르는 몽상가를 위해 일찍이 어머니는 찔레 덤불에 색이 고운 헝겊을 달았겠지요. 이제야 알겠습니다. 찔레맛을 알아가는 것은 야물어지는 과정입니다. '함부로' 꽃을 따 먹지 않으려는 다짐일 것입니다.

가시에 찔려가며 여자는 오늘도 찔레를 땁니다. 저녁 안개 같은 찔레꽃 향이 자꾸 덤불져 내리는 허리를 추스릅니다.

하늘엔 스무 사흘 낮달이 참 곱게도 가고 있습니다. *

그 어느 날 남강 풍경

♠♠♠♠♠ 장마가 매우 정열적입니다. 그렇게 쏟아 붓고도 그냥 순순히 물러가지 않으려 합니다. 아마 게릴라부대가 여럿인 듯합니다. 쿵쾅쿵쾅 변덕을 부려가며 비가 전국을 뛰어다닙니다. 방심하던 사람들은 늘 기습을 당합니다. 그러면 망연해 하면서 투덜댑니다. 팔월이 시작되면서는 더 기승입니다.

하늘에선 아마 장마가 그린 그래프를 보면서 목표달성의 실적을 놓고 왈가왈부 충돌이 있나 봅니다. 기세가 무섭습니다. 천둥번개까지 동원되어 땅에까지 으릉거립니다.

한사코 밖에 나갈 궁리를 하는 나는 조급증이 납니다. 빗물바닥에 주저앉은 듯한 눅눅한 기분에 주리가 틀립니다. 갑갑증이 게으름으로 눌어붙습니다.

다행입니다. 오늘은 볕이 쨍, 합니다. 비가 해를 얼마나 세게 씻겼는지 잘 닦인 꽹과리에 방짜유기 소리가 들려옵니다. 잘게 부서진 구리가루가 산책로에 물마루를 이룹니다. 역시 태양이 쏟아지는 대지는 눈부시게 싱그럽습니다. 기상대는 내일 다시 비가 온다고 합니다.

강물이 많이 불었습니다. 어디서 어느 개울들과 합쳐졌는지 모르지만 제법 멀개진 흙물이 바쁘게 넘실거립니다. 발 빠른 강태공들이 낚싯대를 두 개 세 개 강물에 던져놓고 있습니다. 흐린 물이라도 강물에 낚싯대를 드리우는 것은 신나는 일입니다. 그런 호사가 마냥 찾아오는 것은 아니니까요. 아마 지금쯤 새물을 따라 고기들은 멀리까지 이동을 하고 있을 것입니다. 지리산 새물터의 고기가 남강으로 내려오고 남강댐의 고기가 산골로 올라가고, 바쁜 만큼 입질이 활발하겠지요.

"아니 이런?"

가던 길이 물속으로 잠수해 버렸습니다. 둔치가 죄다 용궁구경을 갔나봅니다. 본래는 강의 소유였기에 아무도 투덜거리지 않습니다. 강물은 이렇게라도 해서 인간들에게 제 영역을 확인시켜주는 것이지요. 강반江畔시민공원에는 아랫도리를 물에 담그고 멋없이 서 있는 기둥이 두 개 보입니다. 그물바구니는 그나마도 유실되지 않아서 그것이 농구대라는 짐작을 하게 하지만 그들의 사이가 참 멀어 보입니다. 외롭고 쓸쓸한 내 마음이 짼~하게. 안으로 들어오라고 물은 자꾸만 손짓을 합니다. 참 매력 있는 유혹입니다. 나는 한참을 서 있다가 물결이 찰싹대는 길 끝에서 돌아섰습니다.

하늘엔 어렸을 때 본 토끼구름 아기구름이 아닌, 무관심한 하숙집 여자의 표정 같은 피곤한 뭉게구름이 소멸연습을 하고 있습니다. 그들은 그들대로 외롭습니다. 사람들은 아무도 쳐다봐 주지를 않습니다. 어디론지 종종걸음을 놓을 뿐입니다. 바쁘니까요. 그런 사람들이 야속한 모양입니다. 저 구름은 인상이 사뭇 찌그러집니다. 구름의 겨드랑이로 타는 햇볕이 내 등에 불지짐을 놓습니다. 화염이 바늘 끝처럼 따끔거립니다. 하마터면 데일 뻔했습니다.

물에 처졌던 산야가 정신 차리느라 바빠 보입니다. 풀잎도 나뭇잎도 활개를 저으며 쉴 새 없이 바람에 날리고 있습니다. 무거웠던 지난날과 남은 날들을 어떻게 해야 하는지에 대해서 설계도를 나누고 있겠지요. 나도 저렇게 신나는 때가 있었으면 좋겠습니다.

겁도 없이 불어난 강물에 백로 한 마리가 하구 쪽을 보고 섰습니다. 물이 깊어서 먹이를 쪼아내지 못할 어린 새끼들을 걱정하는지도 모릅니다. 다리를 저는 노인이 강둑을 걸어갑니다. 멀어져 가는 뒷모습이 백로를 닮아갑니다.

준설공사가 중단된 강바닥을 내려다보며 인부들 서너 명이 물끄러미 앉아 담배를 피우고 있습니다. 말없이 서로 넋 놓고 있는 저 담배연기에는 무엇이 동반하고 있을 것입니다. 소년 적에 이 물가에서 물장구를 쳤던. 좀 커서는 이곳 백사장에서 씨름을 겨루며 즐거웠던 청춘을 회상하고 있는 듯합니다. 거기 삼삼한 순이도 피고 있을 것입니다. 이제는 저 물처럼 흘러가버린.

술패랭이꽃 모양의 바퀴에서 은젓가락 세는 소리가 나는 새 자전거를 타고 가던 남자가 나와 눈이 마주치자 얼굴이 빨개집니다. 퉁퉁한 내 종아리를 보여준 것이 조금 민망했습니다. 어쩌면 저 하늘의 슬픔 같은, 정맥에 실지렁이 기어가듯 멍멍한 아픔을 보았는지도 모릅니다.

강을 스쳐오는 바람에 입추가 겨자씨만큼 묻어 있습니다. 달력을 안 보고도 아는 절기는 사람보다 정확합니다. 바람이 얼굴에다 촉감을 스프레이합니다. 잠자리들이 수평 날기에서 상하운동으로 나는 날갯짓에도 입추의 냄새가 납니다. 먹이사냥 시간에 수많은 떼로 날아도 서로 부딪치는 일이 없도록 충분한 곡예를 연습하는가 봅니다. 가신가신하게 부딪칠 듯 모여들다가 휙 돌아서서 날다가를 반복합니다. 매미울음꼬리가 약간 내려가는 게 감지됩니다. 이제 당신의 도시 빌딩 숲에서는 외출복의 소매길이가 조금 내려가겠지요. 농촌에서는 한낮의 들바람으로도 느낍니다.

새가 울어줄 것 같은 비비추가 지고, 비녀흉내를 내는 옥잠화가 피고 강물이 파랗게 깊어집니다. 미친 듯이 질러대는 매미소리에 나무가 귀를 막고 있습니다. 매미소리에도 카리스마가 있습니다. 통사정형의 유지매미, 저돌형의 왕매미, 참소리형의 참매미, 애걸형의 애매미, 단념형의 깽깽매미, 짝을 구하는 데도 매력 포인트가 있어야 하거든요. 그건 소리가 아니라 노래일 것입니다. 아주 즐거운 사랑노래일 것입니다. 그러고 보면 물량공세로 판을

잡으려는 사람들의 사랑에 비하면 저들은 참 고상한 족속인가 봅
니다.

어깨에 무엇이 포르륵 날아와 붙었습니다. 무당벌레도 아니고
노린재도 아닌 어린 사마귀였습니다. 떨어내지 않고 가만두고 보
았습니다. 사람냄새가 그리웠다는 듯이 오래 흠흠거리며 떠나지
않습니다. 고개를 돌려 후~ 불어도 날아가지 않습니다. 팔도 흔
들었지만 떨어지지 않습니다. '사마귀'도 없는 내 어깨에 사마귀
가 왜 붙었는지 영문을 모르겠습니다. 나는 그의 이동수단이 되
기로 하고 스스로 내릴 때까지 도와주기로 했습니다. 한참 가노
라니 바람이 휙 불어 내 머리를 헝클었습니다. '애가 또 장난질이
네.' 무심결에 머리를 쓸어내리는데 사마귀가 온데간데 없습니
다. 아마 목적지에 다 왔던가 봅니다. 그들은 그렇게 말없이 왔다
가 인사 없이 가는 거지요. 참 멋이 있습니다.

입추 뒤에 말복이 큰 대자로 서 있습니다. 괜히 삼계탕 속의 어
린 닭이 가여워집니다. 그러나 가을을 세우면 말복이 맥없이 점
하나 찍고 내 곁에 누워버립니다. 기 싸움에서 밀리는 것이지요.
곧, 땅속의 지렁이가 울 것입니다. 찌릇 찌르릉 쩡~ 그러면 멀리,
뒤척이는 당신의 귀밑에로 청아한 남강이 흐를 것입니다. *

물에 뜨는 별

♠♠♠♠♠ 칠월 칠석. 오늘 밤 하늘은 유난히 맑다. 직녀성 곁에 아기별 하나. 깜빡깜빡 웃고 있다. 하늘나라에 가보면 저건 꽃일 게다. 저 눈짓은 꽃의 웃음일 게다. 선(善)하게 살다가 떠난 사람들, 이 승에 남은 이들의 눈물까지 가져가서, 그들이 별이 되는 것이리라.

꼬맹이 시절, 여름방학이 되면 나는 마을 앞강에서 살다시피 했다. 뱀이 못 오게 바위에다 침을 퉤퉤 뱉고는 옷을 벗자마자 물로 뛰어들곤 했다. 수영에 대한 지식은 물론 요령을 일러주는 사람도 없다. 어떻든지, 물에 떠서 헤엄군단의 대열에 끼이는 게 지상 목표다. 처음에는 강가 얕은 물에서 땅 짚고 발을 톰방거리다가 코 잡고 앉은뱅이 자맥질도 해보고, 물 차는 연습도 한다.

헤엄에 익숙한 아이들은 물개처럼 강을 건너다니며 뽐을 냈다. '같이 가자, 괜찮다.' 나는 강 건너 백사장을 바라보면서도 아이들의 유혹에 도리질을 한다. 저쪽 모래밭까지 갔다가 하얀 물거품을 차올리며 헤엄쳐 오는 그들이 부러워 안달하면서도 겁이 나던 것이다.

맷돌바위에서 큰바위까지도 죽을 둥 살 둥 갔다 오던 내가, 어느 날은 벼르던 강을 건너기로 했다. 애들이 시키는 대로 양동이를 띄워 잡고 헤엄을 치는 것이다. 강 가운데로 몸을 한껏 밀었다. 시퍼런 물이 턱에 출렁거렸다. 무섬증에 숨이 갑신다. 나는 망망대해에 떠 있는 나뭇잎에 매달린 개미였다. 죽을힘을 다해 발버둥 친다. 앞서 와 있던 아이가 겁에 질린 내 손을 잡아주었다. 발이 땅에 닿았다. 나는 숨이 차서 그대로 모래밭에 나뒹굴었다. 보드라운 은빛 모래가 온 몸에 묻었다. 금가루처럼.

우리들 노는 모습을 강가에서 보고 있는 가시내가 있었다. 서먹한 웃음을 지으며 손으로 물만 해작거렸다. 걔가 '박기분' 이었다. 외갓집에 왔다고 했다.

나중 집에 와서야 알았지만, 그 애 외갓집은 우리 집 고샅 안쪽에 있었다. 그렇게 만난 분이와 나는 같은 중학교에 다니게 되면서 단짝 동무가 되었다.

분이는 강 저쪽 산기슭 외딴집에 살았다. 내가 다리목에 도착하면 분이가 다리를 건너왔다. 어떤 때는 먼저 와서 나를 기다렸다. 감색 치마에 하얀 칼라를 단 교복을 입고 십 리 길을 우리는 재재거렸다. '기분이다, 사이다 마시자.' 또래들이 이름에다 꼬리말을 달아 짓궂게 놀리면 분이의 눈가엔 웃음이 더 자지러졌다. 장난을 건 아이들은 제물에 싱거워져 무안을 얼버무렸다.

분이는 곧잘 꽃을 들고 왔다. 봄이면 개나리 진달래를, 자주색 함박꽃, 가을이면 들국화에 갈대를 섞어 들고 코스모스 꽃길을 걸어 학교로 갔다. 나는 그 꽃다발에다 코를 디밀며 분이 옆에 붙어 다녔다. 내성적이고 붙임성 없는 나는 분이의 햇살 같은 웃음이 좋았다. 걔는 커서 간호사가 될 거라고 했다.

이듬 해, 이학년 때는 같은 반이 되었다. 봄이 저물고 여름이 왔다.

"방학 때 외갓집에 갈 거다. 우리 만나자."

"그래, 밤에는 강에서 헤엄도 연습하자."

우리는 밤이면 강으로 갔다. 분이는 수영에는 젬병이었다.

"물을 한 아름씩 끌어당기면서 발을 자꾸 토당거려 봐, 이렇게……"

내 서툰 실력을 배우느라 분이는 물도 많이 먹었다. 그러던 어느 날, 여남은 번 발을 토당거리면 손에 잡히는 맷돌 바위까지, 드디어 분이가 건넜다. 우리는 서로 손바닥을 마주 치고 쏟아지는 별빛을 튀기면서 웃고 떠들었다.

밤. 하늘이 흐렸다. 엄마가 강에 멱 감으러 가자고 했다. 견우와 직녀가 흘리는 희열의 눈물이 은하로 흐르는가. 칠석날 강물은 약물이 된단다. 강에는 물보다 사람이 많았다. 물이 어둡다. 누가 누군지 분간이 안 됐다. 첨벙거리는 소리, '엄마' 부르며 우는 소리, 웃음 소리, 장난질 소리, 강이 들끓었다. 옷이 바뀌었다고, 신발이 없다고 아우성이다. 요지통 속을 나와 나는 엄마를 따라 집으로 왔다.

'내일은 분이랑 헤엄치러 가야지.' 아까 해거름 때 얼핏 골목 안으로 들어가던 분이를 생각하며 평상에 누워 타닥 탁, 모깃불 튀는 소리에 잠이 살풋 들었었다. '분이야 ~' 골목을 울리며 뛰어 가는 발소리, 나는 발딱 일어나서 내달았다. 동네 사람들이 다 강을 나온 후에도 집으로 돌아오지 않은 분이를 찾아 나선 것이다. 바위에 옷이 그대로 있었다. 장정들이 횃불을 들고 강을 수색하기 시작했다.

나는 맷돌바위께로 눈이 갔다. '뭐가 있다.' 누군가가 큰바위 아래쪽에서 소리를 질렀다. 분이가 들려 나왔다. 금방이라도 눈을 뜰 것 같았다. '분이야~.' 대답이 없다. 꿈이길 간절히 빌었다. 두덕 두덕 후두둑~ 빗방울이 등을 쳤다. 왜 그랬는지 모른다. 나는 정신없이 달렸다. 방문을 잠그고 봄 소풍 때 같이 찍은 사진을 꼬옥 안았다. 웃고 있는 분이를 보면서 울고 울었다. '내 때문이야 내 때문이야!'

그 해 몇 달을 나는 넋 놓고 다녔다. '안녕' 이란 말도 없이 가버린 그 애를 미워하겠노라며 울지 않으려고 애를 썼다. 다리목을 피해 이슬 낀 논둑길을 돌아 돌아서 학교로 갔었다. 그래도 분이의 웃음이 시시로 내 눈물방울에 맺혔다. 그렇게 삼학년이 되고, 함박꽃은 피고, 세월은 흘러갔다.

누가, 그 아이의 웃음을 훔쳐 갔을까. 사람의 한 생애는 눈물과

웃음을 반반씩 사용하도록 마련된 것은 아닐까. 분이는 평생 써
야 할 웃음을 미리 다 웃고 가버렸는지도 모른다. 내 눈물샘을 말
리려고.

　강물에 떠 감는 칠석날 밤, 나는 몇 번이고 하늘만을 쳐다본다.
벌써, 은하가 기울었다.＊

억새

♠♠♠♠♠ 가는 계절과 오는 계절을 맞바꾸자며 하늘과 땅이 사인을 하고 있다.

먼 유랑길에서 만나는 떳집처럼 반갑다. 키를 재는 억새들이 손 흔들며 뛰어온다. 낡은 모자 쓰고 허름한 나그네들 서걱서걱 몸 비비는 고향 이야기 들어라. 옛 친구들과 왕산을 올라 필봉을 간다.

책보따리 끄르는 소리, 깍두기공책에 받아쓰기하는 연필소리, 사샤 소쇼 스시, 교실에서는 아직도 사인 연습을 하고 있다. 지각한 억숙이가 나들간에서 벌청소하는 비질소리, 유리창 깨고 종아리를 맞은 석이가 흐느끼는 소리, 운동장 땡볕이 엎치락뒤치락 싸우는 술이와 성이를 말리고 있다. 선생님에게 들키면 어쩌려고, 바라보는 새가슴이 수근수근 뛰고 있다.

십리 너머 학교 가는 길. 고갯마루에 오면 죄 없는 풀잎을 쪼가리 내며 앉아 있는 아이들이 두셋은 있었다. 어쩌다 나도 그 중에 끼어 울적한 아이들과 풀밭에서 뒹굴었다. 추울 땐 폭신한 양지였고 더울 땐 찹찹했다. 폭, 들앉으면 뺑소니를 숨겨주던 마른버짐 같은 은신처. 거기서 우린 반성문을 썼고 공납금 독촉장을 찢어 날려버렸다. 옷에 풀물이 들지 않아 시치미를 떼기에도 그만이었다. 풀잎으로 칼싸움을 하고, 띄울 곳 없는 돛배도 만들면서 한나절을 킥킥 깔깔거리며 놀았다. 어쩌다 새뜩하고 베이면 손가락에 실낱같이 피가 났다. 풀잎에 베인 피는 그렇게 많이 슬프지도 않고 좀 서럽다. 풀잎을 붕대 감아두면 비쭉거리던 피도 울음을 그친다. 어둑살이 내리는 줄도 몰랐다. 우울이 하얗게 지워질 때까지 놀다가 기죽어 오그라드는 가슴에 오종종한 바람을 돌리며 집으로 갔다.

제날에 공납금을 못 받아 가는 날은 골목이 더 길었다. 집 뒤 골목에서 해딱, 해딱 돌아보며 쿨쩍거리는 가이내 등 뒤로 아베는 돌을 던졌다. '이 가이내 어여 안 갈겨~?' 날아오는 돌멩이보다 아베의 엄포가 먼저 뒤통수를 때렸다. 번번이 발뒤꿈치 못 미쳐서 퍼석, 가루가 나서 흩어지던 돌멩이. 몇 걸음 가다가 멈추면 또 돌멩이가 날아오고, 담장에 얹혔던 흙돌은 가이내의 걸음을 골목 끝까지 밀어냈다. 대밭그늘을 벗어나야 끝나던 골목, 그 끝에서 헝클어진 쇠수세미 같은 햇살에 눈이 부셔 잠시 막막해 했던, 그 후.

여름이 서글거리면 풀밭엔 폭풍이 예고 없이 휘몰아쳤다. 쓰러질 듯 정신이 갈피를 잡을 수 없었다. 그럴 때마다 어쩌겠다는 대책도 야망도 없이 보다 짙푸른 힘줄로 점점 독기를 뿜었다. 일어서야 했다. 흔들리다 흔들리다 혼을 놓지 않으려고 일어서면 바람은 사정없이 사글세를 걷어갔다. 채반에 널린 무말랭이가 빙어처럼 말라가고, 사금파리 같은 가난이 쇠죽솥에 오르는 김처럼 초서를 휘갈기면 너무 오래되어 기억이 감감한 옛 주소를 들고 나는 심부름을 나가곤 했다. 섶불을 건너뛰던 문턱을 돌아보며 지향 없는 옷보퉁이를 쌌다가 쌌다가 했다.

바람의 조련장인 산 능선에 고개 언덕에 살아야 하는 풀은 이른 아침부터 칼을 갈았다. 안개 속에 쪼그리고 앉아, 손에 침을 뱉아가며 허기지도록 갈았다. 지켜내야 할 운명을 가슴에 새기며 무딘 날을 세웠다. 잠시라도 갈지 않으면 녹슬어버리는 비늘들을 다 끄집어내었다. 숫돌에 쓸리면서 허공의 낭낭 끄트머리로 와서 촘촘히 날이 서면 칼날을 당겨 바싹 들여다본다. 닳은 숫돌만큼이나 패인 한쪽 눈을 찌그리며 손끝으로 쓸어보고, 미세한 세포들이 같은 크기로 고르게 섰는지 또 쓸어보고. 칼끝에 하늘이 앉아야 사르르한 느낌이 왔다. 눈에 보이지 않는 입자들이 허공을 베면서 새파랗게 일어섰다. 미래를 응시하는 패기로 억세어지면서.

누군들 삶의 어느 한 공간, 한 뙈기의 억새밭을 지나지 않으랴. 그곳은 생에 있어 낭만의 공간이기보다는 이성의 공간이었다. 결

이고운 수필집
백번째 그리움

핍과 미망의 유배지. 추억보다는 회억일 밖에 없는 억새에는 그 즈음 삭이 들었다. 봄풀의 부드러운 사슴이 어느 새 한 마리 삭이 되어 어슬렁 걸어 나왔다. 걷지 않으면 무섬증이 도지는 삭이었다. 노을에 먹점이 촘촘히 찍히기 시작하면 걷는다. 능선이 사라질까 저어하며 가운데 움푹 이가 빠져 오래 전에 버렸던, 시룻번을 떼거나 쑥부쟁이를 캐던 묵칼을 물고 능선에서 능선으로 쿵쿵거리며 걸었다.

그는 늑대의 몸을 닮았으나 꼭, 초식의 습성을 가졌을 테고, 들개의 방황을 닮았으나 뱃잔등이 능선처럼 유순하여 우리 집 점박이의 온순을 닮았음을 예감했다. 털이 까칠하고, 끝이 휘어 올라더 치렁한 꼬리를 가졌을 성싶은 토속의 짐승. 바다로 가는 샛강의 여울소리를 들으며 어둠을 향해 컹컹거리다가 네 발을 부리에 문지르며 새녘이 틀 무렵에야 수잠이 드는 삭. 이름처럼 날쌔지 않고, 이름처럼 꾀가 많거나 약지도 못해, 숫기가 없어 무관절을 앓아 억새밭을 서성거리거나 할 것 같은 삭.

집짐승으로 매였던 목에는 백태가 끼어 늘 쉰 소리가 났다. 긁어서 딱지 앉은 상처를 또 긁어대는 우매함 때문에, 야생으로 방목할 수도 울음을 가둘 수도 없어, 그믐 같은 엉을 내려다보며 월식을 향해 짖었다. 뒤척이는 울음으로, 썰물 지는 소리로, 저항으로 짖었다. 어둠의 바다를 향해 목이 잠기도록 짖으면, 내륙 깊숙한 포구를 열고 낡고 작은 목선 하나가 까딱거리며 내 앞으로 와 닿고, 풍랑거친 하구를 죽음처럼 빠져나갈 노를 쥘 것만 같았다.

사라져버린 뭉칫돈 때문에 차오르는 속을 삭히고 비워서 서늘한 새벽을 뱉어내야 하는 노름빚 같은 세월. 삼켜버리고 시치미를 떼느라 도리질하던 억새밭에서 오랫동안 풀리지 않는 숙제를 한다. 종잡을 수 없는 몸의 통증을 쓸어내야 하는 풀빗자루 하나 만들려고 유희 아닌 유희를 반복할 수밖에 없다. 한 번 터 잡으면 불길로 꼬실라져도 대대로 올라와야 할 것들을 손 비빈다. 원망을 고집으로 다그치느라 아픈 것, 더 그리운, 궁핍하고 못난 것에 대한 스스로를 채찍하느라 삭은 비비며 앓는다.

태가 아름다운 것은 흔들리는 것으로 향을 대신하는가. 태가 꽃이 되는 억새. 요란을 떨다 맥없이 지는 꽃이 아니라 소명을 받은 붓대처럼 은금색 습윤이 마르면서 솟아 핀다. 씨를 달고 섬세한 보송이를 구르면서 날아간다. 그는 머물면서 늘 떠난다. 그건 제 다독거림이다. 이보다 아름다운 태가 또 있을까. 풀이면서 풋내가 없는, 풀과 나무의 갈등을 중재하느라, 이런저런 이유로 아직 이 가을을 서성이는 것들을 위해 손금을 흔들면서 오래 피어 있다. 무리지어 피고, 무리지어 능선으로 바람받이로 옮아간다. 버리고 간 화전의 터에 서서 허리띠를 졸라매는 여인의 고달픔으로 붙박는다. 그냥 흔들리는 소망 하나로 '저요~ 저요~' 한 손만 수구려 들고, 그 몸짓 아니면 구겨 앉을 밖에 없는 절규로. 그래 그리여, 그러면 되는 것이여. 나뭇짐에 꽂혀서 등짐조차 가뿐하게 들어주던 억새의 삭. 향을 태로 바꿀 줄 아는 영민하면서도 천치 같은 저것.

억새는 사람 키를 닮았다. 제 몸, 잎 가운데 흰 외길 하나 내려
고 키를 맞추었다. 오래된 비밀들을 소곤거리다 언어들이 설움을
탔다. 바람이 낮아지면 한가로이 노닐다가 산등으로 넓게 퍼져
오르면서 웅웅~ 더 거칠어지는 때에는 성난 음속으로 울다가 울
다가 바람이 자면 곧 겸손히 맑아지기도 하면서. 그러다 어느 밤,
땅에 눕지 않으려고 억새는 기어이 삭을 뽑은 것이다. 이제 잔허
리 가늘어져서 꽃이 된 삭. 키가 하늘을 손짓하며 허연 꽃머리를
바람에 날린다.

서부로 간 사나이도 동편제로 간 끝님이도 까칠해졌다. 이제 우
린 다 까칠해졌다. 까칠한 풍경들이 외줄로 어물리어 눈 맞추며
걸어간다. 뒷모습이 좋아 그럴싸해진 사람들, 억새가 사진을 찍
는다. 챙이 넓은 모자라도 눌러 쓰자. 억새랑은 멋없는 무엇도 더
멋있어진다. 돌아보지 마라. 나는 너의 등을, 너는 나의 등을 보며
오솔길 지워질까 오늘 억새꽃들 걸어간다. 꿈 같은 필봉을 향해.

바람의 혼이 내 정수리에 삭 삭, 사인을 하고 있다.＊

1231

♠♠♠♠♠ 해질녘이다. 모천으로 돌아오는 연어들처럼 줄지어 온다. 등지느러미까지 뻗치는 '쿤달리니'를 꿈틀거리면서 크고 작은 덩치에 통통하게 알을 밴 듯, 무거운 것들은 가끔 덜컹거리기도 하면서. 만신창이의 지느러미를 흔들며 지친 듯 겨움에 쫓기듯 검은 강물을 거슬러 회향하고 있다. 오지 않으면 다시 갈 수 없기에.

가는 것도 다 돌아오는 날이다. 길은 거대한 주차장이 된다. 마중 나왔던 첫 아침햇살을 기억하느라 가다 서다, 한다. 멀리 가까이 전조등으로 불빛을 쏘아본다. 거미줄을 걷고 걸레질을 오래 하고 있을 누이, 집 앞 멀리까지 쓸고 계실 아버지가 어른거린다. 아직, 골목에는 대청소를 알리는 확성기 소리 배어있고, 한쪽으로 쓸어 부쳐진 희끗한 눈더미엔 비질소리가 검불부스러기로 붙어 있다. 들불을 놓았던 거뭇한 논 얼룩 사이로 푸릇하게 웃는 풀 보리가 언 손을 호호 불고, 동산 위로 솟은 노송들이 굵은 팔뚝을 내밀며 잊은 세월을 끄덕인다. 담장 너머로, 희망은 지붕을 이고 꿈은 아랫목을 데우며 도란도란 불빛을 입질한다. 언제 떠났노? 그날을 잊은 이들도 오늘 돌아오면 오늘이 된다.

저들 중에는 갑산제비꽃을 따 올 것을 작정하고 떠나기도 했을 테고, 통리기무아문을 서약하리라 대양을 누비기도 했을 것이다. 짠물에서 민물을 기억하기란 얼마나 눈물겨운가. 때때로 유속이 급랑하는 심해의 바닥으로 곤두박질치면서, 감았다 눈 뜨면 또 변해버리는 지형을 일일이 새기기란 많이도 버거웠다. 돌아와야 한다는 일념만을 새기며 얼마나 많은 유혹과 잡다한 기억의 부스 러기들을 쓸어냈을까. 어린 치어로 방류되어 멀리 북극해를 돌아 오는 동안 쉼 없이 기억주머니에서 엄마를 꼬깃거렸기 때문이다. 첫 물살의 원천이던, 어머니! 이제 잠시 후, 저 연어들은 각자 집 으로 들어갈 것이다. 떠날 때 눈물로 안아 주던 엄마. 그 허물 안 으로 들어간다.

고드름, 멈춘 처마 아래서 잠깐 발을 멈춘다. 여리게 긋는 불빛 이 안개등으로 피어나온다. 마지막이자 처음의 처음을 잇는 어지 자지의 통로에 미끄러운 다리 하나 걸치고 있다. 그 전 몸의 옛을 보여 주다 녹는다. 참다가, 맺혔던 것은 풀고, 풀어졌던 것에는 오 래 전에 돌아가신 할아버지 흰 두루마기 한 자락 펄럭, 비친다. 곧

전장에 보내지기 위한 두루마리 같은 것. 똑, 고드름 하나 따서 들여다본다. 벗풀 같은 아내와 실잠자리 같은 아이들의 여린 눈이 깜박거린다. 마지막 물살을 거슬러 오르는 연어를 위해 현현한 이것은 오늘을 건너야 하는 치열한 백병전의 예고일지도 모른다.

손가락 사이로 자꾸 빠져나가려는, 살만 발라먹고 남은 시간의 이모티콘을 만지다 쥐다 집안으로 들어선다. 곤쟁이젓처럼 후줄그레진 옷을 받아 걸며, 그나마 이렇게 돌아올 수 있다는 것만으로도 안도하며 두 눈빛이 명랑하다. 긁히고 벗겨지고 살점마저 뜯겨 상처투성이인 한 마리 연어를 위해 아내는 맑은 무국을 설설 끓인다. 아이들이 햇살싸라기처럼 콩콩 뛰다가 어느새 잠이 들고, 지친 연어는 고드름 초장, 고드름 장아찌에, 고드름 저냐 한 접시의 밥상을 받고 고드름으로 젓가락질하고 내일의 산란을 위해 상처들 고스란히 죽을 것이다.

밤. 빛을 찾아가다 화려한 불빛들이 교직하는 을지로 지하광장에서 길을 잃은 연어들 있다. 서너 해 전 어느 날부터 어찌된 영문인지 농사지은 것들은 칼맞은 감자살처럼 색이 변해버려 아무 것으로도 환전되지 않았다. 덕담은 수도 없이 넙죽거리는데 늘 빛이 모자라 등외로 나앉았다. 불신이란 화폐가 퇴적되면서 일찍 어둠이 내리고 늦게 밝아오는 고향 감바위는 어느 날 제 빛을 잃었다. 따져 물을 수도 뒤집어 보일 수도 없었다. 에틸렌 가스가, 왁스코팅이 태평요술을 부리는 서블이의 재주는 아무래도 익혀

지지 않았다. '헌돈 줄게 새돈 다오' 골목을 외치고 다녔으나 아무도 거들떠도 안 보았다. 1231. 오늘도 웅크려야 하는 지하광장에서 저 번쩍이는 불빛에 회귀의 길을 잃어버린 연어들, 시나브로 짠물에 젖어 민물을 기억상실하는가. 어룽거리는 치맛자락 같은 어머니의 그림자를 안고 눕는다.

폐박스를 틀어 울을 두르고 잠을 청해보지만 빛을 조절하는 스위치를 찾을 수가 없다. 빛이 빚이 된 사람들, 돌아갈 수 있는 점 하나를 잃어버리는가. 기억이란, 잊었던 것을 떠올리는 것이 아니라, 잊지 말아야 할 것을 끝내 놓지 않는 일이다. 부질없는 것들이 기억을 먹어버려 집으로 오는 물을 놓쳐버리고 만 그들, 그 휘황한 지하광장에 걸려 있다. 빚이 된 상처들 앓고 있다.

밤이 기우뚱 기우뚱 기울어지고 있다. 어머니가 시렁 높이 얹어둔 흰 사발을 꺼내어 닦는다. 돌려가며 복福을 닦고 수壽를 닦는다. 백미를 소복이 담은 가운데에 황초를 세워 감바위의 새벽 같은 1231을 달아 올린다. 어둠이 빛을 모은다. 눈썹이 하얘지도록. 다시 대양으로 가야 하는 시각이다.

눈이 온다. 납설臘雪이 되려는가.*

겨울새

♠♠♠♠♠ 좁작한 테라스, 사계절이 지나도 잎 하나 가지하나 새로 난 적 없는 작은 나뭇가지에 새 한 마리 앉아 있다. 겨드랑이에 양 손을 밀어 넣는다. 갈비를 타고 가슴살까지 뻗쳐 오던 열정이 희미한 모근 사이로 흩어진다.

한겨울, 저 숲은 눈에 덮여 있다. 오소소 돋는 소름을 엷은 동지 볕살에 내놓고 먼 곳을 바라본다. 건너편 숲에서 불어오는 바람, 깃털을 나부끼며 테라스에 노란 좁쌀 뿌린다.

겨울 해는 짧다. 해가 흐린 구름옷을 껴입고 종종걸음으로 달아난다. 뜨거울 때는 지붕꼭대기를 쪼면서 가고, 요즘은 창틀 위를 타고 희미하게 간다. 동선이 짧아야 추위를 이겨낸다고 배웠기 때문이다.

지나치는 새들 중에 어쩌다 그러는지 한 마리 창에 부딪쳐 미끄러지다 날아간다. 그 새는 유리창에서 무얼 보았을까? 눈에 보이지 않는 벽이 비상을 추락시키는 비통을 읽었을까.

처음 만나서는 그와 볼 부비면서 뒹굴고 살았다. 같이 먹고 한 이불 덮고 백년해로를 꿈꾸었다. 봄새는 재롱을 부리고 나부랍게 재잘거려 공간이 넓은 줄도 몰랐다. 그와 함께, 철새도 아니면서 사계절을 누비고 다녔다.

마흔이 오가던 무렵이었다. 봄 여름 가을, 아름답던 숲에 눈이 내려 봄새는 어디로 가버리고 쓸쓸이만 남았다. 새는 무단이 이름 모를 겨울새가 되었다. 언젠가는 숲으로 돌아가려니… 혼자 나뭇가지에 앉아, 추위를 한 겹씩 벗기는데, 건망증이 한몫 거들어 용기가 맥을 못 춘다. 이제는 야위고 겉늙어 털이 꺼칠해졌다.

쓸쓸이는 나이를 거꾸로 먹는가. 어찌된 셈인지 세월 따라 작아져야 할 쓸쓸이는 키가 커지고 살이 찌면서 젊어져 갔다. 점점, 팔팔한 기운을 자랑하며 사사건건 간섭하고 어둑한 바가지를 긁었다. 은근히 두려움이 다가왔다. 윽박지르며 나가라고 철퇴질을 했지만 쓸쓸이는 떠나기는커녕 코대답도 안 하는 뻔뻔이가 되어 갔다. 이제 둘 사이에는 극복하기 힘든 나이로 층이 져버렸는지도 모른다. 점점 가속도가 붙을 것이다.

요즘 들어 부쩍 빈방에 무섬증이 든다. 자꾸 헛것이 보인다. 키가 크고 배가 나온 시꺼먼 팔대장상 같은 것이 광대뼈도 불쑥 튀어나와 보이고, 어릴 때 본 구석할매처럼 언뜻언뜻 눈망울이 부리부리해져서는. 쓸쓸이가 도삽을 떤다. 입맛이 없어 저녁을 굶은 날이나, 감기에 걸려 체력이 떨어진 날 덮쳐온다면 영락없이 깔려 죽을 것이다. 원인불명의 주검이 일주일이나 지나서, '수사중' 이란 금줄이 현관문을 지를지도 모른다.

떠나자. 아니, 떼자. 저도 한 집에 안 살면 정나미도 멀어지겠지. 한참 떨어져 있다 보면 영영 헤어지게 되겠지. 지향 없는 길일지라도 나서야 될 성 싶었다. 최근 휘귀종인 검은 꼬리 사막딱새가 발견됐다는 포항으로 갈 것인가. 알락뜸부기가 있다는 다도해로 갈 것인가, 행선지도 고민스러웠다.

새 도시로 가는 열차를 무작정 탔다. 쓸쓸이란 녀석이 들어올 수 없는 칸칸을 지르고 나면, 세상을 한없이 길게 잇댈 것 같았기 때문이다. 엮을 수 없는 것들은 이렇게 앞뒤로 총총 빈틈없이 달고 살아야 숲이 만들어질 것이었다.

여행이란 적당한 두려움과 설레임이 섞여야 되는 것. 우유부단이 늘 그렇듯, 목적지도 뚜렷하지 않았다. 졸음이 언제 따라왔는지 치칙포폭 소리가 익숙한 여음으로 따라온다. 열차가 멀리 가면 갈수록 길게 따라온다. 곁에 이름 모를 새 한 마리 앉아 있다. 쓸쓸이처럼 어두운 차창을 하염없이 내다보고 있다.

오동나무가 많다는 역에 내렸다. 세상의 내로라하는 새들은 다 모여 살고 있었다. 화려한 팔색조, 물총새, 흰 눈썹 긴 발톱할미새들이 번쩍거리는 빌딩 숲에 둥지를 틀고 있었다. 어디선가, '홀딱벗고 새' 소리가 귓전을 스쳤다. 홀닥~ 홀딱~. 근데 어디서 나는지 알 수가 없었다. 지나가는 사람에게 물었다.

"말도 마슈, 그 새를 찾아 나선 사람이 부지기수인데, 당신 같은 얼뚱이가 어찌 찾겠소. 그 새는 천 소리, 만 소리를 내는데 아직 그 몸 맵드리를 본 사람은 아무도 없다우. 날마다 이 도시 빌딩을 돌면서 화려한 소리로, 때로는 애절한 소리로, 구슬프게 길손을 홀린다우. 오동꽃에 연보라로 틀고 드는 안개둥지를 봤다는 사람이 딱 한 사람 있긴 했소만 그 사람조차 지금은 어디로 갔는지 아는 사람이 없다우."

이 한겨울에 그 새를 찾는다는 건 기적에 가깝다고 했다.

봄새를 기리며 가는 길은 가다가 돌아오고, 가다가 다시 돌아오고. 헤맴이 지침이다. 돌아왔다. 숲은 한없이 넓다. 배고픈 새들을 위해 모이를 뿌리는 세상을 생각한다. 녹음이 어우러지면 더 추워지는 겨울새, 다시 나와 앉아 기다린다. 기다리지 않으려고, 말라버린 모이를 쓸어내고 방안에 누웠어도 노래하던 숲이 기다리게 한다. '홀닥 벗고~ 홀딱 벗고~' 그리워.

오늘도 해가 지려 한다. 눈 덮인 숲을 바라본다. 새 좁쌀 뿌리면서 백 년 가지에 앉아 해바라기하고 있다. 혼자. *

버섯꽃

♠♠♠♠♠ 오래 사는 요즘 세상에 무슨 말이냐고? 일흔 일곱이나 살았으니 이 할미 얼굴에 이렇게 꽃이 많이 폈지. 곧 갈 때가 됐다는 저쪽의 신호지. 내 과거의 신상명세서가 돋아나는 거라. 내 나이쯤 되면 자연히 눈치를 채게 되지.

저쪽은 꽃나라라. 사람이 죽으면 다 꽃을 바치지. 네 할아버지 돌아가셨을 때도 온통 꽃이었지. 꽃으로 둘러싸인 영정사진 앞에 문상객들이 줄줄이 꽃을 갖다 바쳤지. 영안실 복도에도 화환이 줄을 서다가 계단으로 내려가 출입문까지 서 있었어. 꽃차를 타고 고향마을에 내려서는 다시 꽃가마를 타고 갔지. 사방에 봉황이 깃을 드리우고 노란 개나리꽃 넌출 춤을 추면서 산 너머로 갔지. 마지막 갈 때는 대부분 그렇게 꽃가마를 타고 가지.

할미 얼굴도 자꾸 꽃이 생기지? 거긴 꽃이 너무 많아 길 찾기 집 찾기가 복잡하지. 그래서 잘 찾아오라고 이렇게 꽃을 보내주는

거라. 혹시 돌아갈 때 잊어버릴까봐, 잊지 말라고 부러 얼굴에다
그려주는 거지. 그런데 요즘은 꽃을 지우는 유행바람에 아마 저
쪽에서도 골치가 좀 아플 거라. 미아가 셀 수도 없을 테지.

　명태껍데기가 씌여서 한평생 원망을 애끓인 것들은 대부분 눈
언저리로 와서 피지. 못 볼 것을 보아서 눈살 찌푸리고, 제대로 못
봐서 오해하고 오독하고 어리석던 것들이지. 참회하면서 흘린 눈
물 먹은 것이지. 그보다 더 분하고 괴로웠던 건, 안 봐도 훤히 보
이는 마음 때문에 슬펐어. 아무리 감추려고 능청을 떨어도 보이
는 게 탈이라. 사랑 때문이라면 새 살이라도 돋겠지만, 그 잘난 핑
계 하나 가졌다는 이유가 최대의 빽이었지. 거짓말로 위장하고
발뺌하려는 속셈에는 분통이 터지려 했어. 아, 그럴 땐 정말 참을
수 없어, 봉숭아 잎을 마구 짓찧어서 온 동네사람들 손톱에 다 얹
어주고 싶었지. 현장검증을 하자고 할 수도 없었어. 내가 더 이상
해 질까봐, 분을 삭여야 했지. 그런 것들이 더 진하게 꽃자국을 남
겼을 거라. 여기, 검은 꽃 안에 마음 심자가 희미하게 보이지?

　그거? 사실은 난감한 것에도 생기지. 높은 산맥을 넘지 못해 우
왕좌왕하다 절망한 발자국들이지. 거대한 산맥 아래로 뚫린 두
개의 터널에서는 평생 뜨거운 바람이 불고 겨울에는 미끌한 액체
가 흐르기 일쑤였어. 갑자기 태풍 같은 바람이 훑어져 나오는 통
에 예사로 건너다가는 큰 코 다치지. 단번에 건너기는 불가능해.
쉽고 빠른 길을 두고 늘상 뒤꼭지로 에둘러 가야 했어. 그러자니
도끼자루가 썩고, 밥 타는 냄새가 코를 찔러야 가스를 잠그곤 했

지.

　밥 팔아서 똥 사먹는 짓이라고 남들이 입을 삐죽거렸지. 그래도 참았어. 대꾸도 안 했지. 누가 무어라 해도 글자들 데리고 놀놀이 하는 게 재밌었지. 보람도 있었어. 밑천이야 좀 들지만 그 금어치 충분히 뽑고도 남는 거라. 세종 로열티를 달라는 사람도 없지. 세상이 다 공짜로 내게로 와서 써달라고 줄을 서지. 써도 써도 미친 개처럼 쫓아오지. 그럼, 써주면 좋아 죽지. 그만하면 해볼 만한 필생의 작업이지? 꽃을 만드는 것은 내 행복이라.

　에비야꽃이 많지? 기가 막혀 난 것들이지. 소리를 못 들어 놓친 것도 있고, 너무 커서 고막이 터져 생긴 것도 있지. 듣지 말아야 할 것들이 들어와서 한평생 아물지 않는 상처를 만들었어. 르네 마그리트의 그림 '기억'이 그렇지. 생각만 하면 관자놀이로 피가 흐르듯이, 후회로 가슴을 쳤던 것이 많지. 내 귀는 시끄러운 곳에선 취약해. 항상 쫑긋거렸어. 차라리 진공 상태에서 멍멍하게 앉은 딱지는 나중에 재생이라도 되지. 가장 참기 힘들었던 거는 애먼 소리지. 나는 결단코 말하지 않았는데 분명 들었다고 천길만길 뛰면서 우기지. 그리고는 제 의도대로 왜곡하지. 똥뀐 놈이 큰 소리 친다고. 오해를 목적 삼아 느닷없이 한밤중에 폭탄 퍼붓듯이 해대는 통에 기가 막혀 죽을 뻔했지. 그걸 목적 삼은 또 다른 목적을 달성하려고 그랬다는 것에 더 역겨웠어. 그때 난 귀를 만든 조물주를 많이 원망했어. 왜 뚜껑이라도 만들어 놓지 못했냐고. 하기사, 얼마나 죄의식에서 벗어나고 싶어 그랬겠냐고 연민을 하면서 그랬지. 사람 머리가 똑똑하다지만 제 자신을 속이는 계략에는 헛돌아간다는 말이지. 결국 찍힌 제 발등을 다시 찍는 거라.

모양이 다양하지? 미소가 물고 있는 보조개 자리엔 크레셴도 기호가 찍혔지. 독설을 퍼부으며 실룩거린 입시울 쪽으로 칙칙한 색이 곡괭이 모양으로 앉고, 뽐을 내며 내밀던 아랫입술 쪽으로는 척버섯이 피지. 치마꼬리에 찬바람이 불 때는 인상이 얼음처럼 차갑다가, 제 일신을 위한 손 비비기에는 간이 녹을 듯하는 사람이 그렇지. 척버섯은 갓이 이중 삼중으로 물방울다이아로 피어나지. 하루에 일곱 번 변하는 칠면조버섯도 척버섯에 붙어살지.

홍수에 떠내려 오다 걸린 시비처럼, 비좁은 미간에 흘러가지 못한 감정들이 아우성치다 구름 버섯으로 뭉쳤지. 기어 다닐 땐 문턱에 찧고, 커서는 상인방에 이마를 찧었지. 그 흉터 속으로 언제부턴가 등대버섯이 돋은 거지. 한때는 앞머리로 가렸는데 이제 머리 밑이 훤해 그것도 어렵지.

양 볼에 정작으로 피어야 할 것은 화려한 홍조꽃이라. 연애할 때 볼연지 찍었던 자리에는 연등버섯이 나지. 까닭 없이 따귀를 맞았던 곳에는 벌건 자국버섯이, 지금도 양초로 글씨를 써서 촛불에 쬐이면 선명히 보이지. 운동장에서 전교생이 풀을 뽑는데 멀리서 다가온 교장님이 왜 풀을 뽑지 않냐면서 분풀이하듯이 내 뺨을 찰싹찰싹 때렸어. 아홉 살이던 나는 영문을 몰라 손에 쥔 풀을 내던지며 울어버렸지. 또 있어. 친구 결혼식 날, 장난을 치느라고 신혼여행가방을 숨긴 친구들이 네미락 내미락 하는 걸 보다 못해 내가 대신 갖고 가서 전해 주려는데, 정작 화를 내야 할 그 집 식구보다 옆에 섰던 아부꾼이 아첨을 핏대 세우며 다짜고짜로 내 뺨을 후려쳤어. 그런 목적성 눈꼴버섯은 아마 레이저로 쏘아도 다시 돋아날 거라. 이거 눈꼴버섯 맞지?

수염이 날 턱이 없는 걸 알면서도 언제 철이 나고 좀 야무지게 못 하는가. 야단치며 종주먹을 들이대던 곳에는 밥풀때기, 크림버섯이 나지. 먹다가 흘린 국물이, 들다가 엎지른 팥죽이 칠칠이로 돋지. 턱도 없는 것을 넘보다 다친 주걱턱에는 주걱버섯이. 칠정에 울다가 난 울결버섯들은 거랑풀(부평초)처럼 온 몸으로 흩어져 그들은 팔, 다리, 등, 목으로 기약 없는 행성처럼 떠돌고 있어.

근데 요즘 점이다 버섯이다 해서 빼고 지우느라 야단이지? 늙으나 젊으나 얼굴에 피는 꽃을 지우고 쾌재를 부르지. 변변찮은 과거의 흔적들이라 부끄럽다고? 미용을 생각하라고? 너무 깨끗하니 심심하지? 좋기만 하다고? 맘대로 해. 그런다고 숨겨질까. 그게 다 제 미래의 약도인 줄 모르고 하는 짓이지. 돌아가야 할 주소를 잃어버리려고 부러 그러는지. 버섯 꽃을 빼고 지운 사람들, 지금 어디쯤에서 한숨으로 눈물짓고 있는지. 가고 싶어도 지옥조차 못 가고 구차한 명만 잇는 건 아닌지.

사람은 천국 가는 길을 몰라. 지옥이야 한 발짝만 헛디디면 가지만, 천국은 멀고도 멀지. 다섯 강을 건너고, 황야를 지나 사막을 넘고, 가시밭을 걸어서 열두 대문을 열어야 한다지. 그 기약 없이 먼 길은 지푸라기 하나를 지나는 데도 그냥 보내는 법이 없어. 사자들이 일일이 통행증을 검사하고 통행료를 받는 거라. 얼굴에 핀 꽃을 검사하고 그걸 회수해 가지. 그들은 자기네들 것만 받아. 아니면 돌려보내지. 그럼, 천국 가는 문이 닫혀버리는데 어딜 가겠어.

문이 몇 갠지 그걸 아는 이도 없지. 그러니 증표가 있어야지. 다행히 이 할미의 약도는 복잡해서 극락 찾아가기가 좀 쉬울 거라. 내 옛집을 표시하는, 분으로 살짝 가려진 이 연한 그늘이. 봐라, 가룽빈가 그림자가 보이지? 좀 많아도 걱정할 것 없어. 문을 지날 때마다 그들이 다 거둬가고 나면, 할미 얼굴에는 버섯꽃이 한 개도 남지 않아. 내 본양에 티 없는 얼굴이 되지.
극락에 있는 그 집은 정원이 넓고 대청마루가 높을 거라. 처마가 빼어나 하늘로 소스라치게 곡선을 그릴 테지. 온통 꽃이라. 빛이라는 찬란한 꽃 속에서 영원히 사는 거지. 그렇지, 거기서는 아무리 나이가 들어도 버섯꽃이 피지 않아.＊

5부

짝젖

♠♠♠♠♠ 정류소에서 버스를 기다리고 있었다. 신호가 바뀌었다. 얼룩무늬 사다리가 눕는다. 생존의 사다리를 오르는 사람들, 그 뒷모습을 비끼며 키 작은 노파가 정물처럼 건너온다. 깜박거리는 푸른 퉁방울이 노파를 재촉한다. 무딘 걸음이 바쁜 발을 밟으며 다가온다.

눈이 먼저 가는 푸근한 곳. 노파의 가슴에 살구색 실크셔츠가 납작 붙었다. 절벽이다. 엊힐 데 없는 내 시선이 벼랑을 더듬다 허전함을 거두려는데, 저 아래 배꼽 어름에 연적보다 작은 볼륨이 도도록이 찍힌다. 아니, 어쩌다 저기까지? 가슴의 경계를 넘고도 용서가 되는 수수께끼, 이국에서도 색이 오롯한 저 몽고반점은 갈등이 끝나는 꼭짓점이 아닌가.

처음 그때는 쌀알 같은 점지였다. 오리온을 양각한 낙관이 찍힌 줄도 몰랐다. 암사지도, 둥근 플러그에는 누구도 세지 못하는 핀 구멍이 음각돼 있었다. 점지가 된 그 핀 홀로 비밀한 바람이 쉼 없이 불었다. 거기에 빛이 쌓이면서 날마다 설레는 부레옥잠이 수신되었다. 찌~ 찌~ 음파를 타고 암호가 들어왔다. 아무도 모르게 오는 연애처럼.

히말라야에 눈 쌓이듯, 중생대를 거치면서 바다로부터 융기하는 산, 그 솟아오름은 지맥을 흔들며 동산에 떠오르는 상현달로 배슬리었다. 마치 어느 먼 미아의 행성이 드디어 우주를 닮아버린 둥글음으로 날아와 나란히 착지하듯이. 그 아릿한 몽오리에 수줍음은 눈이 시금거렸다.

물끄러미 찍혀있던 관지가 미동하면서 연달래가 스몄다. 봉긋봉긋하는 신비를 감싸 안으면서 숭고함이 무엇이며 그 사명이 무엇인지, 물에 종이 젖듯이 윤사월 아침나절을 뻐꾹 소리에 젖었었다. 숭고함은 헤쳐보임이 아니므로 안으로 안으로 감추었다. 있는 듯 없는 듯 레이스 그늘에 묻었다. 그래도, 푸른 잎사귀를 젖히며 햇빛에 비춰보는 꿀참외처럼 꽃덤불 사이로 소복소복 부풀었다. 탐욕의 시선이 야동하는 세상 한 귀퉁이를 도톰거리는 탄력으로 밀어내며 더한 눈부심을 모았었다. 부끄럽다는 것 또한 수치를 최음하는 욕망일러니, 구박도 더러 궁시렁거리면서.

최고와 최상의 영지, A꼭지에서 a꼭지까지의 거리는 어떠한 생도 안을 수 있는, 그곳은 수천 볼트의 고압전류가 흐르는 성전이었다. 아무리 곱해도 정답이 안 나오는 무한의 원주를 그리는 독백의 공간이었다. 그 안으로 가장 짧은 제 그림자가 포개지면, 탱탱한 정오에 소수점 뒤로 끝없는 물음과 선답이 깨알같이 달렸다.

3.141592653589793….

여자가 남중하는 시각, 신이 여자를 가장 정확한 제 자리에 놓을 때가 있었다. 꿈꾸고 염원하면서 풍만한 한때의 오수에 검님이 성불을 하고, 산수유 빨간 열매를 젖니가 지그시 깨물면 쾌감은 접지의 전류를 탔다. 빨지 않으면 트이지 않는 구멍, 그것은 생명을 숙성시키는 샘의 낙원이었다. 마알간 입술이 닿지 않으면 녹을 수 없는 살얼음 같은 희와 열, 너와 나, 한 생에서 다음 생으로 가는 살의 통로였다.

그 온기의 언저리에 겉돌던 시린 날들, 까마득한 정점을 내려다보며 돔을 허물려는 벌떼들을 한사코 밀어냈다. 둥글음을 지킨다는 것은 짝짝이가 되지 않으려는, 혼자 어디론가로 헤매지 않으려는 염원이었다. 쉴 새 없이 지진하는 세상에서 성을 지키려고 보다 성능이 우수한 방패들을 가져다 막았다. 지킨다는 것은 얼마나 지루한가. 올려주고 받쳐주고 모아주고 황금방패에 꽃을 수놓아 가면서 스스로의 싫증을 견디었다. 어느 날은 젖어서, 어느 날은 불 같아서 탐욕과 목마름을 가슴 누르며 떨리는 손으로 몰래 치마끈을 조였었다.

 이고운 수필집
백번째 그리움

진보와 보수, 해방이 깃발로, 육이오가 탱크로, 혁명과 유신이 군화발로 지나고, 생명을 분신焚身하는 아망을 떨어내며 짚불처럼 고달픈 별늬를 앓았다. 사랑과 증오, 안주와 진취를 포용하며 하나는 가자 하고 하나는 머물자 하고. 비를 피하며 폭풍에 엎드리며 흐려진 초점을 눈 비볐다.

생의 출렁임을 팜므파탈(Femme Fatale)로 착각해 비루한 누명이 씌워지던 위태한 벼랑머리를 묵묵히 걸어서, 기능과 멋이 이데올로기를 타고 삐딱길로 떠내려 오면서, 썰매는 가속도가 붙었으리라. 때로는 돌출된 표적이 되어 정상을 입맛 다시는 부질없는 주물럭거림으로 짝짝이가 되면서 시나브로 옮겨갔으리라. 우수수 떨어지는 석양을 밟으며. 그 인ㅅ의 골짜기를 맴돌다 간 사람들, 안개를 먹은 물결같이 멍울진 먹머루빛 그늘이 묻혔다.

다 주기 위하여 보호하고 지켜야 함은 숭고하다. 쉼 없이 출렁거리며 물길에 씻기며 한 점 몸으로 줄여온 조약돌, 이제는 욕심낼 것도 싸울 일도 없어졌다. 흔들릴 무엇도 애 터질 것도 없다. 굳이 가릴 이유도 없다. 멀리까지 길동무 해준 청춘을 감사히 돌려보내고, 이젠 바쁠 것도 없다. 오랜 지병을 숨고르기하며 배꼽의 영역을 베고 누웠다. 저것은 무한 해탈에로의 진화이다. 주먹보다 큰 갈등의 통점이 다시 마르면서 오디처럼 작아진다는 것은 얼마나 힘겨운 평정인가.

흔들림이 멈추어진 정점의 찌. 영원히 아물지 않을 까만 인적만

남아, 둥근 풍만도 뜨거운 지열도 다 주어버린 보헤미안이 바람
의 섭리로 가고 있다. 행맑은 살구색 세월을 가물가물 가고 있다.

  고목등치에 붙은 매미허물 같은 버스가 가슴을 치며 다가온다.
내 명치 밑을 만져 보게 하는 이 아침 출근길, 짝젖을 들까부는 뽕
브라를 추스린다. *

먼지

♠♠♠♠♠ 공단이 로터리를 돌고 있다.

빈 책상과 의자, 멈추어버린 컴퓨터들, 바닥에 먼지가 켜로 쌓여 있다. 마흔 평도 더 되는 먼지들이 벌레처럼 스멀스멀 기고 있다. 멋쩍게 서 있는 오래된 칠판에는 '한글 지도 교실'이 졸고 있다. 쳐다만 봐도 삭은 백묵가루가 초르르 흘러내린다. 내가 앉을 책상과 의자만 닦고 그 하얀 자리로 가라앉는다.

내 오른 어깨띠로 넘어온 햇살에 빛의 입자들이 난무하고 있다. 반짝이는 먼지들, 몇 번이나 닦고 앉았지만 나는 그들에게 포위되어 있었다. 그걸 의식하지 못했을 따름이다. 어쩌면 이 작은 알갱이들이 물 먹은 하마처럼 이미 유목의 땅에 불을 놓고 떠나온 집시들일지 모른다.

먼지 알갱이 하나를 햇살 볼록한 책상에 올려놓고 배를 갈라본다. 내장이 보인다. 무의미 속에 유의의가 무한정의 메가디램으로 들어 있다. 거기엔 한때의 불 같은 정열이 있고 유혹이 있고 감각이 있고 격렬한 생애가 있다. 불가능의 실체가 가능의 본질을 지니고, 오래된 여행을 떠나는 신비로 게놈지도를 그리고 있다. 시간과 공간을 살라먹은, 바람이 구름이 토성의 아름다운 고리가 있다.

골목을 따라 달려가는 고물더미에 넝마들이 퇴색한 회화처럼 널렸다. 그 귀퉁이에서 웃통 벗은 근육질의 구둣발이 깡통을 찍는다. 꽉, 땍, 따그르르…. 입이 닫힐 때까지 구둣발이 사정없이 증오를 밟아댄다. 더 이상 쪼그라질 수 없을 때까지 쪼글트린다. 깡통은 고물로 낙인되어 아비규환에 떨어진다. 깽그랑거리며 날아가는 공명음 사이로 촉 바른 가을햇살이 먼저 지난다. 어디, 소리 없이 쪼그라지는 것이 있던가. 비명이 이곳 4층까지 릴레이로 달려온다. 재그러운 절규가 자벌레처럼 귀에 또르르 말린다.

물체의 마지막 모양들, 색도 칠도 벗겨지고 녹이 얼룩얼룩 옆구리를 파먹어도 아비규환엔 소리가 없다. 노동의 피로, 한숨의 피로, 매연의 피로가 은거를 위장한 먼지로 노숙의 생을 앓는다.

저 너머 굴뚝이 물 뱉는 붕어처럼 버끔거린다. 그나마도 어제는 올라오지 않던 연기다. 바람기 없는 답답한 연기가 죽다가 번해지다가를 반복하며 명줄을 잇고 있다. 뭉그적 뭉그적 올라오는 저 녹슨 함석굴뚝은 의욕이 없다. 수십 가구의 생계가 매달려 있을 가난한 연기를 바라보노라니 괜히 내가 다 애가 쓰인다.

그 굴뚝 아래 허름한 아낙이 파지더미에 붙어 서서 폐지를 파먹고 있다. 어제보다 높이 올라간 파지더미의 아래를 부지런히 뒤적거리고 있다. 뉘엿거리는 해를 바라보며 반나마 허물어진 허리로 한숨을 놓고 있다. 한없이 가벼운 폐지의 무게만큼이나 가벼워질 지폐를 허공에 달아보며 안타까워한다. 얼마만큼을 더 골라내야 할지 어림이 서지 않는다. 그래도 아낙은 땀에 달라붙은 먼지를 마다하지 않는다. 때묻은 종잇장만큼이나 남루한 아낙의 손은 자꾸만 작아지고, 파지의 무게에 천칭되는 생의 무게가 오후를 넘어가고 있다. 10원으로 환산되는 생계는 얼마나 무거운가.

목이 매캐하다. 열린 창으로 그을음이 날아온다. 거미줄 도막 같은 검댕이가 책에, 책상에 먼지바닥에 와서 앉는다. 기성의 환경과는 아주 색다른 나방들이다. 후~ 불어도 날아가지 않는다. 디딜발의 성능이 아주 첨단인가 보다. 있지 말아야 할 곳에 있으면 죽기 십상이다. 그래서 인간들은 줄을 잘 서야 한다지 않는가.

쓱, 문질러 본다. 근데, 이런! 책장에 검은 삼각기가 펄럭인다. 검댕이가 그냥 죽지 않은 것이다. 육체를 으깨어 꽂은 그 검은 깃발이 나를 머쓱하게 한다. 여기에 왔었노라고 이렇게 묘비를 세워 흔적을 남기는 이들의 역사정신을 뭐라 해야 할지, 나는 잠깐 생각한다. 그 조상의 장렬한 흔적을 찾아오는 후손이 되기란 그리 쉽지 않을 것이다. 자의가 아닌, 타의에 의해 이미와 아직, 죽음과 삶, 순간과 영원이 결정되는 게 생이지 않은가.

처음 내가 도시로 나와 뒤척인 밤은 꽤 추웠다. 먹물을 채운 듯한 고요가 아침까지 움직이지 않던 시골의 밤이 아니었다. 지향 없는 먼지 속을 왼 종일 헤매고는, 노란 양은 그릇 몇 개를 달그락거리며 설거지를 하고, 냉골 찬 얇은 이불 밑에 젖은 손을 넣으면 자취생의 방구들 밑으로 도시가 울었다. 네온이 숨이 넘어갈 듯 허기진 밤, 먼지가 새벽까지 마른 울음을 울었다. 우웅~우~웅 슬픈 원귀마냥 등허리가 울었다. 희끔한 방안에는 잠이 설었고 천장에는 노스탤지어의 밤이 뿌연 은하로 떠 다녔다. 골다공증으로 빠져 나와, 개꿈이 소음처럼 낭자한 뼛가루들. 그러다가 동틀 무렵에야 찹쌀풀 같은 비가 내리면 나는 잠이 들곤 했다.

고춧가루 먼지가 코로 들어온다. 이럴 때 먼지는 가장 먼지다워서 주저 없이 내 가슴을 분해한다. 내가 즐겨 가는 카페에 뜨는 그림에서 단풍잎이 수도 없이 날아 나오듯이. 그 칩에 내장된 의미들, 세상으로 나오고자 염원하던 탈주의 분진들이 재채기를 긁는다.

그러는 동안 신은 내 시야를 바리게이트 치고 작업을 한다. 그러면 온습도가 맞은 내 옆구리에서 나방들이 끝없이 부화되어 나온다. 이슬에서 배추흰나비가, 서리에서 호랑나비가, 백설을 만나 비를 만나 모시나비 사향제비나비가….

언젠가는 다 날아가 버릴 내 몸의 나방들, 영원한 동행자이면서 이방인인 그들. 날개에 이는 바이브레이션으로 뉘앙스로 날아간다. 더 마를 것도, 더 젖을 것도 없는 무無를 가장한 존재, 구속을 가장한 자유로. *

탁룡의 비늘

♠♠♠♠♠ 산행 날짜를 몇 번이나 잡았으나 번번이 궂은 일기예보로 오늘에야 가게 되었다며 즐거운 표정들이다.

버스가 남원 쪽으로 들어서는데 쾌청하던 날씨가 어둑해지며 빗방울이 떨어진다. 다시 진눈깨빈가 싶더니 함박눈이 폴폴 날린다. '잠깐 그러다 그치겠지.' 뒤뚱거리던 버스가 달궁에서 멈췄다. 고개 너머로는 밤새 내린 눈이 얼어 더는 갈 수가 없다는 것이다. 대장이 코스를 바꾼다는 결정을 내렸다. 버스를 돌려 뱀사골에 왔다. 자꾸 눈이 간다. 볼이 툭사바리로 부은 구름 꼴이 마음에 걸린다.

우의를 챙겨 입고 신발을 단단히 고쳐 맸다. 지리산, 심호흡으로 산을 오른다. 늦가을 햇살을 먹는 잎들은 붉은 것도 노른 것도 맑은 살색이다. 옷 벗고 회초리가 된 물푸레나무가 길가로 비켜선다. 싸리나무 때죽나무 서어나무…. 키가 큰 것은 큰 것대로 작은 것은 작은 것대로 후후 불을 끄고 있다. 계곡물은 얼음발이 설까, 눈알을 떼룩거리며 얼레둘레 바위 사이로 내달린다.

오룡소를 지났다. 진눈깨비가 날린다. 하나 둘, 일행들이 나를 뒤로 밀어낸다. 뒤처지면 따라가기 힘드니까 부지런히 가자며 남편이 재촉한다. 커다란 구름덩이가 계곡을 덮쳐온다. 함박눈이 밤벚꽃 지듯 한다. 단풍꽃이 금방금방 눈꽃이 된다. 계곡물로 뛰어든 송이들은 같음과 다름이 끝나지 않는 여행에서 돌아와 떠돌이의 피로를 마감한다.

산허리가 꿈틀거린다. 숨이 차다. 아뜩함, 아뜩함이 이런 것일까. 거뭇한 눈개에 내 시야가 함몰한다. 줄지어 올라오고 내려가던 등산객들이 정전처럼 끊어졌다. 와아아 ~ 짐승의 울부짖음 같은 메아리가 공습경보처럼 울리더니 그도 잠겨버렸다.

다 어디로 가버렸는가. 나만 끙끙대며 제자리걸음에 빠져 있다. 힘이 부치는 나를 남편은 어르다 못해 협박을 한다. "이젠 올라갈 수도 없고 내려 갈 수도 없다. 이러다간 죽겠다. 사람들이 재 너머 대피소에서 기다릴 낀데, 그 책임을 어떻게 할 거냐?" 눈구덩에 빠진 아내보다 대피소에 가 있는 일행을 걱정하는 사람, 이 사람이 내 남편이란 말인가. 밉고 서럽다. 나 혼자 내려가든지 말든지 할 테니 혼자 가라며 용을 썼다.

온 골짝을 메워버릴 작정인가. 스텔스 폭격기가 산을 넘어온다. 검은 날개에 핵을 탑재하고 소리 없이 설쳐든다. 바람 한줄기 일지 않는 날개에서는 은빛 포탄이 번쩍인다. 폭격기들이 수직 급

강하로 쏟아지면서 쉴 새 없이 융단폭격을 퍼붓는다. 외계의 괴물 같이 광풍이 몰아친다. 천둥이 골짝을 흔든다. 나는 그들의 타킷에 있는 한 개의 까만 점, 아니 붉은 점인지도 모른다. 나에게로 나에게로만 은빛 화살이 날아왔다. 무슨 이유 있어 그러는가.

역린? 역린逆鱗을 밟았는가. 눈을 감게 하고 숨을 멎게 하고 입을 닫게 하고 귀를 막지 않을 수 없게 하는 모기떼 벼룩떼 구더기떼가 우글거린다. 전갈 살무사 이리 승냥이 살쾡이, 마귀광대의 혀를 깨문 그 날카로운 언어의 송곳니가 벌떼처럼 쏜다. 그것은 마치 지네의 붉은 혓가락처럼 독우산광대의 깔때기를 널름거렸다.

우의가 갑옷보다 무겁다. 모자가 눈살을 맞고 얼어 죽는다. 머리털이 빳빳이 젖는다. 제 뿌리의 영지를 지키고자 사투를 벌인다. 눈도 코도 귀도 입도 얼얼하다. 다리가 움직이려 하지 않는다. 자율신경을 통제하며 마비가 전신을 잠식하고 있다.

'그건 오해야 엉뚱한, 나와는 상관없는.'

물푸레나무 지팡이를 휘둘러 보지만 그 독 오른 살을 막아낼 수가 없었다. 오해는 정답을 싫어한다. 속절없다. 기둣이 주저앉고 말았다. 의식이 아물아물 배가 고팠다. 끝내는 땅에 누워버린다. 포기란 얼마나 편한가.

눈이 스스르 감겼다. 비릿하다. 생선비늘이 핏물에 빠져 죽는 냄새가 난다. 그건 오해라는 드럼통에서 나는 냄새였다. 밴댕이 내장이 썩는, 쥐눈깔이 썩는, 저주의 아가미가 시궁창에 박혀 있다. 허구리에 쉬를 숨기고 허허거리는, 승천하려다 땅에 떨어진

용의 뇌장에서 송장 썩는 냄새가 난다. 귀가 먹어버린 주둥아리들……. 언어의 비늘이 썩고 있다. 빌어먹을.

인간의 속내도 제물에 항로가 교란되는 모양이다. 화산처럼, 그것은 무방비로 손을 놓고 있는 가장 가깝고 가장 여린 자의 취약한 뒤통수를 치는 성질머리를 터뜨린다. 자기의 아킬레스건을 은폐하려고 남에게 덤터기를 씌우는 덜된 생존본능은 까닭 없이 선善을 적으로 기습하는 것이다.

그도 몸 속 어딘가에 있는 불덩이와 먹장구름의 회로가 급작스런 오작동을 일으키며 스스로 골통을 터뜨렸을 것이다. 터져 용암을 쏟기까지, 화산은 얼마나 많은 분노로 곪아야 하는가. 언어가 생성되기도 전에 쓸개가 문드러지고 마는 것을. 아, 가련한 탁룡이여.

이 골짝을 헤어나야 한다. 한 발짝 두 발짝, 조금 더, 조금만 더. 숨이 녹는다. 저기 산 고개에 파란 하늘이 눈썹달만큼 떴다.*

불춤 추는 물구나무

♠♠♠♠♠ 해가 새빨갛다. 애처롭다. 묘판의 모들이 가락 꼬이듯 배틀어져 간다. 무슨 수를 써서라도 소서까지는 모를 꽂아야 할 것이다. 관정을 파고 양수기를 돌린다. 물길을 터 보려 아래 윗논을 뛰어다니며 봇도랑을 치고, 멀리 있는 물줄기를 끌어온다. 메기 침만큼 째앨 쨀 흐르는 물이라도 잡으려고 집집마다 마지막 안간힘을 쏟는다. 하지만 헛일이다. 쩍쩍 벌어진 논바닥은 입을 다물지 못한다. '기어이 일을 내고 말긴가?' 너도나도 하늘을 원망한다.

동네가 며칠을 수런수런하더니, 그날은 읍내 장날이었다. 새말댁이 여인네들을 모았다. 처녀들도 불려 나갔다. 이른 아침나절인데도 아지랑이 너울이 이글거린다. 북으로 바라뵈는 큰 산도 벌써 시들하다. 쥐면 한줌 먼지로 바스라질 것 같은 들을 지나 산

아랫동네 막골로 들어선다.

항아장수네 집이다. 사립께 감나무 밑에 헐떡이던 누렁이가, 떼
거리로 들어서는 아낙들을 흘깃 곁눈질치더니 짖지도 않고 도로
누워 버린다. 집엔 아무도 없다. 행랑채 바깥 칸이 방앗간이었다.
똘똘 말린 덕석 너덧 개가 벽을 지고 포개져 있고, 디딜방아가 방
앗간 복판에서 늘어지게 낮잠을 자고 있었다. 괴밑대는 공이를
받쳐 섰고, 반드라웠던 돌확에는 먼지가 뽀얗다. 서까래에 달려
대롱거리는 손잡이 줄에도 거미줄이 엉겼다.

우루루, 아낙들이 달려들었다. 누가 먼저랄 것도 없다. 방아허
리에 꽂혀 있는 쌀개를 잽싸게 빼낸다. 두어 발 남짓한 방아채를
들어낸다. 묻혔던 볼씨의 홈판이 입을 쩍 벌리고 나앉는다. 방아
채를 들기 좋게 새끼줄로 매듭을 묶었다. 남의 집 방아를 보쌈해
오는 것이 나는 웬지 께름했다. '거들어라.' 새말댁이 멀뚱히 서
있는 처녀들을 돌아보며 재촉한다. 방아채가 생각보다 무거웠다.

아낙들에게 없어서는 안 될 상머슴이 디딜방아다. 도정을 거쳐
야 하는 낟알은 모두 그의 신세를 진다. 찌일~ 쿵덕ㅡ. 절름절름
발을 놓는 그 재미로 곧잘 먼눈을 팔다가 일쑤 꾸중을 듣기 십상
이다. 디딤발이 엇실리면 공이가 흔들려 확가에 앉아 께끼질하는
사람이 다치게도 되는 것이다. 그런 방아채를 도둑질하고 있다.

 이고운 수필집
백번째 그리움

그것도 빈집에 와서. 외고 펴고.

 걸음이 재다. 마치 주인이 쫓아오기나 하는 듯이. 방아채를 묶은 끝 매끼를 잡은 나는 앞사람과 발을 맞추기에 바빴다. 산섶을 한참 돌아 한길가 버들숲에 와서야 땅에 내려놓았다. 먼저 아낙의 굵은 팔뚝만한 통나무 두 개를 벌여놓고 가로대를 걸쳐 새끼줄로 얽어 장강대를 맞춘다. 광목을 팽팽하게 당겨가며 가로대에 한 번 걸어 묶고 장강줄을 만들었다. 엉성하기 이를 데 없지만 틀은 영락없이 상여다. 방아채에는 삼베를 감고 일곱 매듭으로 염을 한다. 마치 송장처럼.

 '자 들어라.' 방아채를 상여에 올린다. 공이가 하늘을 쳐다보도록 눕힌다. 가랑이가 하늘을 보고 쭉 뻗으며 누워버린다. 미끄러지지 않게 중간 중간을 가로대에 묶는다. 우뚝 솟은 방아공이 끝엔 붉은 필베를 불끈 처매고는 네 가닥을 길게 늘어뜨렸다. 양쪽 끝은 공이가 넘어지지 않도록 좌우로 당겨 장강대에 매어 고정시키고, 한 끝은 상여 뒤쪽 가로대에 묶고 한 끝은 상여 앞쪽으로 늘어뜨렸다. 꽃 한 송이 달지 못한 상여는 초라하고 삭막하다. 광목·삼베헝겊·붉은 헝겊·새끼줄들이 방아채 나신을 대충 가리고 누더기처럼 너덜거린다.

 "아지매, 남의 디딜방아로 훔쳐다가 생이(상여)로 만들고 와 그러는데요?"

 "아 그거. 그놈이 죄로 많이 지었은게."

 "죄요?"

“니는 몰라도 된다. 그래야 비가 온다 안쿠나.”

가말댁이 웃으며 말을 잘랐다.

그때였다. 동이를 인 마름댁을 앞세우고 동수洞首댁 마님이 들어섰다. 몇 아낙들이 광주리를 받아 들며 엉켜들었다. 마른 북태 한 마리, 나물 세 접시, 흰 대접에 냉수 한사발이 개다리소반에 차려졌다. 상을 상여 옆에 놓는다. 새말댁이 동이에서 술을 떠서 큰 대접사발에 담아 올린다. 막달에미가 잔을 받아 상에 올려놓고 그 앞에 엎드려 절을 한다. 새말댁이 옆에 꿇어앉아 제법 엄숙한 목소리로 읊조린다.

‘유우 세차아. 땡가무는 날 한낮에 술 한잔 그대에게 올리오니, 다시 못 올 먼 길에 이 술 흠향하시고…’ 뒷말이 나올 생각을 안 하나보다. 한참을 그러고 있다.

“저기 뭐하는 기요?”

“발인을 할라모 축을 고하는 기라.”

발인? 무슨? 축을 고할 때는 축문이 있던데, 무슨 축문이? 싶었다.

“아ㅡ, 영결종천하는데 술 한잔 묵고 가라고 하는 기제.” 가말댁은 여전히 심상하다.

‘이 빌어먹을 세상 살면서 이리저리 맺힌 인연, 야속타 원망말고 씻은 듯이 훌훌 놓고, 허이 허이 편이 가소.’ ㅡ고시레ㅡ. 새말댁이 아무렇지도 않은 표정으로 일어섰다. 둘러섰던 아낙들이 킥킥, 동수댁 마님을 돌아본다. 마님이 싱긋이 머금고 있다.

“자― 이리 와서 한잔들 하고 가자. 어서 오소.”

술잔이 손에서 손으로 넘어가고 나물접시가 젓가락도 없이 따라간다. 무슨 맘에선지, 여인들이 겁도 없이 두어 잔씩 잘도 마신다.

‘대낮에, 저리 술을 묵으몬 우짜노?’

나는 큰일나겠다 싶었다.

해는 금방 떨어질 듯이 머리 위에 직각으로 서서 불을 붓고 있다. 너나없이 등은 적삼에 젖고 얼굴은 볕에 익었다. 홀태 같은 버들의 그늘도 키가 작아질 대로 작아져서 다들 태양의 난타를 당하고 있었다. 가만히 앉아있거나 서 있는 것보다 차라리 움직이는 편이 덜 덥겠다. 나는 소매 끝으로 끈적거리는 낯을 찍으며 해를 쳐다보았다.

“자―. 북망 산천 경개 구경하러 가자.” 새말댁이 일어섰다.

상두꾼은 흰 엎수건으로 검은 머리를 덮고, 한쪽 손에 작대기를 짚었다. 시집 간지 석 달만에 친정으로 쫓겨 온 구장댁의 반벙어리 큰딸과, 박영감의 소실로 와서 이태만에 다시 혼자가 된 한실댁이 상여머리 좌우에 섰다. 그 뒤에는 친정 푸네기 하나 없는 재실지기 생이 어멈과, 어느 날 후딱 날아들어 이 집 저 집 드난살이 하는 숙이 어매가 맞잡고, 다음은 딸만 내리 일곱을 낳은 죄로 늘 얼굴이 부숙한 가말댁이 서서, 한쪽 눈이 찌그덩한 뚝심 좋은 석이네를 손짓한다. 그 뒤로 남은 아낙들이 차례로 장강줄을 맞잡

왔다. 상여를 멜 때는 어깨 높이가 같아야 편하다는 이유로 키가 껑충한 나는 밀려났다.

'패륜죄인방아공悖倫罪人房兒公.' 붉은 천에 흰 글씨가 또렷하다. 명정이 앞에 섰다. 공포도 운아삽도 없다. 상여 머리에는 잿빛 옷을 입은 새말댁이 방아공이를 묶은 붉은 천을 허리에 감아 서고, 굴건제복을 한 막달어미와 소복한 아낙 셋이 상여 뒤에 섰다.

"아이고~ 아이고~."

상주가 곡을 한다. 상두꾼이 상여를 들어올린다. 무릎 참에서 능청능청 한 번 흔들어보고는 '자아~.' 다 같이 소리를 맞추며 장강줄을 어깨에 멘다. '어허넘 어허넘~' 선 자리에서 발 떼기 연습을 한다. 새말댁이 선소리를 준다.

"가세 가세 얼른 가세~ 적선하러 어서 가세. 어허너~엄 어허너엄~."

상여가 간다. 천애고아로 사는 동네 심부름꾼 영이가 명정을 높이 들고 우쭐우쭐 까닭 모르고 저만큼이나 앞서가고, 낯 뜨거운 표를 달고 하늘로 치켜든 옷 벗은 공이가 간다. 누워서도 울뚝불뚝 하늘에 방아를 찧는가. 늘어진 붉은 천이 바람에 슬프다.

"아이~고오 아이고오~."

처음엔 헛울음을 웃음으로 시작했으나 점차 선울음이 설움을 타면서 상주들이 청승맞고 처량한 곡소리를 내기 시작한다. 처녀들은 하릴없이 고개 숙이고 따라갈 밖에 없다. 구경 나온 동네 여인들과 조잘거리는 가시내들이 조문객이다. 남자라곤 젖먹이 하나도 얼씬 못한다.

상여가 먼지 풀썩이는 한길로 나섰다. 상두꾼들이 손에 든 작대기로 상여채를 두드리며 장단을 맞춘다.

"아이고 아이고~ 이 무심한 인사야~ 인제 가면 어느 가뭄에 올꼬? 애고애고 내 팔자야 애가 타서 우찌 살꼬. 서럽고 배곯아서 몬 살것네."

아이고 소리가 네 설움 내 설움을 후려친다. 울다가 웃다가 걸음이 지뻑거린다. 곡소리가 어느새 타령으로 바뀌었다. 상주고 상두꾼이고 구분이 없다. 새말댁이 요령을 딸랑이며 우스개로 앞소릴 먹이는 통에 상두꾼마저 배꼽을 잡느라 상여는 가다 말다 한다. 산 츠렁듬 모랭이를 돌았다. 말라가고 있는 강바닥이 험악한 형상으로 보이고 장지가 가까워오자 새말댁이 속곳을 훌렁 벗어 공이를 향해 던졌다. 공이가 널름 받아 고깔로 덮어썼다. 아낙들이 숨 넘어갈듯 웃느라 상여는 흔들리고 새말댁은 춤을 추기 시작한다. 태초에 제단 앞에서 추던 전위적인 막춤인가. 신기가 물오른 엉덩춤에 상두꾼들이 소리로 받는다.

"콩닥콩닥 끄떡짜떡~ 어~어허허~ 밤낮주야 방앗공아~ 어허흥 어허~ 이댁 저댁 넘본 죄에 산천초목 다 죽는다~ 어허 넘차 어허흥~ 아이고~아이고~ 서러버라 서러버라. 어허허 어허흥~."

소복한 여인들이 따라가며 상여에 채질을 해댄다. 땡볕이 사람을 땀으로 볶는데, 보릿고개에 접힌 허리를 끌며 자갈길에 헛상여를 메고 가는 여인들의 하늘은 아뜩한 현기증이다. 웃음이 울음 울고, 설움이 웃음에 탄다.

'아이고~ 아이고오~.'

어느새 굵은 빗발이 서듯 섧은 목젖에 눈물이 걸린다.

설핏 기운 해에 벌건 핏발이 돈다. 새미보㳌 안 모래밭에 상여를 내렸다. 동서남북에 말목을 박고 금남의 금줄을 쳤다. 북으로 방아공이가 누웠다. 명정은 남쪽 말목 앞에 세웠다. 북방말뚝에는 검은 조각 천을 깃발로 올렸다.

잠시 서고 앉고 술잔이 돌았다. 아낙들의 얼굴엔 발갛게 열꽃이 일었다. 해는 기우는데, 대지는 열사로 타고 있다. 골고다의 십자가형도 이랬을까. 떠들고 웃으면서도 내심은 끝없는 울음이다. 누구에랄 것 없는 비분이, 베이는 칼끝처럼 가슴으로 흐르고 있다. 기댈 곳 없는 신세, 믿고 의지할 곳이라곤 오직 천지신명밖에 없는 신세를 한숨으로 뱉는다.

새말댁이 붉은 깃대 아래를 돌면서 넋두리를 넌다.

"농삿일하지 않은 죄, 혼자 배불리 먹은 죄, 불쌍한 여인네들 희롱한 죄…. 이 천하에 몹쓸 놈을 그냥 두리까?"

악정에 받힌 소리가 앞산 정수리를 흔든다. 누군가가 흙덩이를 던졌다. 그게 신호였다. 욕설을 퍼부으며 너도나도 던졌다. 마치,

마사이족 전사들이 목표물을 향해 일격의 창을 던지듯. 첨엔 재미로 시작한 것 같은데 나중은 사생결단의 기세로 몰입이 되어갔다. 흙이든 돌이든 손에 잡히는 대로 가져와 던진다.

"이 매정한, 못된 남정네야 니 박대 나를 하고 무사할 줄 알았더나?"

가진 것 없는 아낙들, 언어가 되지 못하고 갈앉아 돌이 된 울분들이 분노로 날아간다. 두두둑 찰싹, 툭. 해가 지고야 아낙들은 코를 치잉~ 풀고 지적한 눈가를 훔치기도 하면서 마을로 돌아갔다.

이튿날. 타는 땡볕이 모래를 볶고 있다. 맨발의 아낙들이 걸레를 들고 모여들었다. 어제 입었던 소복들이 피곤한 육신을 끌고 시들시들 움직인다. 던졌던 흙덩이를 떼고 털고 걸레로 닦는다. 이젠 기름통을 갖다 놓고 방아채에다가 기름칠을 한다. 방아채는 주는 대로 기름을 빨아먹는다. 새말댁이 흥을 돋운다.

"어허 이놈의 물건 보소. 대낮에도 요 모양이네. 자 박박 문질러라 박박, 피가 나도록 문질러라."

누군가가 소리쳤다.

'아이고 저기 막손네 숨 넘어 가네.' 킬킬 까르륵.

'이 못된 놈은 뒤집어 누워도 호강이네.' 객객 까르르~.

아낙들은 죽었던 신이 올랐다. 부지런히 정성 들여 기름을 먹인다. 빠진 데가 없나 살펴가면서. 공이를 몇 번이고, 네가 닦고 내가 닦고 아낙들이 번차례로 닦는다. 새말댁이 다시 채를 밟고 올라서서 반질반질 닳은 공이머리를 한사코 닦아댄다.

"성님, 그러다가 미끄러지것소 고마, 그만하소. 아까부터 거기만 닦네?" 까르르~.

"에끼 사람들아, 나중 여기가 안 타면 우짤끼고?"

"설마요, 수십 년 절구질에 붙은 이력인데, 절로 탈끼구먼. 여보게들, 내 말이 그른가?"

깔깔 와르르~, 배창자를 쥐고 아낙들이 자지러진다. 허우대가 더 멀끔해졌다. 석양이 어루만지는 방아채는 구릿빛이다. 선탠을 잘한 어느 보디빌더의 몸매처럼 근육이 움찔거린다.

사흘째다. 댕글댕글, 기름을 먹은 나무가 뙤약볕에 소리가 나도록 말랐다. 패륜을 일삼은 죄로, 땅에 가랭이를 벌리고 거꾸로 세웠다. 상여의 가로대를 뜯어 삼각 작수발로 버팀목을 세워 몸통에다 단단히 묶었다. 뭉툭한 방아공이는 반공에 떠서 북쪽 하늘을 향해 불굴의 의지를 끄떡거린다. 공이 끄트머리에 테를 두른 붉은 천이 아래로 발을 늘어뜨려 섰다. 명정은 방아채 등에 묶어 세웠다. 장강대 위에 짚단도 갖다 넣고 마른 나무를 가져다 쌓는다. 솔가지 싸리가지 할 것 없이 장작을 섞어가면서 방아채 가랑이가 덮이도록, 어른 허리 높이로 빙 둘러 섶을 쟁였다.

해가 뉘엿뉘엿 지고 있다. 태양은 인간들의 염원을 아는지 모르는지 그 성난 눈을 어제보다 더 이글거린다. 흰 몽당치마 적삼을 입고, 동네 여인들은 물구나무 앞에 다 모였다. 삼탕을 갖춘 제물이 제상에 그득 차려지고 두 자루의 촛불이 켜졌다. 새말댁이 잔을 올리고 막달네가 북향재배하고 엎드리자 다른 여인들도 모두 엎드린다. 동수洞首댁 마님이 제를 고하는 축을 읽는다.

"만물을 내시고 다스리시는 천지신령님, 인간들이 패륜한 죄, 벌 받아 마땅하오나, 하고많은 죄를 헤아리신다면 어찌 감당하겠나이까. 엎드려 비오니, 저희 죄를 용서하시고 이 불벌을 거두사, 비를 내려 주소서. 천지 신령님, 가련한 목숨들을 굽어 살피소서."

땅 사방에 술을 붓고 음복을 한다. 해는 서산에 떨어지고 산마루는 붉게 탄다. 천천히, 동수댁 마님이 떨리는 촛불을 들어 섶에 갖다 댔다. 불은 화약고처럼 붙었고 성난 화염으로 타올랐다. 아낙들이 기름걸레를 던져 넣었다. 이미 어두워진 강변은 연기와 불꽃이 노염으로 소용돌이치고 있었다. 아낙들이 손을 잡고 불을 빙 둘러싸고 춤을 추기 시작한다.

"훨훨 잘 타거라, 방아 찧던 기운으로~ 훨훨~가서 이르거라 ~ 비를 가져오지 않으면 방아씨를 말리고 말겠다고~ 아이고~ 아이고~."

짚었던 작대기도 던져졌다. 방아채에 한풀이를 하는 아낙들 얼굴은 땀으로 번들거리고 누군가 곡소리를 내기도 했다. 불이 방아공이에 옮겨 붙었다. 아낙들이 속곳을 벗어 공이를 향해 던지기 시작했다. 홑치마가 된 아낙들이 타들어 가는 방아채를 보며 치마 앞자락을 들었다 놨다, 벌렁벌렁 흔들어댄다. 복수의 희열로 캉캉춤을 추며 모래밭에서 원무를 돌고 있다. 차츰 말이 없다. 이 침묵의 군무는 가슴 안에서 애를 끓이는 언어가 되어 하늘에 닿기를 염원한다. 공중에서 불타던 방아공이가 쩍 벌어지는가 싶더니 불똥을 튀기며 푹, 내려앉았다.

때 맞추어 전짓다리에 걸쳐진 삼가래 같은 냇물에 해오라기처럼 서서 처녀들은 키질을 한다. 물을 떠서 북녘을 향해 나비질을 해댄다. 높이 더 높이. 까불리는 물보라에 별빛이 무지개로 흘러간다. 밤이 깊어가다 은하가 기우뚱 눕는다. 멀리 가까이 무슨 궁량들을 하는지, 별들이 물기를 머금고 섞둘러 앉았다. 시금시금 희미해져 갔다.

새벽녘이었다. 뇌성벽력이 번쩍 번쩍 칼을 휘두르며 우르릉 꽝, 쪼개는 하늘이 천둥소리로 내려왔다. 검은 검객 같은 성난 비가 씻김굿을 벌이던 것이다. 기다린 만큼 세차게 쏟아졌다. 삽시간에 마당을 차고나가 도랑을 넘고 강으로 흘렀다. 고단한 아버지가 삽을 들고 기지개를 펴는 들판으로 내달았다.

인간들, 끝없는 탐욕과 오만으로 대지를 달군다. 그것이 죄인 줄도 모르고, 그래서 불벌을 받는다. 벌인 줄도 모르고. 아, 그 불벌을 푸닥거리하는 선한 무지렁이들. 언제나 거꾸로 서서 불춤 추며 살아야 하는 남루한 가슴들. 물에도 영靈 있어 그들의 불타는 언어를 듣고 하늘에 이르지 않았겠는가.

  그때, 열일곱 내 의식의 잠재에는 그 남루한 아낙들이 물별로
서고, 나비질을 꿈꾸며 몸살을 앓았다. 나무상여 짊어지고 눈물
흘리며 떠내려간 물구나무. 불춤 추던 그들은 지금 어느 가슴에
비가 되어 있을까.＊

하얀 리트머스

♠♠♠♠♠ 고택을 몇 채 지나자 '삼신당' 이라 이름하는 표시가 골목을 향해 손짓한다. 긴 골목으로 들어섰다. 돌담 아래로 늘어선 맨드라미는 붉은 복주머니의 주름을 잡느라 지나는 길손의 여념도 잊었는가 보다. 새들히 잎 수그리고 서 있다.

골목 끝에서 왼쪽으로 돌아섰다. 고목이다. 갑자기 흰 빛바람이 쏴아 하게 쏘여 왔다. 대밭에서 이는 소란스러움 같은 것이 은피라미 떼처럼 파드락거리고 있었다. 그 눈부심은 무서운 기운에 충전되어 검은 둥치를 돌고 있었다. 나도 그 빛에 휩쓸려 사방으로 뻗친 둥지를 건너 타고 우듬지로 빨려 올라가는 느낌이었다. 숨 박동이 불규칙하게 뛨다.

여섯 해를 백 번이나 넘어 곱 살았다는 이 느티나무는 신령한 기운을 용틀어 올리며 삼신진언三神眞言을 외고 있다. 신시본기神市本紀에 '삼신을 호수護守하고 인명을 다스리는 자를 삼시랑三侍郎이라' 하였다. 배달신倍達臣인 삼시랑의 능력을 가지게 되기까지의 세월을 우러러본다. 왼 새끼줄에 끼어 있는 소원들을 본다. 새끼줄이 느티나무둥치를 다섯 번이나 돌아가며 소원을 받아 쥐고 있다. 저 소원들을 다 들어 주려면 이 느티나무는 얼마나 바쁠라? 엄마를 따라온 열 살쯤으로 뵈는 소녀가 소원을 적고 있다. 누가 볼세라 왼손으로 가리면서. 저 소녀에게도 벌써 소원이 생겼을까?

옛사람은 소아小兒 열 살까지는 신명身命, 안위安危, 지우知愚, 준용俊庸에 대해서 삼시랑이 돌보아 준다고 믿었다. 그때는 예사 넘어져도 크게 다치거나 하지 않았다. 아찔한 위험의 순간에도 끝이 나 조금 가는 정도에서 그치지 않았던가. 누군가가 받쳐주고 막아주고 안아주었던 것 같은 불가사의한 느낌이 분명 있었다. 그럴 때면 삼시랑할미 덕분이라 감사하며 십년감수로 가슴 쓸어내리지 않았던가.

기어다니면서 흙도 먹고 닭똥도 주워 먹고, 산으로 들로 진구렁으로 쏘다니면서는 엎어지고 자빠지고, 나무재주 부리다가 떨어지고 찢어지던 때. 고무얼음을 탄다고 용소가 박힌 강에서 다 녹아가는 눅진눅진한 얼음을 타고 놀았던, 천둥지둥을 몰랐던 그때까지는 나도 선仙의 영역에 들어있었을 것이다. 열두어 살 적, 하굣길에 또래들과 딱 한 번, 지금 생각하면 아파트 두 층 높이보다 높은 다리 위에서 아래 강 모래밭에 뛰어내렸었다, 벌처럼 뛰어서 나비처럼 폴 날아내렸던 그때, 등줄기에 전선이 지나듯 쩌릿하면서 식은땀이 났다. 낯색이 노래지고 입술이 해애지던 그 아찔했던 후로, 서서히 나는 선仙의 신기운에서 빠져 나오기 시작했을 것이다. 그리고 인계의 속성이 배어들어 헤게모니와 욕망의 다툼에 말려들고부터 삼랑신의 기운은 거의 바닥을 쳤을 것이다. 그 물증으로, 삐끗하면 다치기 일쑤고, 기억의 끝에 엷은 안개가 자주 내려앉는 심증을 느낀다.

저 위 우듬지에서 내려다보아 흰 종이에 적힌 소원들은 개미떼처럼 와글거릴 것이다. 느티나무의 소원은, 저 소원들을 다 들어주는 것일 게다. 낮에는 접수를 쓰고 밤에는 하얀 종이띠를 읽어야 하리라. 아마 나무는 달고 있는 이파리 수만큼이나 경전을 욀 것이다. 법전에 적셔 보면서 색을 살피리라. 하긴 그것으로 아직 이 나무가 살아있을 것이다. 하나씩 던지는 기원의 돌멩이들이 쌓여 높은 돌탑이 되듯이 사람들이 소원쪽지를 많이 달아 줄수록 나무의 경전도 높아 가리라. 그 소원들은 법정에 선 소크라테스의 변명을 들으러 온 아테네의 시민들과 같을 것이다. 옳은 것을 내심으로 인정하면서도 자기들의 기성질서를 교란하고 파괴하려 했다는 죄목을 씌우지 않았던가. 그에 느티나무도 그럴 것이다. "죽음이 다가올수록 미래의 일이 더 똑똑히 보이는 법"이라고. 하여 그는 답할 것이다. 여기 내다 건 이 죄목들을 면할 수 있는 방법은 "오직 하나, 더욱 선하게 사는 일"뿐이라고. 그러니 어찌 죽을 수가 있겠는가. 느티나무의 신령스런 기운은 날로 세어갈 것이다. 나누어주면 줄수록 기운은 더 세어져 갈 것이다.

천연기념물 제289호 소나무를 보러 간 적이 있다. 손가락을 오백 번이나 꼽아야 하는 나이를 먹었다는 이 나무 밑에서 무당도 벌벌 떨었다는 말을 듣고는 궁금증을 견뎌내지 못했다. 가까이 다가갈수록 운동장만한 공간을 높이 차일치고 있는 품이 장엄하였다. 껍질이 거북등처럼 갈라졌고 아홉 개쯤의 아름드리 가지가 울퉁붕툭 전해오는 형극의 울분을 비틀고 있었다. 이름이 구룡나무다. 이 나무는 막걸리를 좋아한다고 했다. 자신의 소원을 빌면 효험이 없고, 남의 소원을 빌어주어야 빌고 있는 사람의 소원을 들어준다고 했다. 그 소리를 듣자 서늘한 기운이 무거운 어깨에 서리처럼 내려앉았다.

준비해온 막걸리를 밑둥에 붓고 절을 했다. 내 몸의 독도 같은 입과 내 몸의 호미곳 같은 귀가 멍했다. 밀치고 드는 욕심을 억제키가 사흘 굶는 것보다 더 힘들다는 걸 알 것 같았다. 나를 극복하는 힘이 곧, 신의 기운을 받는 것이리라.

나도 한쪽에 마련된 탁자로 갔다. 포퓰리티를 선동하는 종이띠를 폈다. 누구의 소원을? 펜으로 첫 자를 떼는데 줄줄이 내 것이 따라붙는다. 잠시 밀고 당긴다. 하나를 선택하는 이 긴 시간을 느티나무는 기다려 주지 않을 것이다. 소원은 늘 맨 앞에 준비되어 있는 내 평상심이어야 하니까. 뒷사람의 눈치가 등에 간지럽다. 남이 알아버린 비결은 이미 비결이 아니라는 선인의 말씀을 뇌이며 왼손으로 가렸다. 애써 펜에다 힘을 주어 나와 소원이 같을 성 싶은 지인의 소원을 겨우 썼다. 꼬인 새끼줄을 비집어 끼운다.

난, 혹시라도 저 느티나무 이파리 하나만큼보다 못한 신기로 산다고 날뛰면서 누군가에게 독배를 마시게 한 적은 없었을까. 이제 좀 선해지려 한다. 마음으로 소원을 자주 비는 것도 나무를 오래 살리기 위한 경전이 될 것이다. 그러다 보면 영검한 기를 받아 내 소원이 이루어지리라 믿는다. 그 희망으로, 요즘은 산이나 길을 가다가도 아름드리나무 앞에서 몸을 여미고 다른 이의 소원을 입속말로 외는 연습을 한다. 오늘 이 고목 아래에서 슬그머니 내 소원의 종이띠를 푸는 까닭도 그렇다.＊

천지네의 돌

♠♠♠♠♠ 배가 간다. 메밀꽃이 인다. 갈매기들이 꽃이랑에 내려앉아 미끄럼을 탄다. 거품이 사그라지면 엉덩방아를 찧다 날아오른다. 먹어도 배부르지 않는 먹이를 쪼며 따라온다. 흐릿한 해무에 허우적대던 해가 사라졌다. 갈매기도 다 어디로 가버렸는지 없다. 해가 들어간 반대편 하늘에 달이 났다. 샤워를 하고 나온 듯한 익은 여인이 뱃전에 앉아 젖은 머리에 해풍을 희롱한다. 서해바다 쪽달이 그녀의 콧마루에 실려 간다.

요동벌. 이 옥수수 밭, 무슨 첫 인사가 이리도 길어야 하는가. 가도 가도 지치도록 다가와 줄을 선다. 폭염에, 배고픔에, 이념에 대하여 시위를 한다. 서걱이는 시린 칼날에 내 남국의 기억들이 섬벅 베일 것 같다. 눈꼽 끼인 꽃이, 시퍼런 칼잎이, 침 흘리는 수염이, 뻐드름한 대궁들이 끝없는 지평선을 잠식한다. 그 안에 들어가면 뼈도 못 추리는 수수께끼로 남을 것 같은 까무룩함. '국경의 밤'을 넘은 어느 조선의 여인이 한이 되어 스몄는가. 백두산 가는 길, 옥수수 밭에 누런 해가 지고 있다.

이슬길이다. 울창한 숲이 잠 깨지 않겠다는 듯 안개에 잠겨 있다. 길도 자욱하게 묻혀 길이 무겁게 젖었다. 고사목이 바싹 마른 시간의 태엽을 감고 있다. 백마의 건각 같은 자작나무가 총끝에 칼을 세우고 골짜기를 앞질러 달린다. 등성이를 오르다 슬금슬금 주저앉는다.

숭의 분기점인가 보다. 자작나무가 어느새 사스레나무로 바뀌었다. 키를 낮추고 온 몸을 움츠리다 뒤틀기를 한다. 살갗이 트고 딱지가 앉았다. 그러면서 속살은 한없이 부드러워지고 껍질은 썩지 않는 내성으로 단단해졌다. 옆으로 능청하게 누운 사스레나무 가지에 앉아 잠깐 사스락 말을 듣는다.

오르면 오를수록 땅으로 땅으로 낮아진다. 저 백의白衣의 하늘에 이상을 걸고 이 선영의 준령에 말을 달리던 사람들. 아스라이 맑은 조국의 하늘은 그리도 멀었던가. 무슨 까닭에 그날도 안개는 자욱이 흘러 별은 얼굴을 돌리고, 눈물 젖은 선구자의 노래는 온 산에 몇 번을 잦아들었는가. 그 말달리는 노래가 세월과 같이 흘러 흘렀어도 한 그루 비목처럼 다시 솟아 즐펀히 산을 덮었다. 창공을 바라보면서 한 알 이슬로 영롱해진 사람들, 오늘은 말없이 나를 맞아준다. 어느 길로 왔느냐고 묻지도 않는다. 부끄럽다. 세월이 얼마나 흘러야 할지 모르겠다. 그 이름들 부르며 여기 내 마음대로 술을 뿌릴 수 있는 날이 언제일지. 가난 타는 나그네 신세가 바람에 스산하다.

꽃은 바람이 가꾼다. 바람이 다니면서 메발톱으로 땅을 일구고 거친 어깨에 실어 씨를 뿌린다. 구름국화, 바위구절초, 흰 담자리……. 안개자락에 수를 놓고 있다. 달랑거리는 방울처럼 오롱조롱 어리고 앳되다. 햇살 틈으로, 바람 틈으로, 비, 안개구름 틈으로 자꾸만 가라앉는다. 누가 8백40만 번째의 환생이 사람이라 했다. 그 중에 나도 한 번은 저 구름국화로 환생한 적이 있었을까. 꺾을 듯, 꺾일 듯하면서도 하늘거리는 바람꽃들, 맺힌 언어들이 무색하다. 저 아래 살 때는 몰랐다가도 여기 오면 그걸 알게 된다. 저 멀리 한없이 맑은 창공이 있다는 것을. 그 망연의 세계에 닿으려면 더없이 작아지고 낮아져야 한다는 것을.

달문이 열려 있었다. 비룡여사가 마름질을 하고 있다. 흰 비단에 안개로 물방울로, 물보라를 무늬 새기며 땀을 박는다. 쉬지 않고 인두질을 한다. 품이 한없이 넓고 길어서 인간의 요량으로는 가늠자가 없다. 훌훌 털어 바늘땀 흔적을 지우면서 하늘로 하늘로 천의무봉을 택배하고 있었다. 바람 따라 빛 따라 색깔이 바뀐다. 나는 언제 저 옷 한 벌 얻어 입을까.

이낀가? 파릇했다. 천문에는 색소만 있었다. 소용돌이치는 마지막 티끌을 맨땅에 몸 부비며 일 보 일 배 한다. 생명의 밑그림 같은 어느 영혼의 물기. 완성을 향해 천이遷移하는 것. 파릇함이 엷어지면서 돌 안으로 스며들었다. 완전 연소 후의 이 가벼움. 비울 것도 채울 것도 없어, 강풍에 날아가지 않고 물에도 가라앉지 않는 돌이 된 이끼들, 나무도 꽃도 잊어버리고야 무념이 드나드는 몸이 되는 것, 그건 망아忘我일 것이다.

문이 닫혔다. 부정한 인간들의 욕망을 경계하는 걸까. 어디가 어딘지, 하늘도 안 보인다. "천지야~" 불렀다. 훤칠한 키에 길게 늘어뜨린 흰 수염, 흰 도포자락을 펄럭이며 노인이 나왔다. 그의 옷자락에 바람이 일었다. 하늘 냄새가 코로 눈으로 귀로, 입을 막으며 감겨든다. 정신이 아득했다. 명주 천을 속살에 밀어 넣듯 얇은 비옷의 단추 눈을 헤치고 찬물같이 청신한 손이 내 가슴을 쓴다. '오늘, 마님께서는 외출 중이라오' 청려장을 흔드는가 싶더니 이미 사바엔 구름만 자욱하다. 나는 한참을 서성서성 기다렸다. 웅얼웅얼 말소리가 멀어지면서 이슬이 흩날렸다.

아득한 옛날, 세상이 흔들리어 땅이 갈라지고 불기둥이 치솟고 재가 자욱하던 그날 너는 태을성을 타고 천지에 내리고, 나는 별 똥별로 저 남도의 땅에 떨어졌었다. 삶이라는 일상으로 이름없는 육신이 되어 너를 만날 수가 없었다. 지금은 남의 하늘, 밤을 물길로 건너고 열차로 끝없는 평원을 달려 반세기를 돌아 이제야 여기에 이르렀음에. 오늘도 아득히 눈이 어둡다. 서운하다. 나는 못가에 앉아 편지를 쓴다.

'하늘 바다에 흐르는 미리내 성에 쌍무지개 그네를 뛰던 날, 멀리 달빛 옷고름 날리며 굽어보던 봄 언덕, 잊을 리야, 한시라도 잊

힐 리야. 천지야! 우리 영원히~. 다시…….'

　히끗한 돌에 기약 없는 쪽지를 묻었다. 얼마나 버려야 하늘에 뜨는 돌이 되는가. 돌아섰다.

　빼앗긴 돌. 머쓱한 키에 내 등짐이 된 돌이 무겁다. *

현고수의 낮잠

♦♦♦♦♦ 내가 도착했을 때, 노인들이 장기를 두고 있었다. 중복 하오의 뙤약볕이 짙은 느티나무 그늘 안으로 들어오려고 아우성을 치고 있었다. 사방 울을 치는 나뭇가지 그늘에 그늘이 얹혀서 검푸른 녹음이다. 그 아래 성근 왕대발을 깔고 허연 노인 일여덟 분이 장기판가에 빙 둘러 앉아 있다.

잊고 있었던 풍속도 한 장을 보는 듯했다. 흙 묻은 종아리가 둘둘 말린 베잠방이 밑으로 불거져 나오고, 앞 저고리 끈고름이 푸하하게 가슴을 헤쳐 푼 촌부가 떠올랐다. 무논이 끓어 단내가 나는 한낮에 두벌 매기 논바닥을 헤집던 친구를 불러내서는 막걸리 한잔 나누고 잠시 무더위 쉴 참에 마주 앉아 장기를 즐기던 농부, 우리 할아버지의 미소가 어려 있었다.

육백 년이 넘었다는 노거수老巨樹를 돌아본다. 한 그루가 아니라, 세세년년 수를 더하면서 작은 그루가 나고 자라, 그러면서 여러 개의 둥치가 하나로 합해져서 이제는 한 몸이 된 듯, 힘을 응축한 근육질이 질긴 가지를 뻗고 있다. 주저앉을 뻔하다가 서고, 넘어질 듯하다가 죽을 힘을 다해 일어섰던 안간힘이 둥치에 울퉁불퉁 화석으로 박혀 있다.

나무를 만져보고 있는 내 뒷등으로 노인 한 분이 다가왔다.

"이 자리가 북을 단 자리라네. 홍의장군이 여기다 북을 달고 쳐서 의병을 일으켰지."

어투가 현장에 있었던 사람 같았다. 지난 역사의 한 토막이 아직도 가감 없이 현실로 인식되어 있는 모양이다. 세월이 아무리 흘러도 우리에게 있어 평화라는 존재는 절실한 화두로 존재할 밖에 없나 보다. 노인이 가리키는 가지는 굵고 길어 예사롭지 않았다. 하늘로 올라가는 게 아니라 수평으로 길게 뻗어 있다. 이제는 작수를 받고 있다. 마상의 쥔장 농부를 위한 훈수를 하려고 저리 내려온 것일까. 허리를 굽힌 가지의 몸짓이 두 팔 뻗어 '거름강'을 손짓하며 그리로 달려가는 듯하다.

나무를 올려다본다. 둥치와 가지가 마치 절규하는 어머니의 형상이었다. 세 살짜리 어린 것을 한 팔에 걸고 어디든 내달리겠다는 힘을 싣고 있다. 이제 그 절박했던 한 시름을 놓고 쉬는가. 깃발처럼 펄럭이던 그 바람소리가 치마폭에 묻혀있고, 동동거리던 안타까움들을 묵언의 그늘로 보듬었다. 그 어머니가 이제는 능청한 품을 내려놓아, 흐뭇한 미소로 오늘의 장기판을 내려다보고 있다.

“포를 떠라 포!”

당사자는 묵묵히 앉아있고 옆에서 구경하던 사람이 더 야단이다. 장군을 부른 노인이 훈수꾼을 보며 웃는다.

“허허 이 사람아, 남이야 포를 뜨던지 장을 쑤던지, 자네가 와 그라는가?”

그러면서 호기롭게 군을 들었다 뒤집어 놓으면서, “아 뭐하고 있나? 장 받게 이 사람아.” 다시 군을 들어 딱, 소리 나게 장기판을 친다. 남편이 다가가더니 슬그머니 장기판에 고개를 디민다.

“못 보던 분이네. 여긴 어찌 오셨소?”

“아, 예, 홍의장군 만나러 왔습니다.”

“허허 그래요? 한잔 하시오.”

막걸리를 중발잔에 따라준다. 남편은 그 잔을 받아 잘도 마신다. ‘넉살도 좋다. 차 운전할 사람이?’ 나는 뜨악하게 남편을 바라보았다.

이분들은 언제부터 여기 앉아 있었을까? 막걸리 빈병이 이쪽에 둘, 저쪽에 하나 나둥그라져 있고, 반쯤 남은 병이 이쪽에 하나, 저쪽에 하나 삐딱하게 섰다. 따지 않은 병이라고는 하나밖에 안 보인다. 저 술병들이 속을 다 비우고 바람이 들어서 저렇게 누워 낮잠을 자게 되면 이 노인들도 판을 걷고 집으로 돌아갈 것인가. 한가를 즐기는 모습들이 참 평화롭고 여유롭다.

한판 승부가 지나갔는지, 두 사람은 묵묵히 쪽을 놓고 있다. 나머지 노인들은 흔들던 부채도 접고 어깨너머로 들여다보고 있다.

푸른 논으로 물결 지던 바람이 사르르 논두렁을 넘어온다. 정적이 다시 고요에 앉는다.

남편이 볼을 만지면서 바싹 다가앉는다. 쉬 일어서긴 틀렸다. 제법 기다려야 할 것 같았다. 나는 툭 불거진 나무 뿌리께에 앉았다. 뿌리에서 올라오는 나무냄새가 신비하다. 이 상긋한 이끼냄새가 어쩌면 나무가 내게 걸어오는 언어일지도 모른다는 생각이 들었다. 알 수 없는 힘이 나를 어디로 데려가는가. 참매미가 쌔애~ 운다. 그 소리에 한낮이 조는 듯이 느른해진다. 등에 닿는 나무의 체온이 온온溫溫하다. 저 휘굽은 현고지懸鼓枝의 몸짓 너머로 붉은 안개 같은 것이 슴슴히 서려왔다.

둥 둥 둥~ 장정들이 주춤주춤 나무 밑으로 모여든다. 거름강으로 북소리가 가고 있다. 강바닥에 통나무를 치고 쇠줄을 걸치고 사다리를 놓고. 이불깃을 찢어 올린 깃발이 물위에 서 있다. 붉은 옷자락, 머리띠 질끈 맨 장정들이 강을 질러 한바탕 달려간다. 이번에는 서넛이 달려온다. 어쩌지? 강바닥이 새까맣다. 왜선들이 지쳐온다. 가슴이 마구 뛴다. 털커덕, 쇠줄에 걸렸나 보다. 왜선들, 썩은 버들잎 지듯 무너진다. 삿갓 쓴 메뚜기 떼들 물에 빠져 허우적거린다.

다시 검은 도둑 떼들 몰려온다. 죽창 들고 몽둥이 들고 활 메고, 장정들 북 울리며 정암鼎岩나루로 달려간다. 솥바위가 들썩들썩 뚜껑을 들어 김을 뿜는다. 허리 홀친 아낙들 주먹밥 함지 이고 들고 달려간다. 딱콩총소리, 화살촉 소리, 나뭇가지가 핑핑 운다. 나루 터줏대감들, 괴목도 참목도 몸을 뒤틀며 바람을 불어준다. 갈밭에서 화살 떼가 날아간다. 검은 배들, 우수수 뱃창자가 뒤집힌다.

'한 놈도 보내지 마라!' 둥 둥둥둥~, 하늘을 쪼개는 우레 소리. 백마가 홍의를 휘날리며 축지縮地를 하고 있다. 공중에서 구름칼이 춤을 춘다. 혼이 나간 머리를 쥐고 검은 떼거리들 갈팡질팡 정신이 없다. 메뚜기들 후두둑 떨어진다. 강물이 피를 덕석말이하며 흘러간다. 한줄기 시원한 바람 불어오고, 맹호수 바람 가르며 칼 비껴들고 북소리 말을 달린다. 와~와~ 승리의 함성이 눈물에 젖은 흰 옷 입은 사람들, 정암 벌에 여명이 튼다.

누가 내 어깨를 흔들었다. 남편이었다. 깜빡, 매미가 자장가를 불렀던 모양이다.

"사람도 참, 여기서 자불면 어떡해."

나무가 나를 보듬고 낮잠에 겨웠는가. 생시 같은 꿈이 한참이나 서언했다.

노인들은 상기도 돌아갈 뜻이 없어 보인다. 장기판은 더욱 한가롭고 훈수에 목마른 노인들은 자세들이 어슷해졌다. 인사를 했다.

"잘 가우."

어른들의 귀대답을 따라 매미가 째애~운다.

걸어 나오다가 돌아보았다. 현고수懸鼓樹는 반 뼘쯤 물러앉은 그늘을 내려놓은 채 흐뭇이 웃고 있었다. 신선 같은 팔을 들어 손을 흔들었다. 그때, 여기 붉은 북소리 있었기에, 오늘 사람들 짙은 그늘 아래에서 평화를 누리리라. 둥둥~ 둥, 치지 않아도 열어놓은 차창에 북소리 따라온다. *

역사라는 것

♠♠♠♠♠ 역사의 섬 강화도. 수필문우님들과 나들이를 왔었다. 역사는 흔적이다. 기록이라는 흔적, 유물로 남은 흔적들은 다시 다른 삶을 부르면서 대를 이어간다. 그게 역사다. 내가 강화도에 어떤 흔적으로 남을 수야 없겠지만 강화도는 이런 저런 역사를 내게 새겨 넣었다.

강화는 개성(개경)과 서울을 근교에 두지 않았던들 정겨운 한 편의 수필처럼 남아있었을지 모른다. 나라의 중심지와 가까웠던 탓에, 그것도 섬이라는 운명 때문에 고려, 조선에 걸쳐 궁궐과 왕족들, 실록의 피난지로 유배지로, 격전의 땅으로 역사에 뛰어들었다. 이곳에 살았던 사람들은 저기 건너다 보이는 황성이 태평할 때 어떻게 살았을까. 적과 싸워 피로 얼룩진 덕에 남은 사람들 비단옷 입고 다녔을까. 섬도 제 용량만만 방어할 능력을 갖고 태어났음인가. 진鎭을 놓고 보堡를 쌓고 대臺 돋우고, 물때와 물살을 무기로 무도한 침탈자들을 맞아 장렬히 싸웠건만.

강화대교를 건넜다. 칠월의 햇살이 진록의 들판에 유약을 바르고 있다. 나무 한 그루 풀 한포기, 그 어느 것 하나도 예사로 보이지 않는다. 싱싱하고 푸르다.

고려궁을 알현한다. 승평문昇平門. 그 정문으로 들어갔다. 아무런 저지도 하지 않는다. 표정도 없다. 이젠 문무도 좌우도 없는 시대임을 그도 아는가 보다. 뒷산이 송악이다. 두고 온 개경을 그리며 산을 그렇게 불렀다 하니, 피난생활 39년, 그 통한의 향수가 손에 잡힌다.

오욕의 고려궁지. 강화유수부동헌江華留守府東軒 앞에 조아렸다. 내 나라 내 황성에 돌아가는데, 이 황궁을 허물어야 한다는 몽골의 강압을 흐려버리고 싶었던가. 바람이 울며 간다. 조선 때 백하 윤순이 썼다는 '명위헌明威軒' 현판에 든 세 글자가 울고 있다.

궁궐이 있던 자리가 서러워서 '이방청'을 지었겠다. 열두 칸 마루를 ㄷ으로 돌아든다. 아침 해가 회토담장을 넘어와서 어둑살이 내릴 때까지 관아의 살림을 짜고, 내고, 세고 있었겠다. 빈 마음들이 스물한 칸 방방이 기웃대다 다시 텅텅 비어져서, 티없는 마당을 터덕터덕 나온다. 그림자조차 뜨지 않는 한낮의 디딤돌을 무람없이 딛고 나왔다.

서쪽 언덕에 '외규장각'이 오도카니 서 있다. 겨우 얻은 뼈다귀 하나 물고 있다가 불독에게 약탈당한 삽살개처럼 그늘도 없이,

땡볕에 외로이 섰다. 그들은 언제 또 무얼 허물자는 약조를 내밀지도 모른다. 볼모로 잡혀서 아직 돌아오지 못하고 있는 그 불귀의 서책들을, 이렇게 언덕에 나와서 기다리고 있다. 뺏긴 것을 찾으려면 총칼 들이대지 않고 찾아오려면 핵보다 더 센 힘이 있어야 할 것을. 우리는 언제 허리를 펴게 될런지.

보물 11호. '동종'이 보호막에 갇혀 있다. 종을 찬찬히 들여다보았다. 꼭대기에는 청룡백룡이 얽힌 채 서로 얼굴을 맞대고 있고, 용의 몸에는 잉어비늘, 사슴의 뿔, 토끼의 눈, 소의 귀, 뱀의 이마, 매의 발톱, 호랑이의 발바닥, 그리고 그 무엇이 꿈틀꿈틀, 종을 현수하기 위한 아래 고리를 엄호하고 있다. 몸채의 가운데는 가는 띠와 굵은 띠를 돌려서 힘을 안배하였고 네 개의 유곽乳廓 안에 연꽃 문양의 유두乳頭를 아홉 개씩 달았다. 가운데 옆 띠 아래에는 종을 만든 기록이 도드라니 숨을 쉬고 있다. 뿐이 아니다. 종 안에는 글자로 새길 수 없는, 뼈를 녹이고 살을 에듯한 염원들의 울림이 금방 울려나올 것 같았다.

동종은 불독 같은 외인들에게 약탈돼 끌려가다가 돌아왔다. 그때 놀란 가슴을 아직도 진정시키지 못하여 원본은 박물관저로 모셨다고 한다. 동종을 만들어 처음 성문 앞으로 옮겨 달 때는 얼마나한 인력과 장비가 동원됐을까. 그만큼의 힘이 도둑떼에게 없었을 리는 없다. 막무가내로 온갖 술수를 다 썼을 것이다. 그런데 왜 그 큰 함대에 싣지를 못했을까?

종은 성문을 드나드는 사람들에게 시각만을 알려주려 함이 아니었다. 조선 숙종 14년, 종을 처음 만들 때 사인비라는 스님이 나라의 무탈과 백성의 안위를 염원하는 주술을 함께 녹여 문양으로 새겨 넣었음이 분명하다. 그리하여 동종은 시비를 가리는 능력을 가졌던 것이다. 성문에 달릴 때는 동종 스스로가 무게를 덜어내어 기쁨으로 들려서 올려졌고, 외세의 도적들이 약탈해 갈 때는 절대로 들리지 않는 주술을 걸어 스스로 들리지 않았던 것이리라.

월곶. 연미정燕尾亭이 날렵하게 앉았다. 그리로 오르는 길가 밭두렁에는 호박잎이 폭염에 팍, 새들어져 맥을 놓고 있다. 예성강을 머리에 두고 한강과 임진강이 합해져서 하나는 서해, 하나는 인천, 두 갈래로 흐르는 양이 흡사 제비꼬리다. 물 건너 북한 땅에 구조물들이 잡힐 듯이 보인다. 서해에서 서울로 들어가려면 물살이 다정해지는 때를 기다려야 했기에 닻을 내리고, 우리도 연미정에서 쉬었다.

고려가 몽골의 침략에 대항하기 위하여 강화도로 천도한 후, 돌과 흙을 섞어 해협을 따라 길게 쌓은 강화산성을 따라 걸었다. 막아서 지켜야 한다는 일념으로 아비는 등짐으로, 어미는 머리에 이고 혹은 치마에 싸들고, 어린 것들까지 흙 돌을 날랐을 것이다. 한 겹, 두 겹, 세 겹 얼마나 주리고 지치고 참을 수 없음도 참아냈을까. 싸고도는 바다 때문에 늘 물때와 물살을 가늠해야 했기에,

그 자연의 이기로 하여 강화도는 더 비참한 역사를 지니게 됐을 것이다.

생각의 줄을 당기다가 광성보에 왔다. 강화에는 효종 7년(1656)에 여러 진이 설치되기 시작했는데, 효종 9년에 강화유수 서원이 설치한 것이 광성보다. 숙종 5년(1679)에 화도돈, 오두돈, 광성돈을 함께 축조하고, 영조 21년(1745) 석성으로 개축하면서 성문을 세워 안해루按海樓라 하였다. 1871년 신미양요로 치열했던 격전지이다. 통상을 요구하며 강화해협을 거슬러 올라오는 미국 극동함대를 덕진진 초지진 덕포진 등의 포대에서 일시에 사격을 가하여 물리쳤다. 그러나 4월 23일 미국 해병대가 초지진에 상륙하고, 24일에는 덕진진을 점령한 뒤, 여세를 몰아 광성보로 쳐들어왔다. 이 때 어재연 장군과 휘하 전 수비군은 열세한 무기로 분전하였다. 용감히 싸웠지만 졌다. 조선군은 포로 되기를 거부하여, 몇 명의 중상자를 제외하고는 전원이 순국하였다. 어재연 장군과 200여 명의 순국영령들을 기리는 쌍충비와 신미순의총辛未殉義塚이 여기 광성보에 있었다.

손돌목 돈대가 내 귀를 잡아당겼다. 고려 고종이 몽고의 침입을 피해 강화로 피신하던 중 광성보를 지나자 갑자기 뱃길이 막혔다. 피신길에 있던 왕은 뱃사공인 손돌의 계략이라 여겨 그를 죽이라 명령했다. 손돌은 이곳의 지형 때문에 일어나는 현상임을 아뢰었지만 왕은 믿지 않았다. 뱃길 앞에 바가지를 띄우고는 그 바가지가 떠가는 대로만 가면 뱃길이 트일 것이라 일러주고 손돌은 처형을 당하였다. 결국 왕은 손돌이 가르쳐 준대로 바가지를 따라 무사히 강화에 도착했는데 갑자기 회오리바람이 불어왔다. 왕은 비로소 자신의 잘못을 깨닫고 크게 뉘우쳐 말머리를 베어 손돌의 넋을 제사 지내니 그제야 풍랑이 그쳤다고 한다. 그 뒤 후세 사람들이 덕진진 앞 좁은 물길을 손돌목이라 불렀다. 그 앞산에는 손돌의 무덤이 있고, 해마다 손돌이 죽은 10월 20일경에는 큰바람이 불어 손돌의 넋이 살아 있음을 실감하면서 이곳 사람들은 그 바람을 손돌바람이라 부른다. 손돌의 죽음이 역사에 기록되어 있는지, 박학무지한 나로서는 알 수 없지만 땅과 바람은 충신의 넋을 기려 만고에 유전시키는 모양이다.

이규보(1168~1241). 뜻밖에도 길상면 길직리 백운곡에 그 분의 묘가 있었다. 문장가이며 시인이었던 백운거사, 고려의 무신 집정기를 살아간 신흥 사대부이자 문장가로서 자신의 문학역량으로 나라를 빛내고자 한 '이문화국以文華國'의 이상을 실현했다는 분. 〈동명왕〉이라는 장편 서사시로 민족의식을 노래한 분. 그 분이 이곳에 잠들어 있을 줄은 꿈에도 몰랐던 내 역사지식의 짧은 끈이 달랑거렸다. 피난 천도시절인 1241년에 74세로 생을 마쳐 여기에 누워 있다는 것이다. 불귀. 끝내 고향의 선영으로 돌아가지 못했다. 그도 한이 아니겠는가. 묘 옆에는 사가재四可齋가 있었다.

 '밭이 있으니 경작하여 식량을 마련하기에 가可하고, 뽕나무가 있으니 누에를 쳐서 옷을 마련하기에 가可하고, 샘이 있으니 물을 마시기에 가可하고, 나무가 있으니 땔감을 마련하기가 가可하다.' 그래서 재齋의 이름이 사가재다. 당대의 대 학자가 사랑한 진리는 이토록 낮고 평범한 것을. '백운거사'와 '사가재'. 듣기만 해도 인자한 웃음이 서린 도도한 풍모가 초연히 서서 세상을 보는 듯하다.

 강화역사박물관에 들렀다. 지역박물관은 그 지역의 문화와 유적을 알리는 이정표의 역할을 한다. 그러고 보니 우린 각론을 먼저 보고 총론을 찾아간 셈이다. 박물관은 네 개의 전시실로 나누어 역사를 시대별로 구분해 놓았다. 제1전시실에서는 석기시대부터 청동기시대에 이르는 선조들의 생활흔적을, 제2전시실은 고려에서 조선까지, 팔만대장경의 제작과정부터 강화에서 출토된 유물이 전시돼 있었다. 거기서 국보 133호 '청자진사연화문표형주자'를 보다가 눈길이 벽에 붙은 '교지'에 머무는데 허세욱 선생님께서 청나라 연호를 쓴 교지를 벽에 붙여놓았다고 노기를 띠셨다. 해설사는 잘 몰랐다고 얼굴을 붉히며 시정을 건의해 보겠노라고 사과를 했다. 선조가 세 불리하여 당한 봉욕을 그 후손이 치욕으로 느끼지 못하여 그것을 제 손으로 내걸어놓고 자랑스럽게 해설하는 현장에 서서. 좀 부끄러운가. 나는 오늘 역사 앞에서 무엇을 배우는가? 역사는 지식이 아닌 것이다. 정신과 혼을 가지는 것이다.

역사관 바깥에는 낯익은 풍물이 있었다. 총 67기의 비석들이 줄을 섰다. 내가 사는 진주에도 진주성에 가면 이런 비석들이 있다. 조선시대 때 선정을 베푼 유수, 판관, 군수 등의 영세불망비와 선정비, 그리고 자연보호의 일환으로 세운 금표 등이 자리하고 있다. 생전에 '송덕' 비다, '시' 비다, '공덕' 비를 세우는 추잡은 사람들이 판치는 요즘에 비하면 옛날 사람들은 그래도 염치를 알았던 듯한데, 저 비석 중에 이름 드러내고 싶어 자화자찬을 새긴 자가 더러 많을 것이라 생각해 본다. 비싼 돌 먼 데서 가져다 세운 저 매끈한 비석이 웬일로 내 눈치를 보는 것 같다. 아까 점심밥에 맛있게 먹은 밴댕이가 소갈머리 없이 비릿한 트림을 올린다.

걸어오면서 역사박물관 계단 벽에 크게 걸려있던 '수자기帥字旗'를 생각했다. 황색 무명천 중앙에 '수帥' 자가 박혀있었다. 너비는 열두 폭, 길이는 16척. 미군이 전리품으로 뺏어갔던 것을 136년 만에 돌려받았다는 대장기다. 나는 수자기를 지나치다 언뜻 그 뒤에 버짐 같은 얼룩을 보았다. 강화도를 지키려다 외세를 막아내다 죽어간 수많은 민초들의 함성 같은 비명소리가 들렸다. 자식을 보내고 울부짖는 어미의 소리를, 죽어가면서 어미를 불렀을 아들의 피눈물이 보였다. 그들은 장수보다 앞서서 적과 싸웠을 것이다. 뒤에 남은 장수 몇몇은 그게 무슨 용기라고 자결을 했다고 했는가? 민초, 그들의 주검을 딛고 산다는 것은 패전보다 더한 욕됨이었을 것이다. 저 얼룩으로나 남았을 그들. 그들도 이름이 있었을 것이다. 수식어가 붙지 않아서 젤 앞에 적진을 향해 달렸을 그들. 헌데, 그들은 임금으로부터 이름도 무엇도 받은 기록이 없다. 그러나 역사는 들려주고 있다. 동종소리로나, 손돌목 물소리로나.

전망대에 올라 망원렌즈로 먼 곳을 가까이로 보았다. 멀리 갯가에 회색갈매기와 백로 한 쌍이 젖은 몸을 말리고 있다. 섬이 아니었다면 행복했을지도 모를 강화도. 역사는 말이 없지만 역사는 알고 있다. 지금 살아 있는 나는 무엇으로 역사를 쓸 것인가 묻고 있다. ＊

초원이 하늘을 닮아

♠♠♠♠♠ 뱃속이 단단해지도록 날숨을 뱉어내다가 더는 못 참겠다는 듯 마지막 굉음을 올리며 내닫다가 길 끝에서 휘끈, 동체를 공중으로 들어올린다. 떴다.

지상의 불빛들과 점점 멀어진다. 멀어지다가, 하늘바다로 솟구치는 돌고래처럼 먹구름계단을 뚫고 올라선다. 구름 아래로는 비가 내리고 있다. 저 구름 아래에서 비가 오네 눈이 오네 하며 우산을 접었다 폈다 동동거렸단 말인가. 지상의 사람들이 우습게 느껴졌다. 기껏, 우리네 일상이 구름 한 겹의 조화에 울고 웃는가. 춧, 입 꼬리를 밀어 올리는 잇새로 바람이 샌다.

구름 위는 청명했다. 내 시력이 한껏 닿는 만큼 파란 하늘평선이 이어진다. 하얀 융단이 뭉글뭉글 눈부시다. 유사 이래, 하늘로 제물 바쳐진 흰 양떼들이 여기 다 모여 있다. 양떼 나라 양떼 도시 양떼 마을을 지난다. 구름 병원, 구름 약국, 구름 파스, 구름 간호사가 구름 주사를 놓고 있다. 평화란 평화, 고요란 고요가 여기 다 모여 살고 있다. 해님이 갓 뽑아내는 금실이 구름을 더 희게 비춘다. 갖가지 형상들이 지상의 삶들을 그대로 마주하고 있다. 가도 가도 하늘은 여전히 밝다. 하얀 밤이 깊어가고 있다.

몽골 하늘에 들어섰다. 고도를 서서히 낮추자 처음 보이는 물체가 흰 소독약 덩이다. 띄엄띄엄 흩어져 있고, 몇몇으로 산야에 무리지어 있다. 그게 유목민의 전통가옥 '게르' 였다. 초록 공간에 놓인 흰 바둑돌 같다.

몽골에 끌린 것은 순전히 유월의 초원이라는 말에 저장된 내 의식의 영양 때문이었다. 바람보다 먼저 드러눕고 바람보다 먼저 일어나는 어느 시인의 풀처럼, 번질거리는 풀이 녹색의 광활한 초지를 이루어 말떼와 양떼가 구름처럼 흩어졌다 모이고, 칭기스칸의 후예들이 그 떼들을 몰고 바람처럼 내달리는 모습이 내 안에 고정화 되어 었었기 때문이었다. 유목의 DNA가 내 피돌기에 섞였을 것 같은, 막연한 끌림이었는지도 모른다.

이쪽 돌을 저쪽으로 옮겨놓는다는, 용감하다는 뜻이 몽골이라 한다. 인구의 삼분의 일이 유목민이라 했다. '이동해야 산다. 성을 쌓지 마라.' 그것이 칭기스칸의 철칙이었다. 쿠빌라이가 성을 쌓음으로써 결국 몰락하게 됐다는데, 삶이 행복을 구하는 수행이라면 어느 쪽을 옳다고 해야 할까.

넓고 황량하고 바람이 불었다. 바람이 건조했다. 무엇이든 마르고 있었다. 초원은 멀리서 보면 엷은 연두색 안개가 덮인 듯 겨우 파르스름했다. 가까이 가서 보면 연약한 풀들이 안쓰럽게 뾰족거렸다. 자라기가 무섭게 뜯어먹어야 하는 가축 떼도 안쓰럽다. 연중 일곱 달이 겨울이라 지난 오월 말까지 눈이 왔다는데, 건조하여 초원은 입이 말랐다. 얼어붙은 풀을 찾아 눈을 헤집고 다녔을 필사의 생존들이 눈에 그려진다. 겨우 서너 달, 잠깐 동안 봄 여름 가을이 다녀가는 초지의 식물들이 눈물겹다. 자세히 들여다보아야 꽃이 앙증스레 피고 있음을 알겠다. 씨를 가지기 위해 땅에 납작 붙어 있다.

　게르를 방문하였다. 게르를 두른 나무판자가 허술하다. 잠깐의 공간을 경계 찜하는 울타리다. 아주 단단하고 과학적으로 지었다고 했으나, 언제 바람이 헐어버릴지 모를 집시의 휴식처 같았다. 바간이 떠받친 토너라는 게르의 지붕은 반쯤 열려 있다. 토너에서 옆으로 줄이 쳐져 있고 그 줄에 행주가 두 개 걸려 있다. 그 줄을 넘으면 안 된다. 그들의 삶에서 금기는 신성성이다.
　굴뚝에 연기가 올랐다. 손님을 맞겠다는 뜻을 알리는 것이다. 개를 못 짖게 주의시키고 양떼를 우리에 몰아넣는다. 그게 손님에 대하는 예의이다. 손님이 오면 난양으로 까불고 떠들던 아이들을 주의시키고 집안을 빨리 정돈하던 나의 옛 어머니가 그랬듯이.
　빗방울이 또독, 한두 방울 듣고 있었다. 비가 귀한 여기서는 비가 오면 '길손이 온다'고 하면서 맑은 기운을 맞는다고 하여 비를 몰고 오는 손님을 굉장히 반긴다. 까맣게 잊었던가. '길손'이란 말에 지남철처럼 끌리면서 나는 그만 대책 없이 가슴이 앞으로 엎어질 듯 정감이 쏟아졌다.

몽골인들은 나쁜 말을 하면 퉤퉤퉤 침을 세 번 뱉는다. 귀가 더 럽혀지는 말을 들으면 퉤퉤 퉤~ 침을 뱉아 사邪를 물리쳤던, 어 찌하여 우리네와 이리도 같은가. 불행한 일은 혀를 통해 침으로 나간다는 것도 그랬다. 편안했다. 마치 해산한 어미가 아기를 처 음 안아 볼 때처럼.

북쪽 자리를 권했다. 거기가 상석이었다. 수태차를 내놓았다. 우유숭늉 같았다. 추위 때문일 것이다. 양젖을 끓이다 그 위에 어 리는 것을 '어름'이라 했다. 식혀서 빵에 발라먹는다고 한다. 어 름이라는 말에도, 음식을 먹을 때 밖에 음식을 뿌리고 이마와 좌 우 볼에 성호를 긋고 우리처럼 고수레도 한다는 것에도 나는 억 색했다. 반가운 손님이 오면 흰 우유를 주고 미운 사람이 오면 검 은 우유를 내놓는다. 길손이 떠나가면 그 뒤를 보며 우유를 뿌려 안녕을 빌어주고 손을 한 번 흔들고 보이지 않을 때까지 서 있다. 길을 떠나는 사람에게는 초원도 먼 사막인 것이다. 정으로 안녕 을 기원하는 그들의 가슴은 비 오는 초원이다. 진지한 그들의 삶 이, 내 유목의 낭만성에 쏠려서 원시의 추억처럼 다가왔다.

물이 귀한 탓도 있지만 씻는다는 것과 안 씻는다는 것은 깨끗한 것과 위생적인 것과는 별개의 개념이다. 먹는 것과 배설하는 것을 동격으로 보는 것과 같이. 가축의 똥도 풀이다. 울타리 문앞에는 비에 질척거리는 똥 진구력이 있다. 그걸 잘못 디딘 나그네가 어쩔 줄 몰라 동동거리다가 풀이라도 뜯어 닦으려고 길섶으로 갔다. 맨숭맨숭한 풀밭에 유난히 우북한 한 무더기의 풀을 쥐어뜯으려고 손을 대는 순간 '아얏' 하는 소리를 질렀다. '하들가' 라는 독초였다. 솜털 같은 가시가 촘촘히 박힌 풀, 이 황량한 초원에서 무성함을 자랑하려면 얼마나 강한 독을 품어야 하는가. 그것도 모르고 덥석 손을 대는 우리는 어쩌면 말이나 양떼보다 못한 존재라는 생각이 들었다. 얼른 소변에 담구어야 독이 빠진다고 한다. 독도 약도 아주 가까운 곳에 있었다. 사막에서는 먹을 게 없어서 낙타도 독풀을 먹을 때가 있다. 그러면 낙타의 입에서도 피가 난다고 한다. 그래도 먹어야 하는 것이다. 그 말을 들으면서 나는 고개를 숙였다.

달빛이 비쳐 들고 바람이 부는 게르는 멋있다. 우리가 사는 집이 성안에 갇힌 감옥과 같은 것이라면 그들의 게르는 방목된 자유인 셈이다. 자연의 섭리, 자유는 수용이요 조화가 아닐런지.

드넓은 초원에 양과 말을 방목하면 그들도 함께 방목되는 것이다. 말이 풀을 대충 뜯고 지나가면 양이 남아 있는 풀을 뜯고, 겨울에는 되새김질이 없어 대충 소화되어 나온 말의 식변을 다시 소가 먹고 되새김하여 산다. 가축들도 긴 겨울을 살아남기 위해 그렇게 스스로 단련을 한다. 그것처럼 게르는 가족의 위계질서와 예와 엄격함을 지킨다.

그들은 사랑도 초원에서 나눈다. 나비가 날아다니다 꽃에 앉으면 수정이 되듯이 말을 타고 다니다가 그럴만한 자리에서 입고 있던 덕(망토 같은 옷)을 펴면 양탄자가 된다. 깃대 하나를 꽂아두면 신방임을 눈치 채고 구름과 바람이 병풍이 되고 조명이 되고 무드가 되어준다. 그렇게 하여 그들의 아이들은 자연과 일체를 이룬다.

아이가 나면 몸을 3등분으로 묶고 세번 감싸서 안아 키운다. 돌잔치는 3년 만에 한다. 길일을 잡아 머리를 깎고 선물로 말이나 양을 준다. 세 살 때부터 말을 탄다는 그들에게 말은 곧 사람인 것이다. 말을 타면서 말이 친구가 되고 말과 양의 말을 알아듣고 바람의 말을 듣는다. 아이들은 자라면서 구름의 이동모습을 보고 양떼를 어디로 몰아야 하는지를 안다. 초원에 누운 풀 모양을 보고 무슨 짐승 어떤 동물이 지나갔는지 다 알아낸다. 또한 바람의 냄새로 비를 정확히 예측한다고도 했다.

이런 신통력이란 바로 예지력일 것이다. 눈이 검은 구슬처럼 유난히 빛나고 반짝거리는 아이들. 초원에서 잉태되고 초원에서 나고 초원에서 자란 그들은 초원을 닮아서 하늘의 낌새를 미리 알아내고 미리 준비하고 상황을 판단하는 모양이다. 지문에도 혹시 풀잎 문양이 박혔을 것 같아 아이의 손바닥을 들여다보았다. 저도 웃고 나도 웃었다.

청력이 곧 시력인가? 우리와 함께 앉아 있으면서도 그들의 눈은
밖의 동정을 훤히 알고 대처하고 있었다. 말하지 않아도, 며느리
가 긴 장화를 신고 게르를 나갔다. 조금 있다 아이 둘이 들통을 들
고 밖으로 나갔다. 말똥을 줍기 위해, 양을 몰아오기 위해, 혹은
물을 긷기 위해? 나는 알 수 없다.

'호미' 연주를 한다. 두 가지 목소리를 낸다고 했지만 수십 가지
의 소리들이 응축되고 갈라지는 소리들이 섞여 있는 듯했다. 적
당한 긴장감을 깔고 윙윙~ 동물소리, 갖가지 새소리가 들리는
듯한다. 상상의 소리다. 초원의 사계를 상상하게 하고 하늘, 땅 사
람이 자연과 일체가 되기 위해서 먼저 영혼을 달래는 의식행위로
써의 음률이다. 어느 때는 밀림의 언어여야 하고, 방향의 언어여
야 하고, 천기와 교감하는 언어여야 했다. 광활한 초원에서 심심
할 때, 가축을 부를 때 부른다. 바람에 언어를 실어 마음을 실어
보내는 것, 보냄이 곧 부름이다.

말총을 수십 겹씩 꼬아서 만든 마두금이라는 현악기도 있다. 낙
타의 젖이 안 나올 때는 마두금을 켜서 들려주면 슬프게 울면서
젖이 나온다고 한다. 느린 곡선의 음률은 끊어질 듯 이어지고 이
어질 듯 끊어진다. 광야의 둔덕과 둔덕을 타고 넘다가, 침엽의 먼
산을 당기다 밀어낸다. 유목의 고달픈 한과 강한 생명을 단련하
는 소리는 굴러가다 울림이 된다. 이쪽의 바람에 찌를 달아 먼 저
쪽에 낚시를 던지면, 아득한 저쪽의 대답을 듣는다. 순한 양들의

대화를 듣고, 대화를 나눈다. 말의 속울음이 들어 있다는 마두금 소리에는 사막을 가는 쌍봉낙타의 축축한 눈망울과 구슬픈 목소리도 들어있었다. 마치 우리의 아리랑처럼.

마두금과 흐미소리에는 고적한 눈물과 질긴 핏줄이 들어 있다. 메마른 바람의 막막한 무료를 달래는, 양떼를 방목하고 불러오는 지문이 찍혀 있다. 제 주인의 목청을 알아듣는 소리, 가늘어야 하고 때로는 젖 붙은 배에 붙어 낮아야 하고, 주인의 심성가닥이 암호로 들어 있어야 하는 것이다.

10월, 11월이면 가축이 가장 살찌는 시기다. 우리나라에 김장(보르츠)하듯이 고기를 장만한다. 양을 잡을 때는 피 한 방울 흘리지 않는다. 목을 5센티 가량 찢고 손을 넣어 동맥을 살짝 끄집어낸다. 아주 정중하게 대하면서 어른이 잡는다. 먹는 부위도 다르다. 어깨뼈는 칼로 두 번 구멍을 내고 남자가 칼로 살을 삐져먹는다. 내장도 하나 버리지 않고 순대로 해 먹는다. 죽음의 순간에 엔돌핀이 최고로 많이 나온다고 한다. 그 엔돌핀에 취해 깜박 정신을 놓으면 피를 바닥에 흘리는 실수를 하게 된다. 그러면 귀신처럼 늑대가 찾아온다고 했다. 늑대는 양을 한꺼번에 다 물어 죽이고는 멀리서 지켜본단다. 주인이 죽은 양떼를 버리면, 그때에야 자기네들은 아무 상관도 없다는 듯이 슬금슬금 와서 포식을 한다. 의뭉한 것들.

해질녘, 양떼를 몰고 석양을 뒤로 받으며 집으로 가는 아버지와 어린 목동의 노을진 모습이 가장 아름다운 나라. 사막에 물을 달아놓고, 바람이 자고 비가 오기를 기원하는 사람들. 그들은 서두르지 않는다. 유유하다. 유목에 극한상황이란 별로 없다. 절박함도, 들키고 싶지 않은 수치도 약점도 없다. 원초적인 충실함과 자연스러움만이 있다. 그곳은 멀수록 가깝다. 언덕과 산과 하늘과 별과 달이. 깨끗함과 투명함으로 금방 잡힐 듯이 가깝다. 빤히 보이는 곳도 섣불리 나섰다가는 제자리를 걷는 듯한 막막함에 빠진다. 마치 하늘처럼 초원이 아득한 것이다.

복훗드올 산을 오른다. 출발지인 마을의 고도가 해발 1300미터라니, 이미 고지에 올라온 셈이다. 가파른 능선을 지난다. 운해가 짙게 끼였다. 안개가 길을 비켜준다. 우리는 올라가고 안개는 내려간다. 전나무가 원시 그 자체다. 잣나무(사마르)도 나이를 잊은 듯하다. 야생화는 다른 풀과 함께 흘러가듯이 동동 떠 있다. 2~3개월. 그들의 봄 여름은 잠깐이다. 그동안에 자라고 꽃피워야 살아갈 수 있는 야생화다.

아름드리 나무가 여기저기 쓰러져 있고 둥치께가 직각으로 꺾어져 엎어졌다. 시커멓게 불타다 만 둥치들이 원시림의 으스스함을 가중시킨다. 저 아래에 있는 도시나 마을의 날씨와는 전혀 상관없이 이 산의 날씨는 무섭다는 그 말을 보여주고 있다. 광풍이 휘몰아칠 때는 산이 흔들릴 정도여서 엄청나게 큰 나무들이 바람에 뿌리채 뽑혀 넘어진다. 자빠지기 직전에는 나무가 꾸르륵 꾸르륵 소리를 지른다. 안간힘을 쓰면서 버티다가 살아온 만큼의 회한을 앓으며 마지막 숨을 넘기는 나무가 내는 죽음의 소리인 것이다. 그러고는 벼락치는 소리로 산을 찢을 듯 옆의 나무를 치며 쓸려 넘어진다. 비가 오고 천둥번개가 치면 번개가 나무를 때려 불이 난다. 불타는 나무도 운다. 그 소리가 마을에도 들린다. 나는 안내자의 말에 경외를 느끼며, 목신들이 모여 사는 산을 2100미터까지 올랐다.

저 멀리 까마득함 끝에 흰 점이 보이다 말다 한다. 죄 많은 사람의 시체는 맛이 없어, 쫄병들에게도 먹이지 않는다는 독수릴까. 북쪽 먼 밀림 같은 높은 산 위에 큰 새 한 마리 비잉 빙, 정지한 듯이 떠서 무엇을 보고 있다. 마두금 울리면서 초원이 하늘로 가고 있다.＊

밤새 날다

♠♠♠♠♠ 부스스 북새통이다. 무성한 정자나무 같다. 새집. 크고 작은 빈 둥지가 서너 군데 보인다. 물냄새를 따라온 새가 물새알을? 무성한 풀숲을 본 풀국새가 둥지를?

귀 뒤에는 역풍을 맞았는지 경계선을 넘어와 포개지며 쓰러졌고, 철새 텃새들이 날아가고 날아오다 그랬는지 사방으로 얽히고 설키었다. 알맞게 솟아 볼륨을 자랑하던 뒤척새는 뒤통수에 납작 붙었다. 아니라 아니라고 밤새도록 도리질 치느라 볼썽사납게 꼬시라졌다.

내가 풋콩 같을 때였다. 왼종일 쏘다닌 몸이 낮 동안의 일들을 수렴하는 시간. 파리똥이 별처럼 떠 있는 사방연속무늬 천장에 무성영화가 떴다. 마치 눈 안에 필름이 감겨 있다 풀려 나오는 것처럼, 어느 날은 다슬기가 강바닥에 슬슬 기고, 어느 날은 지천으로 나풀거리는 쑥, 삘기들이, 써레질 해놓은 논에 물그림을 그리며 가는 실뱀, 빙빙 돌아가는 고무줄이 화면을 바꾸어가며 떴다. 그 아름다운 영상들을 보다가 등짝이 따끈한 온돌에 붙어 하시시를 먹은 것처럼 감미롭고 벽에 걸린 등잔불이 가물거린다 싶으면 스스르 눈이 감기었다. 호롱 꽃불의 마지막 흘림체가 눈꺼풀 안에서 지등처럼 잠시 온화하다가, 눈 언덕을 달리는 봅슬레이처럼 비스듬한 경사면 아래로 아래로 미끄러져 까아만 어둠새를 따라가곤 했다. 그러면 눈 깜짝할 새도 없이 구부러지는 오솔길이 끝도 없이 미끄러져갔다. 담이 좋은 내 머릿결을 휘날리는 스릴이 등줄기에 저릿했다.

날마다 땅을 파던, 늘 부수수하여 머리가 어둥새 같던 머슴 만길이 아재. 어느 날, 왜 그리 땅만 파느냐고 옆에 쪼그리고 앉아 구경하던 내가 물었다. 아재는 웃음기 없는 꽤 심각한 낯으로 말했다.

"아가, 땅을 깊이 아주 깊이 파 내려가다 보면 말이다. 지구의 반대편에서 내는 소리가 들린단다. 솥뚜껑 여닫는 소리, 살강 그릇 딸거락거리는 소리, 심지어는 애기 우는 소리꺼정 다 들린단다."

"에끼 이사람."

지나가던 옆집의 빛나리 할배가 내 손을 잡아 일으켰다. 머리가 저리 북데기마냥 부스스한 사람들 말은 믿을 게 못 된다고, 머리를 잘 빗어야 한다고 다짐을 이르셨다. 할머니나 엄마들이 왜 아침마다 동백기름으로 머리를 곱게 빗는지, 큰 처녀들은 왜 긴 머리를 쫑쫑 땋아 붉은 댕기를 다는지 일러주셨다.

"봐라 저기 저 시님은 머리가 맨질맨질하지 않냐? 사람은 제 몸부터 가꿀 줄 알아야 한다. 그게 세상 살아가는 단초니라."

그날 그 뜻 모를 말을 들은, 아마 그때부터 내 머리에는 밤새 한 마리가 어렴풋이 터 잡고 살기 시작했으리라.

감은 머리를 빗는다. 뒤틀린 머리를 바로잡느라 드라이기가 열을 올린다. 스킨로션 영양 아이크림에 썬크림, 과감한 화운데이션이 기미를 감추고 흑점을 두드린다. 오늘 립스틱은 박태기꽃 색이다. 입술을 붙여 물고 빠뽀 빠뽀로 마무리를 한다. 문제는 눈썹이다. 잘 그리기가 썩 어렵다. 닦고 그리기가 네댓 번째다. 흐지부지해버린 본래의 중심선을 찾아 리듬을 잘 타야 하는데, 맘이 바쁠수록 손이 떨려 산이 되다 들이 되다 한다. 눈시울 위로는 연보라색 아이섀도로 분위기를 띄우고, 뷰러가 속눈썹의 자존심을 치켜 올린다. 볼터치가 홍조를 살짝 스치고서야 오늘을 살아갈 얼굴이 완성된다.

낮이면 우주 밖으로 밀려났던 나를 우주 안으로 유영하게 하는 통각의 시간. 밤새가 내 다리를 주무르는 사이 기다렸다는 듯이 벼랑에 숨어있던 부엉이가 펄럭 날아들었다. 온갖 잡동사니를 물어와 집을 짓고 먹이를 욕심껏 물어 나른다. 상수리나무 위에서 내려다보던 올빼미, 어둡기를 기다려 부스럭거리는 소리를 향해 날아들었다. 그들은 갈기를 세우고 엎치락 뒤치락 다투었다. 혼을 훔치는 못된 낮새들! 밤새가 그들을 내쫓았다. 잠시라도 자리를 비우면 다시 날아들었다. 게다가 소쩍새 해오라기까지 와서 집 한 칸을 차지하겠다고 아우성이었다. 여긴 내 자리라 안 나가겠다고 억울하다고. 저쪽은 이늠이, 이쪽은 저늠이 당겨가고, 내 휘날리는 머리카락은 두려움에 식은땀을 흘렸다.

몇 시쯤이 어디를 지나고 있는지? 달그림자가 구름 속을 들락거린다. 깜깜한 하늘 절벽에 빛이 스러진다. 하룻밤, 세상의 반 바퀴를 도는 시간에, 가물거리는 의식, 살아 있는 몸을 지키려고 영혼은 잠자지 않는다. 위선僞善과 지선至善의 쟁투. 낮이라는 빛에 구속되면 내 몸을 저지하지 못하는 영혼의 새. 맑고 깨끗해지는 어둠새가 돼서야 침입자들을 쫓아내느라 나의 아바타는 많이도 퍼덕거렸을 것이다. 때 묻은 내 영혼을 정화하려고.
아침에 머리를 빗으면 어디론가로 날았다가, 내가 잠들면 순수의 여명黎明을 저어 돌아오는 새.

그가 사는 신전에서 밤새— 정신없이 날았다. *

이고운 수필집

백 번째 그리움

•

지은이 / 이고운
발행인 / 김재엽
펴낸곳 / **한누리미디어**
디자인 / 지선숙

•

121-840, 서울시 마포구 서교동 395-13 서원빌딩 2층
전화 / (02)379-4514, 379-4519
Fax / (02)379-4516
E-mail/hannury2003@hanmail.net

•

신고번호 / 제300-2006-61호
등록일 / 1993. 11. 4

•

초판발행일 / 2010년 4월 26일

ⓒ 2010 이고운 Printed in KOREA

•

값 14,000원

•

※잘못된 책은 바꿔드립니다.

•

ISBN 978-89-7969-364-5 03810